論創海外ミステリ23

# VINTAGE MURDER

Ngaio Marsh

# ヴィンテージ・マーダー

ナイオ・マーシュ
岩佐薫子 訳

論創社

## 読書の栞（しおり）

ナイオ・マーシュは、その生涯に三十二冊の長編ミステリを上梓しており、そのほとんどがイギリスを舞台としている。マーシュ自身はニュージーランド生まれで、イギリスに暮らしたのは、作家デビュー以前の、一九三〇年から三二年までの二年に過ぎない。それ以降、活動の拠点をニュージーランドに置き続けたことを考えれば、イギリスが舞台だというのは、奇妙なようにも思われるが、それも当時の販売戦略上の都合だろうか。そのマーシュの長編の中にあって、生まれ故郷のニュージーランドを舞台とするものが四編ある。本書『ヴィンテージ・マーダー』（三七）は、その最初の一冊にあたる。

まず、コルク抜き《コルクスクリュー》に譬えられるニュージーランドの鉄道の様子が面白い。事件関係者の一人にマオリ族の医者が登場し、マオリ族の呪《まじな》いグッズが小道具として使われる一方で、旧植民地人の屈託がちらりと描かれるのも、この作品が刊行された時期のフーダニットにしては珍しいのではないか。また、ニュージーランドの豊かな自然描写が作品に彩りを添えているあたりに、マーシュの出自がうかがえて、興味が尽きない。ちなみに「ナイオ」というファースト・ネームは、現地の花の名前を表すマオリ語に由来する。

献辞が捧げられているアラン・ウィルキーは、作家以前のマーシュがニュージーランド時代に知り合った劇団の座主で、本書に登場するキャロリン・ダクレス一座のモデルとなっていると思われる。ウィルキーの一座がニュージーランドに公演で訪れた際、マーシュに戯曲の筆を執らせ、演出家としても参加させたのだという。ちょうどキャロリンの一座が、現地でスタッフを登用するようなものだったろう。

その一座の芝居が跳ねた後、舞台で行われた主演女優キャロリンの誕生パーティーの席上で、事件の幕が上がる。劇場や演劇の世界をしばしば作品の舞台や背景とするマーシュお得意のシチュエーションであり、イギリスの演劇人たちのキャラクターが活き活きと描かれているあたりの上手さは、作者の独擅場といえよう。

殺人が起きた劇場の見取り図、殺人ギミックの図解、関係者のアリバイ検討表など、本格ミステリとしての舞台背景にも怠りない。アレン主任警部のプロフィールの一端に触れられるのも、ファンにとっては嬉しい贈り物のひとつだ。古き良き時代の、まさにヴィンテージな香り漂う秀作を味わわれたい。

装幀／画　栗原裕孝

目次

## 主要登場人物

ロデリック・アレン……ロンドン警視庁犯罪捜査課主任警部
アルフレッド・マイヤー……劇団のオーナー座長
ヘイリー・ハンブルドン……主演男優
キャロリン・ダクレス……主演女優。マイヤーの妻
ブランドン・ヴァーノン……性格男優
スーザン・マックス……性格女優
フランキー・リヴァーシッジ……若者役の第一男優
コートニー・ブロードヘッド……若者役の第二男優
セント・ジョン・アクロイド……喜劇役者
ヴァレリー・ゲイネス……新人女優
テッド・ガスコイン……舞台監督
バート……大道具方
ボブ・パーソンズ……衣装方
ゴードン・パーマー……キャロリンのファンの少年
ジェフリー・ウエストン……パーマーのお目付け役
ジョージ・メイソン……劇団支配人
ドクター・ランギ・テ・ポキハ……マオリ人医師
シングルトン……ロイヤル劇場楽屋口の守衛
ウェイド……ニュージーランド警察の警部
パッカー……同巡査部長
キャス……同巡査部長

# ヴィンテージ・マーダー

アラン・ウィルキーに

そして、フレディスワイド・ハンター＝ワッツとニュージーランド旅行の思い出に

# はじめに

実在する国の中に架空の町を創り上げてしまうことに対する批判的な意見には私も賛成なのですが、じつをいうと、ニュージーランドの北島《ノース・アイランド》にはミドルトンという町はなく、また、〈ミドルトン〉は実在の町の仮名でもありません。ニュージーランドでは、一番大きな町でも、その規模は英国でいえばサウサンプトンくらいなものですから、もし私がダクレス喜劇一座をオークランドやウェリントンのような町に連れていったとしたら、ドクター・ランギ・テ・ポキハはもちろんのこと、ウェイド、パッカー、キャスの諸氏についても、実在のあの人物がモデルなのではないかという憶測を呼ぶ可能性がありました。それを避けるために、私はオハクネの南に広がる大地にミドルトンという架空の町を創りました。したがって、以下の一文を、私は心から申し上げることができます。

本作品に登場する人物はすべて架空であり、実在の人物とは何の関係もありません。

# ミドルトン・ロイヤル劇場一階

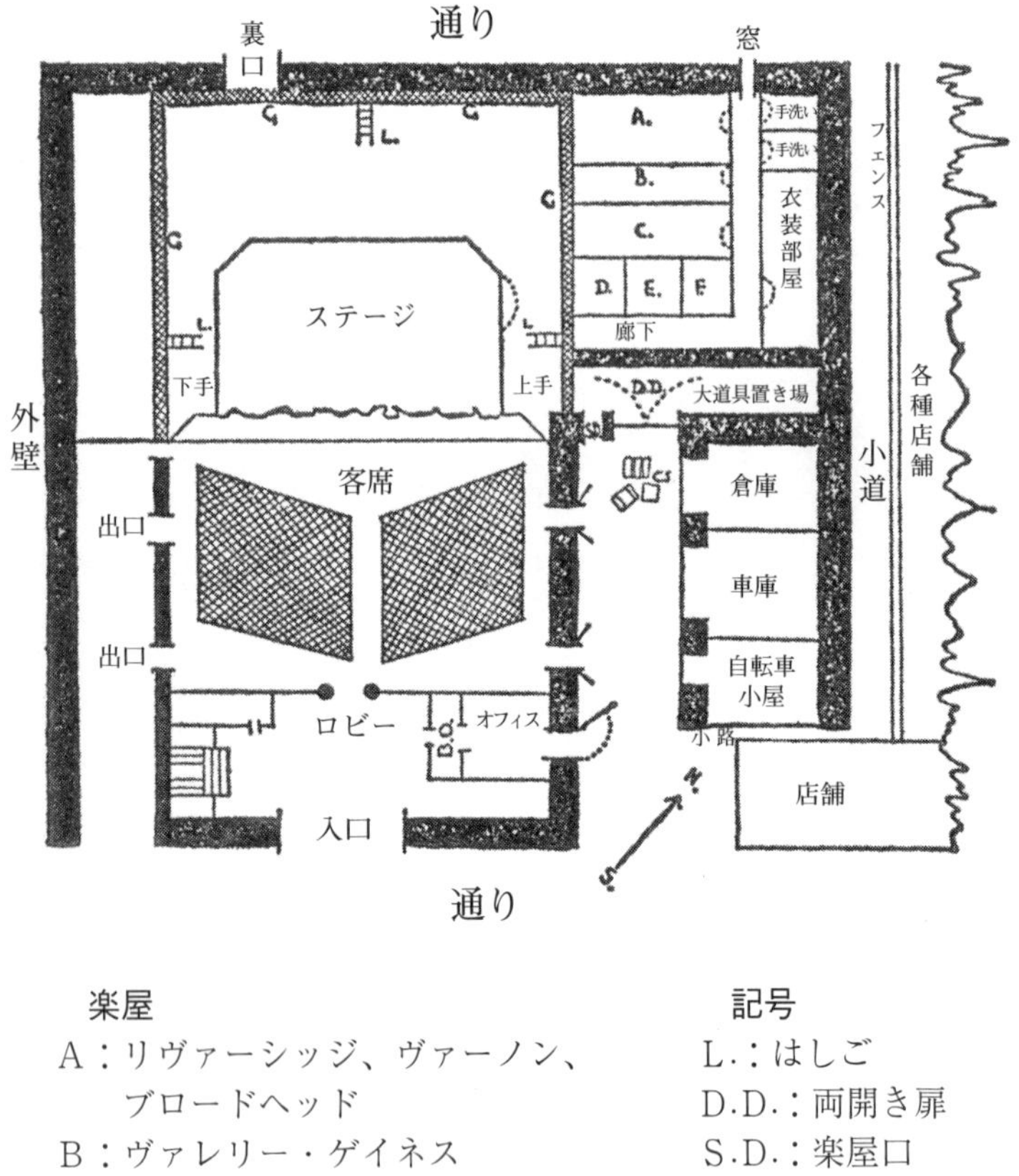


楽屋

A：リヴァーシッジ、ヴァーノン、
　ブロードヘッド
B：ヴァレリー・ゲイネス
C：セント・ジョン・アクロイド
D：キャロリン・ダクレス
E：ヘイリー・ハンブルドン
F：スーザン・マックス

記号

L.：はしご
D.D.：両開き扉
S.D.：楽屋口
B.O.：切符売り場
Cs.：荷箱
G.：簀の子

# 第1章　列車内にて

　ゴーッ、ガタンゴトンという列車の音が夢の背景のどこからか聞こえ、長身の男をなんとなく寛げない気分にさせていた。音はやがて遠ざかり、今度はいくつもの変てこな顔が、彼の注意を引くように次々と浮かんでは消えた。自分は眠っている、これは夢なのだ、と男は思った。と、そのとき、列車は大きく揺れ、轟音を立てて橋を渡り、切通しに入った。変てこな顔はかき消え、男は自分が寒さに身を固くして眠っていたことに気がついた。こうして目を開けたのは、これが百回めだ。彼は客室用ランプの淡い光の中に、屍骸を思わせる翳《かげ》りを湛《たた》えて白くぼんやりと浮かぶ乗客たちの顔を眺めた。

　おかしな一座と同席することになったものだ。

　向かいに座っているのが主演男優。大柄で温厚そうなこの男は、細長い客車の揺れに合わせてわずかに体を動かし、居心地の悪さを甘んじて受け入れていた。そのとなりで大量の毛布に包まっているのは、性格俳優のスーザン・マックスだ。一座では古株のスーザンも、若い頃は何年もこうして夜汽車に揺られて過ごしたという。彼女の旅はこのニュージーランドから始まった。それからオーストラリアに渡り、やがてイギリス各地を巡業してまわるようになり、最終的に、ウエストエンドを拠点とする劇団〈芝居小屋〉に安住の場所を築き上げるまでその旅は続いた。二十年前にウェリントンにやってきたイギリスの旅芝居一座の一員となって以来、今回がはじめての里帰り。彼女は瞬きもせずに、窓ガラスにぼんやりと映る客室内の景色を見つめていた。スーザンの向かいの席は空だった。となりの一画では、胃弱でいつも憂鬱そうな顔をしている劇団支配人のジョージ・メイソンと舞台監督のテッド・ガスコインが、ホイスト（カードゲームの一種）を延々と続けている。

その向こう、ブランドン・ヴァーノンの横で中国土産の人形のように首をがくがくさせているのは、喜劇役者のアクロイドだ。彼は、その滑稽な顔からは想像できないほど短気な男だった。メイソンの向かいには、青白い顔の青年が、落ち着かない様子で座っていた。彼の名前はコートニー・ブロードヘッド。この若者は、どうも様子がおかしい、と長身の男は思った。パナマを出航した頃からだ――おっと、目が合ってしまった。長身の男はさりげなく視線を移し、青年の後ろにいるフランキー・リヴァーシッジを見た。リヴァーシッジはやけにめかし込んでおり、その姿をミス・ヴァレリー・ゲイネスがうっとりと眺めていた。彼らの後ろにも、肩を寄せ合うように座る乗客たちの顔がぼんやりと見え、それは細長い客車の向こう端まで続いている――これがキャロリン・ダクレス英国喜劇一座の一行だった。

長身の男は、自分がひどく場違いな気がしていた。この一団には、何か一つのものに向かった連帯感のようなものがある。この見知らぬ国を走る夜行列車で同じように揺られながらも、この一行の様子はほかの客とは違っていた。男はうとうとしながら、彼らが幾時代も前の列車に揺られている光景を目にした。乗り物は列車だけでなく、それは駅馬車であったり、四輪馬車であったり、あるいは徒歩であったりしたが、奇妙な衣をまとい、大きな荷物を抱えた彼らは、いつも一体となって行動していた。ほら、全員が同じリズムで頭を揺らし、だんだん遠ざかっていく……。

列車がいきなり大きく揺れて、男は目を覚ました。スピードが落ちている。彼は窓ガラスの曇りを拭き、額に手をかざして、この新しい国の景色に目を凝らした。月はすでに高かった。いくつもの弧を描いて連なる山々、焼け残った切り株、白い霞のような花をつけた低木、人っ子一人いない道——見たこともない風景だった。遥か前方で機関車が汽笛を鳴らすと、森や山や道は滑るように窓から遠ざかり、代わりに三つのランプが現れて、それもまもなく消えた。

スーザンは向かいでハンカチをそっと目に押し当てていたが、視線に気づくと、言い訳をするように微笑んだ。

「白い花が咲いているあれは、マヌカの木よ。毎年この季節に咲くの。ずっと忘れていたわ」

長い沈黙が流れた。淡い光の中で背中を丸めている乗客を順に眺めていた男は、やがて、ハンブルドンが自分をじっと見つめていることに気がついた。

「奇妙な連中だとお思いでしょう？」ハンブルドンはどこか面白がっているようだった。

「なぜそんなふうに？」長身の男はすぐに訊きかえした。

「あなたが私たちを見ているので、何を考えているのだろうと思ったのですよ。奇妙な連中だとお思いですか？」

スーザン・マックスの邪魔をしないように、また列車の音にかき消されないように、ハンブルドンは前屈みになって話していた。長身の男も、一緒に前屈みになった。ほの暗いランプの下で額を突き合わせている二人は、何かよからぬ相談でもしているように見えた。

「親切にしていただいた方々を」長身の男が言った。「そんな目で見ているとしたら、私は失敬きわまりない男ですよ」

「親切？　ああ、ジョージ・メイソンがこちらの座席を勧めたことですか？」

「ええ。もしそうしていただけなかったら、私は背中が機関室、横がスイングドアという席で、セールスマンに囲まれていましたからね。そのうえ、あの席は手洗いのすぐとなりでした」

ハンブルドンは声を抑えて笑った。

「なるほど、奇妙な連中のほうが、まだましというわけですね」

「そういう意味では――」

「いやいや、あなたがそう思ったとしても不思議ではありません。役者には、風変わり《ラム・ロット》なのが多いですから」

「同じ言葉を、前にある役者――そして殺人犯でもありました――から聞いたことがあります」

「なんですって？」ハンブルドンは顔を上げた。「まさか、フェリックス・ガードナーのことじゃないでしょうね？」

「ええ、彼です。でも、なぜ彼だと――？」

「やあ、あなたが誰だか、やっとわかりました。そうですとも！　お顔は新聞で何度となく拝見しているのに、まったく私ときたら。いままで、ずっと気になっていたのです」

相手の男はスーザン・マックスに目をやった。彼女は三重あごを襟の中にすっぽりとしまいこみ、まぶたを閉じていた。列車の動きに合わせて、体全体がリズミカルに揺れている。

「彼女とは知り合いなのですが」彼は言った。「黙っていてもらったのです。休暇で来ているものですから」

「お名前をうかがったときに気がつくべきでした。記憶というのは、まったく当てにならないものですね。肩書きがないと――」

「そうですね。そのうえ、乗客リストの名前は、綴りが間違っていたのです」

「とにかく、面白いめぐり合わせです。あなたの身分は、誰にも明かしませんよ」

「ありがとう。いずれにしても、ミドルトンでお別れすることになります。二、三日滞在して、みなさんの舞台を見たり、近くを見てまわったりしたあと、南島《サウス・アイランド》に行く予定なのです」

「またどこかでお会いできるといいですね」ハンブルドンは言った。

「そうですね」男は心から言った。

二人はぎこちない笑みを交わし、どちらからともなく座席に体を戻した。

列車は轟音を上げて切通しを抜け、さらにスピードを増した。ガタガタン、ゴトゴトン、ガタガタン、ゴトゴトン。その音は、まるでこの旅への苛立ちを募らせているかのように、速く速くなっていく。車掌がまわってきてランプの火を小さくしていったせいで、乗客たちの白い顔は、いっそう屍骸を思わせる。車両内には煙草の煙が充満しており、何もかもが薄汚れ、よどんでいるような気がした。ミス・ヴァレリー・ゲイネスがけたたましい笑い声を上げた。ミスター・リヴァーシッジが冗談でも言ったのだろう。彼女は席を立ち、高価な毛皮のコートをしどけなく羽織ったままこちらへ歩いてきた。そして途中でよろけ、座席の背をつかんで、ジョージ・メイソンの膝に倒れこみそうになった。メイソンは面白くもなさそうに彼女を抱きとめ、ガスコインに目配せする。そのガスコインが、「野蛮人の真似かね？」と言ったのを聞いて、ミス・ゲイネスはきゃっと小さく叫んで立ち上がった。それからハンブルドンと長身の男の横で足を止め、「私は寝台車に参りますわ。〈デラックス〉寝台ですの。おっと。まったくなんて列車かしら！」そう言うと、よろめきながら通りすぎていった。

彼女が扉を開けると、大きな金属音が車内に響いた。冷たい夜気が、かすかにつんとする煙の臭いとともに吹き込んでくる。彼女は後ろ向きのまま、懸命にドアを閉めようとしていた。はめ込みガラスを通して、強い向かい風に耐えている彼女の姿が見えた。ハンブルドンが席を立ってドアを閉めてやり、彼女はようやくいなくなった。

「寝台車は取りましたか？」長身の男が訊いた。

「いいえ」ハンブルドンは答えた。「あんなところでは眠れませんよ。しまいには体を壊してしまう」

「同感ですよ」

「キャロリンとマイヤーも寝台車なんです。彼らくらいですよ、そんなリスクを冒すのは。あのお嬢さんは、たんに金をかけたくてやっているだけですから――ヴァレリーのことですがね」

「船に乗っていたときから、そうなのだろうと思っていました。彼女は何者ですか？　海運業者のポンフレット・ゲイネスと関係が？」

「娘です」ハンブルドンはふたたび前屈みになった。「俳優養成学校を出ているんですよ。費用も相当なものですが、脚光を浴びることに対する貪欲さや、パスポートに〈女優〉と記載されることへの憧れは、私たちには想像もつかないほどです」

「女優としては？」

「ひどいものです」

「ではなぜ――？」

「ポンフレットのコネです」

「希望者が多い職業だけに、少々不公平に聞こえますね」

「いやいや、よくあることですよ」ハンブルドンは肩をすくめた。「今日日《きょうび》、この業界全体が、有名人や社会的な有力者に蝕まれているんです。彼女はその一例にすぎません」

スーザン・マックスの頭が横に傾いだ。ハンブルドンは彼女の手元から旅行用クッションを取り、壁と頬との間に挟んでやった。スーザンはぐっすりと眠っていた。

「彼女こそ、本物の女優です」ハンブルドンはふたたび前屈みになった。「父親がオーストラリアで制作者兼役者をしていたのです。彼女はその父親の父、つまり祖父の劇団で、ほんの小さい頃から子役として出ていたそうです。芸歴四十五年というところですよ。やはり血筋なんでしょうね。彼女は高貴な夫人の役から娼婦の役まで、何でもこなしてしまうんですよ。それも見事に」

「ミス・ダクレスはどうですか？　いや、ミセス・マイヤーと呼ぶべきでしょうか？　結婚した女優の呼び方を知らないもので」

「彼女はどんなときもキャロリン・ダクレスです。ホテルの宿泊者名簿は別ですがね。キャロリンは偉大な女優ですよ。私がこの偉大なという言葉を、軽い気持ちで使ったとは思わないでください。彼女は偉大な女優です。彼女の父親は地方の牧師でしたが、おそらく母方の血に、女優としての才能が流れていたのでしょう。キャロリンは十七歳のときに旅芝居の一座の団員になりました。それから八年間、地方を巡業して回ったあと、ロンドンでチャンスをつかみました。そのあとは、ひたすら上を目指したのです」ハンブルドンは言葉を切り、弁解がましい視線を長身の男に向けた。「仕事の話《トーク・ショップ》ばかりだと、嫌がられてしまいますね」

「そんなことはありません。その業界に詳しい方々の話を聞くのは、面白いものです。好ましくないと言う人の気持ちが、私にはわかりませんね」

「でも、あなたは自分の仕事について話されていませんよ」

長身の男は、ぴくりと片眉を上げた。

「私は休暇中ですから。ダクレスさんはいつアルフレッド・マイヤーさんと結婚を？」

「十年ほど前です」ハンブルドンはそっけなく答え、座席に体を戻して客車内を見渡した。

キャロリン・ダクレス劇団の一行は、夜の眠りについていた。ジョージ・メイソンとガスコインはとうにカードゲームをやめ、毛布を顎まで引き上げていた。喜劇役者のアクロイドは、広げた新聞紙を顔に載せている。若いコートニー・ブロードヘッドは起きていた。リヴァーシッジは口を開けて眠っており、日中は控えめだった二段腹が、いまはわずかに存在感を示している。ブロードヘッド以外は、全員が眠っていた。ハンブルドンが腕時計を見た。

「十二時です」

十二時。窓の外では、この見知らぬ土地もまた眠りについていた。月明かりに照らされてぽつんぽつんと建っている農場の家屋、眠ったり、毟《むし》るように短い草を食べたりしている羊、曲線を描いて窓いっぱいに連なるアーチ型の山々、そしてスーザンをほろりとさせた白い花で覆われた木。それらはすべて、窓のすぐ向こうにあるにもかかわらず、疾走する列車――セールスマンや旅行者、そして役者たちを乗せたこの列車からは遠い存在のように感じられた。

列車の旅の魅力は、この外界との隔絶感と、それでいてそれがすぐ近くにあるという実感ではないだろうか、と長身の男は考えた。どの駅でも、人は列車の魔法から解き放たれて、大地を踏むことができる。しかし乗っているかぎり、窓の外は夢の国なのだ。夢の国。彼はふたたび目を閉じ、やがて、不快な感覚にたびたび途切れる長い夢を見ながら、深い眠りに落ちた。目が覚めたとき、体は冷えてこわばっていた。ハンブルドンはと見ると、彼はまだ起きていた。

自分を乗せた客車がぐるぐると回転しているように感じられる。ネジの中を、ナットサイズの列車がせっせと回転しながら進んでいる絵柄が、頭の中に浮かんだ。彼は時計を見た。

「驚いたな、二時十分か。起きていることにしよう。この椅子で寝ること自体が間違っている」

「二時十分」ハンブルドンが言った。「思慮に欠けた会話にぴったりの時間ですね。ほんとうに、もう眠らなくていいんですか？」

「大丈夫です。私が眠り込む前は、何の話をしていましたっけ？　ミス・ダクレスの話でしたか？」

「ええ。あなたが彼女の結婚について訊いて。彼女がなぜアルフレッド・マイヤーと結婚したのか、想像するのでさえ難しいのですよ。彼が劇団のオーナーだからというのは、理由になりません。すでに名声を手にしていた彼女には、そんなコネは必要なかったのですから。彼女が結婚した理由は、おそらく、彼が至極平凡な人間だったからだと思います。自分の気質を相殺してくれる相手というところですかね。彼女は根っからの芸術家肌なのですよ」

長身の男は顔をしかめた。ハンブルドンが使ったのは、彼が嫌悪するフレーズだった。

「誤解しないでください」ハンブルドンの熱弁は続いた。「アルフはいいやつです。仕事の上ではすこぶる評判がいい。しかし――なんというか、ロマンティックなところがまったくないのです。とにかく劇団第一で。この劇団は、彼とジョージ・メイソンが二人で立ち上げたものです。私は入団して十二年になります。その間に八本の作品に出演して、うち五本はキャロリンの相手役でした」

ハンブルドンはいかにも役者らしく、言葉の一つ一つに劇的な重みを盛り込みながら話した。その美しい声と、稽古の賜物であろう抑揚からは、彼のロマンティックな性向がうかがえた。

「彼女は人間的にも素晴らしい人なんです」

つまり、彼女に惚れているということか、と長身の男は思った。

長い船旅のあいだ、キャロリン・ダクレスはいかにもスター然として振る舞っていたものの、そんなに偉大な女優に見えたかと言われれば、ノーと答えざるを得ない。彼女と、青白い顔をしたいかにも平凡そうな、そしていかにも面白みのなさそうな夫は、並んでデッキチェアに座っていた。夫は膝の上にポータブルのタイプライターを載せ、彼女は本を手にしていた。彼女を間に挟む形で、やはり本を手にしたハンブルドンがとなりに座っていることもしばしばだった。この三人は、コートニー・ブロードヘッド、フランキー・リヴァーシッジ、そしてヴァレリー・ゲイネスが毎晩興じているポーカー・パーティーにも参加することはなかった。ポーカー組のことを考えながら、長身の男はほの暗い客車に集《つど》った面々に視線を移した。ブロードヘッド青年はまだ起きており、表情に乏しい顔で窓の外を見つめていた。やがて視線に気づいたのか、不快そうに首を回すと、いきなり立ち上がって男のほうに歩いてきた。そして横を通りしな、ハンブルドンに声をかけた。

「デッキで新鮮な空気を吸ってきます」

「困った坊やだ」彼が出ていくのを待って、ハンブルドンが言った。「負けが込んでいるのですよ。彼の給料であんな遊びに加わるなんて、所詮無理なんです」

二人はガラスのはめ込まれたドアを見た。ブロードヘッドが後ろ向きに寄りかかっている。

「あいつはどうも気になるんですよ」ハンブルドンは続けた。「私がどうこう言う問題ではないのですが、嫌なものですよ、若者のあんな姿を見るのは」

「かなりの大金を賭けているようですね」

「夕べは五ポンドからだったようです。寝る前に喫煙室を覗いたら、リヴァーシッジがずいぶん勝っていて、コートニーは青い顔をしていました。船に乗って間もない頃、それとなく注意しようとしたのですが、あの親子熊が一緒にいたものですから――」

「ウエストンと青年のことですか？」

「ええ、彼らはこの列車にも乗っています。あの小僧、公演旅行のあいだ、ずっとついてくるつもりなんですよ、きっと」

「演劇狂ということですか？」

「いわゆる、追っかけですよ。キャロリンのまわりをうろちょろしているのは、あなたも知っているでしょう。キャロリンから聞いたところによると、彼の父親は、サー・なんとか・パーマー卿という大物だそうです。そのサー・なんとかが、息子に社会勉強をさせようとでも思ったのか、お目付け役のウエストンと一緒にニュージーランドに送り込んだというわけですよ。ウエストンは従兄だそうです。パーマーはパブリックスクールを追い出されたに違いありません。船では、みんな噂していました」

「理解しがたいですね」長身の男は言った。「どうしていまだに、海外の領土をゴミ箱か何かだと思っている英国人がいるのか」

「あなたは植民地人ではないはずですよね」

「いいえ、違います。ただ偏見を交えずに話しているだけです。おっと、まもなく停車するようですよ」

　遠くで汽笛が鳴り、それからバタン、バタンというドアの音と誰かの声が聞こえたが、何を言っているかまではわからなかった。ドアの音とその声は、次第に大きくなってきた。やがて、二人が乗った客車の向こう端のドアがひらき、車掌が入ってきた。

「オハクネ駅で、五分間停車します。軽食をどうぞ」車掌は唱えるように言うと、反対側のドアから出ていった。ブロードヘッドは脇に寄って道を空けた。

「軽食だって！」ハンブルドンは言った。「驚きですね！」

「さあ、どうでしょう。きっとコーヒー一杯ですよ。しかし、新鮮な空気を吸えるだけでもありがたい」

「たしかにそうですね。駅の名前は何といいました？」

「さあ、なにやら呪いの文句のように聞こえましたが」

「オ・ハ・ク・ネですよ」答えたのは、意外にもスーザン・マックスだった。

「やあ、スージー。お目覚めですか？」ハンブルドンが言った。

「眠ってなんかいませんよ。ちょっと、うとうとしただけ」

「あなたがオーストラリア人だってことを忘れていました」

「オーストラリア人ではありません。私が生まれたのはニュージーランド。オーストラリアまでは四日もかかる――」

「ああ、そうだった、そうだった」ハンブルドンは長身の男に目配せした。

「まったく小癪《こしゃく》に障ること」スーザンはむっとした声を出した。「私たちは、オーストラリア人と呼ばれるのがいやなんですよ。べつにオージーが嫌いなわけではないけれど、一緒くたにされるのは不愉快だわ」

ずらりと一列に並んだ黄色い光が窓の外をするすると通り、列車は停止して、長いため息のような蒸気を吐いた。客車のそこかしこから、あくびをしたり、体をもぞもぞさせたりする音が聞こえた。

「親父とお袋が出会わなけりゃよかったのに」喜劇役者がぼやいている。

「行きましょう」ハンブルドンは長身の男を誘った。

二人がドアの外に出てみると、鉄製の狭いデッキにコートニー・ブロードヘッドが立っていた。コートの襟を立て、帽子を目深にかぶっている。その顔は、困り果てて途方に暮れているように見えた。ハンブルドンたちは駅のプラットホームに降りた。列車内のこもった空気から開放され、冷んやりとした夜気がすがすがしく感じられる。体にしみわたり、気持ちを引き立たせてくれるような、そんな独特の香りがした。

「この香りは、まるで花屋にいるようだな」ハンブルドンが言った。「苔と、冷たく湿った大地と、ほかにも何かの匂いがする。標高がかなり高いんじゃないでしょうか?」

「ええ、おそらく。山の空気の匂いがしますね」

「コーヒーはいかがですか?」

二人は軽食のカウンターから湯気の出ている陶製のカップを取り、それを持ってプラットホームに戻った。

「ヘイリー！　ヘイリー！」

見ると、向こうの寝台車の窓がひらいており、そこから誰かが顔を出した。

「キャロリン！」ハンブルドンは足早に窓に近寄った。「まだ眠っていなかったのかい？　もう二時半だっていうのに」

プラットホームの薄暗い光に照らされて、その顔は目のまわりと頬骨の下のくぼみだけが目だって見えた。長身の男はいままで、キャロリン・ダクレスの顔について、なんとも判断がつかないでいた——美人といっていいのだろうか？　衰えがきているのだろうか？　顔つきは賢そうだが、中身はどうなのだろう？　彼女はどうやら何かを懸命に訴えているようだ。声を抑え、早口でしゃべっている。ハンブルドンが驚いた顔で彼女を見つめ、何かを言った。そして二人はそろって長身の男の方を見た。彼女はためらっているようだった。

「ドアが閉まります。ご注意ください」

発車のベルが鳴り、長身の男はデッキに登った。コートを着て背中を丸めたブロードヘッドは、まだデッキに立っていた。列車は出発に備えてガチャンと後方に動いた。ハンブルドンはカップを持ったまま、寝台車の向こう端のデッキに慌ててよじ登っている。列車は駅を出て、夜の闇に中に引き込まれていった。コートニー・ブロードヘッドは長身の男を横目でちらりと見てから、小声で何かぶつぶつと言い、そして客車へ戻っていった。長身の男はそのままデッキに残った。目の前では寝台車の最後尾が左右に揺れ、二つの車両を繋いでいる小さな鉄製の連結器が、前後にガチャガチャと動いていた。しばらくすると、ハンブルドンが寝台車から出てきた。彼は鉄製の手すりにつかまりながら連結器を渡り、長身の男と合流するなり大声で言いはじめた。

「……とにかく動揺して……並々ならない……ぜひあなたに……」その声は風にさらわれていった。

「聞こえませんよ」

「マイヤーが――私にもよくわからないんです。とにかく来てください」

ハンブルドンは先に立って連結器を越えると、手を伸ばして長身の男を引っ張り、寝台車側に渡るのを助けた。

「マイヤーが」彼は言った。「誰かに殺されかけたそうなんです」

# 第2章　襲われたマイヤー

長身の男がじっと見返してきただけだったので、ハンブルドンはいまの驚くべき発言が彼には聞こえなかったのだと思った。

「誰かがアルフレッド・マイヤーを殺そうとしたんです」彼は大声で繰り返した。

「わかりました」長身の男はうんざりとした、そしてわずかに警戒したような顔で答えた。

「キャロリンが、あなたに寝台車まで来てほしいと」

「まさか彼女に話したわけでは――」

「いえ、いえ。しかし、あなたさえよければ――」

後ろのドアが勢いよくひらき、ハンブルドンの背中にごつんと当たった。そしてドアの端から、アルフレッド・マイヤーの青ざめた顔がのぞいた。

「ヘイリー――こっちへ来てくれ。こんなところで何を――おっと」マイヤーは長身の男をちらりと見た。

「彼も一緒に行きます」ハンブルドンが言った。

三人はよろけながら狭い通路を進んだ。通路に面して二つの客室があり、マイヤーは一つめを通りすぎて、二つめのドアに二人を招き入れた。〈デラックス〉寝台はずいぶん小さく、幅の狭いベッドが二つと洗面器が備えつけられていた。キャロリン・ダクレスは、えらくゴージャスな化粧ガウンを着て下段の寝台に腰かけ、両手で膝を抱えていた。長く豊かな赤茶色の髪が、軽くカールしながら肩にかかっている。

「こんばんは」彼女は長身の男に言った。「ヘイリーが、あなたにも聞いてもらったほうがいいだろうって」

「何が起こったにせよ、みなさんで話されたほうがいいでしょう。ご心配なさらなくても、口出しするつもりはありません」

「まあ、待って」ハンブルドンが言った。「説明させてください――つまり、あなたのことを」

「わかりました」長身の男はあきらめた様子で、丁重に答えた。

「この旅でご一緒することになった彼を、私たちはずっと、〈R・アルン〉氏だと思っていました」ハンブルドンは切り出した。「乗客リストにはそう書かれていましたからね。ところが今夜になって、彼がロデリック・アレン氏――ロンドン警視庁《スコットランドヤード》犯罪捜査課の主任警部であることがわかったのですよ」

「なんと！」マイヤーが哀れっぽい声を出した。それはショックを受けたときの、彼特有の表現だった。

「それじゃあ――」キャロリン・ダクレスが言った。「それじゃあ、あなたは――ええ、たしかに〈男前〉警部だわ。覚えていらっしゃる？　ガードナーの事件のときよ。あの週に出た

『タトラー』誌（社交界の話題を集めた英国の月刊誌）に、私たちの写真が隣り合って載っていましたのよ」

「雑誌の記事にも」アレン主任警部は言った。「たまには価値があるものだと思ったのは、あのときだけですよ」

「価値」マイヤーが口を挟んだ。「なんと！　それなら、これはあなたの専門分野です。話を聞いていただけますかな？　とにかく、座ってください。キャロル、そっちへ寄ってくれ」

アレンはスーツケースの上に座り、ハンブルドンは床に、そしてマイヤーは妻の横に腰を下ろした。大きな顔は蒼白で、肉付きのよい手はかすかに震えている。

「まったく、何がなんだか……」彼は言った。

「私が説明しますわ」ミス・ダクレスだった。「こういうことですの。この人は今夜、遅くまで起きていました。書き上げなければならない書類が山ほどあって、この部屋にタイプライターを持ち込んでいましたの。先ほどの駅に着く少し前、この人は新鮮な空気を吸おうと思って、あの狭くてお粗末なデッキに行ったんです。そうよね、ダーリン」

マイヤーは暗い顔でうなずいた。

「ちょうどその頃、列車はコルク抜き《コルクスクリュー》とか何とか呼ばれているところを走っていました。車掌がそれはそれはいい人で、おまけに博識で、その車掌が教えてくれましたの。このコルクスクリューは――」

「錐もみだよ」マイヤーが訂正した。

「そうだったわね、ダーリン。この錐もみは先に進むほど急カーブになっているらしいわ。

自分で自分のお尻に追いついちゃったり、最後尾の車掌車が先頭の機関車の前に出ちゃったりすることなんて、しょっちゅうだそうよ」

「おいおい、キャロリン」ハンブルドンがたしなめた。

「本当なんですのよ。でもたしかに、話の続きにはあまり関係がありませんわね。とにかく覚えておいていただきたいのは、コルクスクリューを走っているとき、列車はひっきりなしにカーブを曲がっているということですわ」

「どういう意味ですか？」

「冗談はそれくらいにしてくれないか、キャロリン」マイヤーが言った。「真面目な話なんだよ」

「ダーリン、もちろん大真面目な話よ。アレンさん、アルフィーはデッキに行って、そこに立っていました。そのあいだも、列車は猛スピードでカーブを曲がりつづけていて、それはもう見事なくらいで、アルフィーはその景色にどきどき、わくわくしたんですの。もっとも外は真っ暗でしたから、見えたのは上のカーブや下のカーブを走る車両の列だけでしたけれど。ドアが閉まるバタンという音が聞こえましたが、この人は振り返りませんでした。誰かが通っただけだと思って、気にも留めなかったのですわ。両手で手すりをしっかりとつかんでいたのが、ほんとうに幸いでした。でなければ、その人物に押されてこの人はきっと――」

「いや」マイヤーが固い口調でさえぎった。「私から話そう。私は外を向いてデッキに立っていました。昇降段の手前にある鉄製のドアは開け放しになっていたので、私とそのう、外というのですか、それを隔てるものは何もありませんでした。風がとにかく強くて……車両を行き来する人たちが後ろを通っていくのはなんとなくわかっていましたが、振り返りはしませんでした。ところが、またヘアピンカーブに差しかかって、列車が大きく揺れたとき、誰かが私の背中を蹴ったのですよ。それも思い切り。あやうく命を落とすところでした。本当に危なかったんです。私は昇降段の方に思わずよろけて、慌ててドアにつかまりましたが、きっとその拍子にドアが壁の留め金からはずれたのでしょう。ちょうど自分を締め出してドアを閉じるような格好になってしまったのです。とっさにデッキの手すり——というか、昇降段のすぐ横の、ほとんど支柱のあたりをつかみました。そうやって列車にぶら下がったまま、その時間がどれほど長く感じられたことか。しばらくして、列車が今度は反対側に振れたので、その勢いでどうにか戻ることができたのです。ほっと胸を撫でおろすと同時に、急いでまわりを見まわしましたが、その男はもういませんでした。まったく、何がなんだかわかりません。ヘイリー、そのケースを開けてくれ。中にブランディーのボトルが入っている」マイヤーは目をぎょろつかせながらアレンを見た。

「どう思われますか？」

「きわめて不愉快ですな」アレンは答えた。

「不愉快だって！　聞いたかね！」

「まあ、アルフィー」妻が言った。「あなたにはたっぷりのブランディーが必要よ。ヘイリー、注いであげて。あそこにグラスがあるわ。私たちもブランディーをいただきながら、誰がこの人を暗殺しようとしたのか、アレンさんのお話を聞きましょう。こぼさないで、ヘイリー。さあ、準備はできましたわ。ではアレンさん、お願いします」

彼女は、ほら、と励ますように主任警部を見上げた。

わざと滑稽に振舞っているのだろうか、とアレンは訝った。彼女は稚拙な話し方をしながらも人間的な深さを感じさせるような、そんなつかみ所のないタイプの女性ではないはずだ。いや、そういうタイプなのか？　いや、いや、違う。彼女は自分の顔見せ場面を、それとなく演出しているのだ。きっと長年やってきたことが癖になって、ついつい出てしまうのだろう。

「私が知りたいのは、これからどうしたらいいかということなのです」マイヤーが言っている。

「列車を止めて、車掌に言ったらどうかしら？」キャロリンはブランディーをすすりながら提案した。「非常連絡用の紐を引っ張って五ポンド払ったら、どこかからご婦人がやってきて言うのよ、ちょっとあなた――」

「キャロリン、黙っていてくれ」ハンブルドンは彼女に向かってにっこりと微笑んだ。「アレンさん、どう思いますか？」

「故意に蹴られたというのは、間違いないですか？」アレンは訊いた。「たとえば、通りかかった人がバランスを崩した拍子にぶつかった。ところがその人物はあなたを突き落としたと思いこんで、気が動転してしまったとか、そういうことは考えられませんか？」

「間違いなく蹴られたのです。何を賭けてもいい。尻に青あざまでできたのですから」

「ダーリン！　だったらあなたをカゴに入れて、旅行の間じゅう持ち歩かなければならないわ」

「アレンさん、私はどうしたらいいでしょう」

「さて――何とも言いかねますが、とりあえず車掌に事情を伝えて、次の駅から警察に電報を打ってもらったらどうでしょう。千鳥足のラグビー選手が列車内をうろうろしているとでも。私にはどうも――」

「それよ」キャロリンが声を弾ませた。「さすがですわ、アレンさん。酔っ払ったラグビー選手、それなら何もかも見事に説明がつきますわよね。彼らなら、蹴り飛ばすことなんてお手のものですもの。オールブラックス（ラグビーのニュージーランド代表チーム）をご覧なさいな」

マイヤーは真面目腐った顔で聞いていた。すると、ハンブルドンがいきなり笑いだし、アレンは急いで煙草に火を点けた。

「笑いごとではないぞ」マイヤーは言い、アレンを見ながら自分の尻をそっと撫でた。「警察に知らせたものかと迷っているのです。通報すれば、おそらく新聞沙汰になるのでしょう。いままで、そんな形で世間の評判になったことはないのですよ。ヘンリー、きみはどう思う？〈有名な劇団オーナー、殺害未遂〉、などという見出しは、どうもいただけんよ。同じ記事でも、被害者がキャロリンなら反響は違うだろうが」

「それはまずいでしょう」ハンブルドンは同意しかねる様子だった。

「私も、それはまずいと思うわ」キャロリンも言う。

「マイヤーさん」アレンが言った。「劇団の中に、あなたに敵意をもっている人はいませんか？」

「まさか！　おりませんよ。うちの劇団は、一つの家族みたいなものなんですから。団員には手厚い待遇をしていますし、彼らは私を尊敬してくれています。いままで、口論一つ起こったことはないのです」

「デッキに立っているとき、何人かが後ろを通っていったとおっしゃいましたね。それが誰だったか、一人でもわかりませんか？」

「いいえ。通路に背を向けていたもので」

「それでは」アレンはちょっと考えてから訊いた。「反対側のデッキに誰か立っていましたか？　私たちの車両のこちら側のデッキ、つまり、あなたが立っていたデッキと連結器でつながっているデッキです」

「誰もいなかったと思います。少なくとも、私がデッキに出たときには。あとから誰かが来たのかもしれませんが、あのとおり暗かったうえに、風も強かったし、音もうるさかったものですから。私は帽子をしっかりとかぶり、スカーフを目元近くまで引き上げていましたし、列車の側面から外を見ていましたので、となりのデッキには半ば背を向けた状態になっていました」

「襲われたのは、さっきのオハクネ駅に着く、どのくらい前でしたか？」

「三十分くらい前だと思います」

「あれは何時でしたかね？」アレンはハンブルドンに尋ねた。「私が目を覚まして、あなたと話しはじめたのは。私が時計を見たと思いますが、覚えていますか？」

「二時十分でしたが、なぜ？」

「いいえ、たいしたことではありません。列車がオハクネに着いたのは、二時四十五分でした」

ハンブルドンははっとしてアレンを見た。キャロリンが大きなあくびをして、つらそうな様子を見せはじめた。

「眠いのも無理ありません」アレンは言った。「行きましょう、ハンブルドンさん」

彼は立ち上がり、おやすみなさいと言いかけたそのとき、ドアを叩く大きな音がした。

「あらあら！」キャロリンが言った。「今度は何かしら？　まさか、また切符を切るなんていうんじゃないでしょうね。どうぞ！」

狭い寝台室に飛び込んできたのは、ヴァレリー・ゲイネスだった。光沢のあるゆったりとしたズボンをはき、きらびやかな化粧ガウンを羽織ったその姿は、高級雑誌で見かける部屋着の広告さながらだ。彼女はすがるように両手を伸ばしてキャロリンに駆け寄った。

「話し声が聞こえたので、たまらず入ってきてしまいました。お許しください、ミス・ダクレス。でも、大変なことが起こったのです」

「わかっているわ」キャロリンは即座に言った。「酔っ払いのラグビー選手に蹴られたのね」

ヴァレリーはきょとんとした顔で彼女を見た。

「でも、どうして——？　いいえ、もっと困ったことなんです。じつは——じつは、盗難にあったんです」

「盗難？　まあ、ダーリン、なんて奇妙なことの多い列車なのかしら。いまの話、聞きました?」

「恐ろしいことじゃありません? 私がベッドに入ったあとで――」

「ヴァレリー」キャロリンがさえぎった。「こちらのアレンさんはご存じよね? 彼は有名な刑事さんみたいだから、うちのダーリンを殺そうとした人を捕まえたあとで、あなたの宝石も取り戻してくれると思うわ。アレンさん、あなたがニュージーランドにいらっしゃることになって、ほんとうに幸運でしたわ」

「そう言っていただけて、光栄です」アレンはさらりと言ってから付け加えた。「しかし、できれば、私の職業は他言しないでいただけると非常に嬉しいのです。旅の連れが警視庁の人間だとわかっては、人生の楽しみも色あせてしまうというものです」

「もちろん心得ていますわ。ヴァレリーの宝石を見つけるにしても、お忍びのほうがずっとやりやすいですものね」

「宝石じゃなく、お金なんです」ミス・ゲイネスが説明しはじめた。「それも大金です。パパがポンド札を持たせてくれて、ニュージーランドに着いたら両替するようにって。手数料を考えたら、そのほうがいいって。だから、船に乗るときに少しだけ手元に残して、あとはパーサーにあずけました。上陸する前の晩にパーサーから受け取りましたが、そのときは、何事もありませんでした。そして私は――私は――」

「ブランディーはいかが?」キャロリンが唐突に勧めた。

「ありがとうございます。パパはきっと、かんかんに怒るでしょう。思い出せないんです。

お金が無事であることを最後に確かめたのがいつだったか。とにかく頭が混乱してしまって……パーサーから受け取ったあと、革製の紙挟みに入れて、スーツケースにしまっておいたのですが……」

「それはまた軽率なことを」マイヤーが哀れっぽい声で言った。

「いま思えば、まったくそのとおりです。でも私、お金の扱いには疎くて。ほんとうに馬鹿でした。今朝、スーツケースを閉じる前にケースを触ってみたときには、お札のガサガサという感触があったので、大丈夫、入っているわと思いました。そしてさっき、こんな恐ろしい列車ではとても眠れないから、手紙でも書こうと思ってケースを出したら、中に入っていたのは紙の束だったんです」

「どんな紙だったの?」キャロリンが眠たげな声で訊いた。

「それなんです。だから、はじめは誰かが悪ふざけのつもりでやったのかと思いました」

「なぜですか?」アレンが訊いた。

「まあ!」ゲイネスはいらついた様子だった。「あなたはきっと、ロンドン警視庁でもとびきり純真で無邪気な方なのね」

ハンブルドンがぼそぼそと何か説明し、アレンは、「ああ、なるほど」と言った。

「あの紙は、船にあったものですわ。見覚えがあります。なかなか上質なものでした。それで覚えていたんです。アレンさん、私、探偵になれるかしら? いえ、それは別にいいんですけど、この話、ほんとうに退屈じゃありません? 私はどうしたらいいんでしょう? もちろん信用貸しの手紙は持ってきましたから、ミドルトンではそれを使うことができますが、何かを盗まれたままにしておくのは、誰だっていやですわよね」

「その紙挟みだかなんだかを、今朝、朝食のあとで見たかね?」マイヤーが唐突に訊いた。

「ええと——いいえ、見ませんでした。間違いありません。なぜ?」

「いくら入っていたんだね?」

「さあ、はっきりとは。四ポンド、いいえ、五ポンド使って、フランキーに負けた分を十ポンド払って——」

彼女はそこで言いよどみ、ふいにうつろな表情になった。

「使い道はなんであれ」彼女は続けた。「九十ポンドくらいだと思いますわ。それが消えたのです。まあ、とにかくそういうことですの。これ以上お休みの邪魔になってはいけませんわね、ミス・ダクレス」

ヴァレリーは出口へ向かい、アレンはドアを開けてやった。

「よろしかったら、革のケースを見せていただけ——」彼は言った。

「お気持ちはありがたいのですが、あのお金は出てきっこありませんわ」

「私なら、彼に見てもらうわね」キャロリンがぼそりと言った。「犯人を辿っていったら、凶悪なラグビー選手に行き着くかもしれないもの」

「凶悪なラグビー選手?」

「朝になったら話すわ。ヴァレリー、おやすみなさい。お金のことは気の毒だけど、でも、アレンさんがそのうちきっと見つけてくれるでしょう。今夜はずいぶんいろいろなことがあったわ。そろそろ、この恐ろしく狭い寝台で寝かせてちょうだい」

「おやすみなさい」ヴァレリーは出ていった。

アレンはキャロリン・ダクレスを見た。彼女はヴァレリーが出ていくなり目をつむったものの、いまは片方だけを開け、その念入りに化粧された大きな目が、アレンをしっかりと見据えていた。

「おやすみ、キャロリン」ハンブルドンが言った。「おやすみ、アルフ。少し眠れるといいですね。もうあまり時間がありませんから。事件については、心配しすぎないほうがいいですよ」

「眠るだって！」マイヤーは叫んだ。「心配するなだって！　あと一時間もすればミドルトンにつくんだぞ。眠れるわけがない。それどころか、横になったところで気が休まるものでもない。山のてっぺんで列車から突き落とされそうになってみろ、きみだって心配になるさ」

「たしかにそうですね。アレンさん、行きましょうか？」

「ええ。おやすみなさい、ミス・ダクレス」

「おやすみなさい」キャロリンは低い声で答えた。

「さようなら」マイヤーは苦々しげだった。「お手数をかけて、すみませんでしたな」

ハンブルドンはすでに廊下に出ていた。アレンがちょうど戸口を出ようとしたとき、キャロリンが彼を呼び止めた。

「アレンさん！」

アレンは振り返った。彼女はさっきと変わらず、片方の目だけで彼を見ていた。その表情は、眠そうながらも婀娜《あだ》っぽく、それでいて理知的だった。

「ヴァレリーは、どうしてあなたに紙挟みを見せなかったのかしら？」彼女は訊いた。

「さあ、私にはわかりません」アレンは答えた。「あなたは？」

「だいたいの見当はついていますわ」

# 第3章　舞台裏

ダクレス一座がミドルトンに着いたのは、まだ朝食に間に合う時間だった。劇団のスタッフたちは、十時前にはロイヤル劇場のそれぞれの持ち場で仕事を始めていた。旅公演中の俳優にとって、どの劇場にもたいした違いはない。規模や温度、そして快適さにある程度の差はあっても、楽屋にガス灯が灯り、化粧台にドーランが並び、壁際に衣装がずらりと吊るされると、どんな劇場も、〈劇場〉という意味では変わらなくなる。一座にとって、もっとも気になるのは舞台だ。役者たちは宿に落ち着き、時間があれば短い休憩を取り、それが済むとすぐに劇場に向かい、自分たちの商売道具となる舞台をチェックする。ステージ上には舞台監督とスタッフがいて、幕裏の機械設備を褒めたり罵ったりしている。見慣れた背景画が次々と運び込まれ、作業用の照明が灯り、フットライトの横にはプロンプター用のテーブルが置かれ、暗い観客席の前方では、シートをかぶった特別席が開演を待ちわびている。

まもなく、いつものようにリハーサルが始まる。ゴム底の靴を履いた大道具方が、舞台天井やステージ上を忙しく行き交う。準備が進むにつれて、劇場はその内側から、次第に生き生きと活気づいていく。

ミドルトンのロイヤル劇場は、比較的大きな劇場だった。観客席は千席、フルサイズのステージがあり、派手さこそないが、照明設備も、舞台天井の簀《す》の子《こ》やロープ類もしっかりしている。ウエストエンドの劇場に慣れたガスコインは、古めかしい照明を見て、馬鹿にしたようにふんと鼻を鳴らした。一座は特製の照明制御盤を持ち込んでおり、電気係はむっつりした顔で、地元の電気会社の社員にその秘儀を伝授した。

キャロリンをはじめ役者たちは全員、十時にはホテルに入り、眠っている者もいれば、朝食を摂っている者もいた。キャロリン、ヴァレリー、リヴァーシッジ、メイソン、そしてハンブルドンはミドルトン・ホテル——町の侘しげなホテルのなかでは最高級の——に滞在していた。ほかの劇団員は、それぞれの収入に見合った宿泊場所を選んでいた。たとえば、コートニー・ブロードヘッドは少し離れたところにあるセールスマン御用達のホテルに、トミー・ビッグスのようにもっと収入の少ないスタッフは、〈ミセス・ハーボトルの宿〉に、といった具合に。

劇団の支配人ジョージ・メイソンは、ベッドには入らなかった。髭をあたり、風呂に入り、服を着替え、慢性消化不良の胃をさすりながら、十時にはすでにロイヤル劇場のオフィスに座り、この公演旅行を後援しているオーストラリアの会社が先乗りさせていた宣伝係と話し込んでいた。

「すごい評判ですよ」宣伝係は言った。「一階席はすべて予約済みで、桟敷席もあと五十しか残っていません。当日券を求めて、行列までできています。いやあ、嬉しいかぎりですよ」

「それは上々だ」メイソンは答えた。「ところで——」

二人は話しつづけた。そのあいだも電話はひっきりなしに鳴りつづけていた。切符売り場の担当者がやってきた。続いて劇場の支配人と、少し緊張気味の新聞記者が三人、そして最後に、クッションを抱えたマイヤーが入ってきた。マイヤーは回転椅子にクッションをおき、その上にそろそろと腰を下ろした。

「やあ、アルフ」メイソンが声をかけた。

「おはよう、ジョージ」

メイソンに紹介されたオーストラリア人の宣伝係は、いきなり鋼のような強さでマイヤーの手を握り、嬉しそうにぶんぶんと振った。

「お会いできてとても嬉しいです、マイヤーさん」

「はじめまして」マイヤーは言った。「いいニュースですか?」

若い新聞記者たちはおずおずと近づいてきた。

「新聞社の人たちだ」メイソンが紹介した。「アルフ、きみから、少し話が聞きたいそうだ」

マイヤーは目をぐるりと回すと、慣れた愛想のよさで彼らを迎えた。

「なるほど、そうですか」彼は言った。「かまいませんよ。どうぞこちらへ、さあ、みなさんも」

宣伝係は三つの椅子を急いでマイヤーのそばに運び、半円形に並べると、いつのまにか壁際に下がって様子を見ていたメイソンの横に立った。

新聞記者たちは咳払いをして、それからノートと鉛筆をかまえた。

「さて、何を話したらいいのかな？」マイヤーが切り出した。

「ええと」一番年上に見える記者が応じた。「読者が興味を持ちそうなことを、いくつかお訊きできればと……」

野太い声ではあったものの、話し方は穏やかで、わずかに訛りがあった。見るからに、健康的で無邪気そうな若者だった。

「いいですよ」マイヤーは答えた。「ところで、ここは素晴らしいお国ですね――」

記者たちは、〈ニュージーランドを絶賛、熱意を語る訪問者〉という見出しの下に掲載される記事のために、忙しくペンを走らせた。

若い男が二人、そして女が一人、オフィスの入り口に現れた。彼らは二本めの芝居に出演するために、はるばるオーストラリアからやってきた若者たちで、たったいま劇場に到着したのだった。メイソンは彼らを楽屋口まで案内し、大道具頭と白熱した議論を交わしているガスコインを指さすと、あとは自分たちで頼むよと言い残してその場を離れた。

ステージでは、ちょうど常設の背景が解体されているところだった。縦溝彫りの柱や金メッキ張りの壁といった背景は、木の葉のようにはらりと倒され、大道具部屋へと運ばれた。代わって舞台芸術家が描いた見事なアダム様式の客間が登場し、まるで巨大なカードで家を作るように、突き合わされたパネルの端と端が固定された。トントンと軽快な音を立てて、舞台係がそれを木製の横木《クリート》に留めつけていく。

「耳はいらないぞ」ガスコインが指示する。

「耳、落とします」繰り返す声が天井から聞こえ、パネルからはみ出して垂れ下がっていた背景画の上端が、一つまた一つと消えていった。
「次は天幕だ」
劇場の外では、異国の町に十一時を告げる時計の音が響いた。役者たちが集まりはじめ、
銘々に楽屋をチェックしている。集合時間は十一時半。オーストラリアから来た三人を見つけ
たガスコインは、ステージを横切って彼らのところへ行き、それぞれの役どころを説明しはじ
めた。その明るく気さくな話しぶりに、自国に乗り込んできた英国人に警戒感を抱いていた三
人も、次第に打ち解けていった。ガスコインは彼らに楽屋の場所を教え、それから怒鳴りたい
気持ちを抑えて言った。「フレッド、十分で終わらせてくれ。十分後にはステージを使うぞ」
「間に合いませんよ、ガスコインさん」大道具頭のフレッドが言う。
「間に合わせるんだ。何か問題でもあるのか?」
ガスコインはそう言いながらステージに戻った。上からは鋸の音が聞こえている。
彼は天井を見上げた。
「何をしているんだ?」
上からは、ぶつぶつと聞き取りにくい声が返ってきただけだった。
ガスコインは大道具頭を見た。
「十分で終わりだ、フレッド。四週間も仕事をしていなかった役者たちとリハーサルをしな
けりゃならん。しかも、本番は今夜ときている。今夜だぞ。製材所の中でやれというのか?

やつはいったい何をしているんだ？」

「マストを固定しているんです」大道具頭が言った。「これぱっかりは、やってしまわないといけません。ガスコインさん、ここのステージは——」

彼は詳しい説明を始めた。第二幕は船の上が舞台となる。セットは凝ったものだった。本物の縄ばしごがついたマストが立てられ、これは上側から固定する必要があった。ガスコインと大道具頭は簀の子を見上げた。

「マストを立ててみたところ」大道具頭は言った。「ここの舞台には少し長すぎたので、バートがいま直しています。バート、錘《おもり》はつけたか？」

それに応えるかのように、黒く大きく恐ろしげなものがちらりと視界に入った。と、次の瞬間、心臓がひっくり返るかと思うほどの大音が響き、木片が飛び散り、埃が舞い上がった。二人の足元には、飾り帯《サッシュ》につける錘を巨大にしたような、長いものが転がっていた。

ガスコインと大道具頭はいきり立った。顔は蒼白、膝はガクガクと震え、二人はありったけの大声で、姿の見えないバートを罵り、降りてこい、半殺しにしてやると怒鳴った。その声はぞっとするような静寂の中に、吸い込まれるように消えていった。オフィスにいたメイソンと、楽屋にいた役者たちも駆けつけ、ホールの入り口に集まって様子をうかがっていた。簀の子から下りてきた哀れなバートは、自分が落としたものを見て、青くなって立ちすくんだ。

「ほんとうです、ガスコインさん。どうしてこんなことになったのか、おれにもよくわからないんです。誓ってもいい。本当にすみませんでした」

「そのクソったれの口をつぐんでいろ」大道具頭は聞く耳を持たなかった。「殺人罪で刑務所に行きたいか？　天井で作業するときの、初歩的な決まりさえ知らんのか？　おまえは――」

メイソンはオフィスへ戻り、役者たちもそれぞれの楽屋へ戻っていった。

「ところでマイヤーさん」年長と思われる記者が言った。「うちの国の鉄道についてご意見をいただけませんか？　本国と比べて、いかがでしょう？」

マイヤーはクッションの上でもぞもぞと腰を動かし、尻にそっと手をやった。

「素晴らしいと思いますよ」

ヘイリー・ハンブルドンはキャロリンの部屋のドアをノックした。

「支度はできたかい？　十五分だよ」

「入ってちょうだい」

ハンブルドンは彼女とマイヤーが使っている寝室に入った。旅公演中の二人の寝室は、それがどの町のホテルであっても、いつでもまったく同じ状態だった。衣装トランク、ベッドを彩る華やかなカーテン、キャロリンが飾ったマイヤーの写真、彼女自身、そしてバッキンガムシャーで牧師をしている父親の写真。鏡台の上には、緋色のケースに入った化粧道具。鏡に映った彼女は、その美しい顔に最後の仕上げを施しながら、ハンブルドンにうなずいた。

「おはようございます、マイヤー夫人」ハンブルドンはそう言うと、舞台でいつもやるように、軽やかな仕草で彼女の指にキスをした。

「おはようございます、ハンブルドンさん」キャロリンが答える。役者どうしが劇場の外で会ったときによくやる、半ば皮肉のこもった陽気でわざとらしい挨拶だった。

鏡の中でキャロリンが振り返った。

「ずいぶんこわばった顔になってしまったものだわ。こうやって、どんどん老けていくのね」

「そんなことはないさ」

「そうかしら？　そのとおりだと思っているのじゃないかしら？　そして、ときどきこう思うの。彼女が老けて、あの役やこの役を演《や》れなくなる日も、そう遠くはないだろうって」

「ばかな。ぼくはきみを愛している。ぼくにとって、きみはいつまでも変わらないさ」

「ダーリン！　嬉しいことを言ってくれるのね。でも、老いは必ずやってくるのよ」

「ならば、ならば、ならば、残されたものを充分に活かしたらいいじゃないか。キャロリン――ぼくのことを、本当に愛しているのかい？」

「また口説くつもりね。だめよ」

彼女は立ち上がって帽子をかぶり、つばの下から茶目っ気たっぷりの目で彼を見た。「さあ、行きましょう」

ハンブルドンは肩をすくめて彼女のためにドアを開け、二人は物腰も優雅に部屋を出た。小さな動作一つ一つが、長年にわたる訓練によって身についたものだった。日常のこうした仕草に無意識に表れる職業気質が、部外者にはたびたび不自然に見えるのだろう。たしかに、彼らが駆け出しの役者だった頃には、不自然なことも多かった。しかしベテランとなったいまでは、これはもうたんなる習慣にすぎない。彼らは批評家が言うのとはまた違った意味で、たしかに、いつねに演じているのだった。

二人はエレベーターで階下へ行き、ロビーを横切って、通りに面したドアへ向かった。そこで二人は、アレンにばったり出会った。彼もまた、ミドルトン・ホテルに宿泊していた。

「こんにちは」キャロリンが挨拶した。「もう外へ？　早起きですのね」

「路面電車で近くの山のてっぺんまで行ってきました。ご存じですか、市街は八キロほど先でいきなり終わって、その向こうには、ところどころに小さな茂みのある草地の丘が広がっているのですよ。素晴らしい眺めでした」

「それは素敵ですこと」キャロリンは曖昧に答えた。

「いいえ」アレンは言った。「あなたが思っていらっしゃるよりも、ずっと見事ですよ。ところで、ご主人の様子はいかがですか？」

「かわいそうに、まだ相当に不機嫌ですわ。それに予想どおり、青あざもできています。やはりラグビー選手に違いありませんわ。今夜の公演にはいらっしゃいますの？」

「行きたいのは山々ですが、チケットが取れなくて」

「まあ、そんなことなら、うちのアルフィーがなんとかいたしますわ。ヘイリー、私が彼に言い忘れていたら教えてちょうだい」

「わかりました」ハンブルドンが答えた。「キャロリン、そろそろ行かないと」

「仕事、仕事、仕事」キャロリンは急に悲しげな顔になった。「さようなら、アレンさん。舞台のあとで、ぜひ楽屋にいらしてくださいな」

「私の楽屋へもどうぞ」ハンブルドンが言った。「作品について、ぜひあなたの意見を聞かせてください」

「ありがとうございます。では後ほど」

「素敵な方ね」少し歩いたところでキャロリンが言った。

「ああ、ほんとうに。キャロリン、頼むから聞いてくれ。図々しいのを承知で、ぼくはきみをずっと変わらずに愛してきた。もう何年になるかな。五年か？」

「もう少し長いはずよ。六年だと思うわ。あれはクリテリオン劇場で『シザース・トゥ・グラインド』を演っていたときだったから。忘れてしまったのかしら——」

「いいだろう、六年だ。きみはぼくが好きだと——愛していると——」

「ここで渡らなくていいのかしら？」キャロリンがさえぎった。「劇場はあの通りを行ったところだって、アルフィーが言っていたわ。ちょっと、気をつけてよ！」彼女は小さな悲鳴を上げた。ハンブルドンがむっとした表情で、彼女の肘を乱暴につかんだのだ。彼はキャロリンをせき立てて、往来の多い道路を渡った。

「劇場に着いたら、すぐにきみの楽屋へ行く」ハンブルドンは腹立たしげに言った。「はっきりさせようじゃないか」

「たしかに、歩道で話すよりはずっといいわね」キャロリンも賛成した。「うちのアルフィーも言うでしょうから。書かれていい記事と悪い記事があるって」

「ちくしょう」ハンブルドンは歯の間から押し出すように言った「ぼくの前で旦那の話はやめてくれ」


コートニー・ブロードヘッド青年は劇場に行く前にミドルトン・ホテルに寄り、ゴードン・パーマーに面会を求めた。通された部屋では、パーマーが具合の悪そうな顔をしてまだベッドの中にいた。パーマーの従兄であり、教育係でもあるジェフリー・ウエストンは窓際の肘掛け椅子に座り、リヴァーシッジはベッドの端にもたれて煙草をふかしていた。リヴァーシッジもまたリハーサルに行く途中、ゴードンに会うために立ち寄ったようだった。

パーマーの小僧――ハンブルドンはそう呼んでいる――は十七歳、恐ろしく世慣れているものの、自分の知識の及ばない世界に関してはまったくの無知だった。若者にありがちなぎこちなさは微塵もなく、代わりに若者特有の活力もない。元気というよりは落ち着きがなく、野心的というよりは貪欲。ハンサムではあるものの、着ているものは下品でけばけばしく、彼がダクレス喜劇一座を追いかけている、というかキャロリンにつきまとっているのも、いかにも納得できた。キャロリンは彼に少しも関心を払わなかったが、そんなことを気にする様子もない。ただし、リヴァーシッジとヴァレリーの歓心を買うことに関しては、大いに成功していた。

「やあ、コートニー」ゴードンは言った。「穏やかにたのむよ。まったく最悪の朝さ。夕べあの列車の中で、ぞっとするような連中と会っちまったのさ。なんて夜だ！　ポーカーは――何時までやっていたんだっけ、ジェフリー?」

「子供が起きているには遅すぎる時間までだ」ウエストンが静かに答えた。

「ジェフリーは、ぼくにこういう口の利き方をしなきゃならないと思っているのさ」ゴードンが説明した。「案外それらしく聞こえるだろう? コートニー、何だい用は?」

「ポーカーの負けを払いにきた」コートニーはポケットの財布から数枚の札を取り出した。

「フランキー、こっちはあなたの分だ」そう言って悲しげに笑った。「あるうちに受け取っておいたほうがいい」

「貸しがあったなんて、すっかり忘れていたな」ゴードンはこともなげに言った。「まあよかった。邪魔になるものじゃないからね」


リヴァーシッジは開け放してあるオフィスのドアから中をのぞいた。彼の出番は第二幕までなかった。ステージの上ではガスコインが、ヴァレリー・ゲイネスとアクロイド、そしてハンブルドンが演じるシーンを糞味噌にけなしており、彼はそのあいだステージの袖でうろうろしているのに飽きてしまったのだ。オフィスにはマイヤーが一人でいた。

「おはようございます、マイヤーさん」リヴァーシッジは声をかけた。

「おはよう、リヴァーシッジくん」マイヤーは椅子に座ったままぐるりと振り向き、フクロウのような目で一座の人気若手俳優を見た。「何か用かね?」

「いまさっき、夕べの事件のことを聞いたもので」リヴァーシッジは話しはじめた。「お加減はどうかと思ってのぞいたんです。ひどい目に遭ったものですね。つまり――」

「まったくだ」マイヤーはぴしりと言った。「気遣いに感謝するよ」

リヴァーシッジは、何気ない素振りで一歩、二歩と部屋の中に入った。

「そのうえ、ヴァレリーは気の毒に、持ってきた金を全部失くしたそうで。とんだ災難が続いたものです」

「たしかに」とマイヤー。

「ミドルトンはなかなかいいホテルですね」

「たしかに」

ぎこちない沈黙が流れた。

「ずいぶんと金回りがよさそうじゃないか」マイヤーが口をひらいた。

リヴァーシッジはからからと笑った。「少し貯めていたんです。ロンドンで長期公演があったでしょう？　あのときの出演料ですよ。それに、今朝は思いがけない収入もありましたし」

彼は横目でちらりとマイヤーを見た。「コートニーがポーカーの負けをきれいに払ったんです。意外でしたよ。だって、夕べはあんなにしょげて、困り果てた顔をしていたんですから」

「ドアを閉めてくれ」マイヤーが言った。「話がある」

キャロリンとハンブルドンは、薄暗い明かりの灯る主役用の楽屋の入り口で顔を見合わせた。運び込んだバスケットのほとんどはすでに荷解きされており、トレーの上には各種のドーランが並んでいた。壁は地下室を思わせる灰色で、化粧品の匂いがした。ハンブルドンが明かりのスイッチを入れると、瞬く間に、明るい光と温もりが部屋全体に広がった。

「聞いてくれ」ハンブルドンが言った。

キャロリンはバスケットの一つに腰を下ろし、彼を見つめた。ハンブルドンは大きく息を吸った。

「きみは私を愛しているし、この先、誰かにこれ以上の想いを抱くことはないだろう。アルフレッドを愛していないきみが、なぜ彼と結婚したのか、神でさえ不思議に思っているはずだ。隠れて一緒に暮らそうとは言わない。私たちのことはみんなが知っているのだからね。そんなやり方は、きみにとっても私にとっても耐え切れない。それよりも、この公演旅行が終わったら、きみが私のところに来て、アルフレッドには離婚を承諾してもらおう。それとも、彼に私たちのことを話して、彼に何か提案があるか訊いてみてもいい」

「ダーリン、そのことについては、もう何度も話し合ったじゃないの」

「たしかにそうだが、私はもう我慢の限界なんだ。これ以上は耐えられない。毎日きみに会って、一緒に仕事をして、まるで、その――高校生か、飼い猫のように扱われるのは。私は四十九だ、キャロリン。もう待てないんだ。お互いのためじゃないか。どうして決心してくれない？」

「カトリック信者だからよ」

「敬虔な信者でもないのに？　普段のきみは、自分の宗教にずいぶん無頓着じゃないか。最後に教会へ行ったのはいつだい？　懺悔をしたのは？　教会じゃなくても何でもいい、いつだい？　何年も前だ。なのに、どうしてこだわるんだ？」

「教会のほうが私を放してくれないのよ。心の隅で、いつも気にかかっているの。ダーリン、あなたと結婚したら、私は自分が罪深い人生を送っている気がしてならなくなると思うわ。ええ、きっと」

「罪深い人生なら、もう慣れっこじゃないか」

「まあ、ヘイリーったら！」彼女はいきなりころころと笑い出した。彼女がどんな役を演じても、この黄金のような柔らかく温かい笑い声だけは変わらなかった。

「やめろ！」ハンブルドンは言った。「やめてくれ！」

「ごめんなさい、ヘイリー。私は悪い女だわ。あなたのことは大好きよ。でもダーリン、できないの。あなたと暮らすことはできないわ。暮らすことは、暮らすことは……」キャロリンは夢を見ているような顔で何度も繰り返した。

「言うだけ無駄か」ハンブルドンは言った。「くそっ！」

「ミス・ダクレス」廊下で声がした。

「ここよ！」

「出番ですので、お願いしますとガスコインさんが」

「すぐに行くわ」キャロリンは答えた。「ありがとう」

そしてさっと立ち上がった。

「あなたの出番もすぐよ、ダーリン」

「わかっているさ」ハンブルドンは思わずぶっきらぼうに答え、それからいくぶん寂しさの混じる声で言った。「アルフレッドが太り過ぎで死ぬまで、待つしかなさそうだ。キャロリン、そうなったら、結婚してくれるかい？」

「地元のみなさんが言っていたのは、何だったかしら？　そう、〈いいとも〉だわ。ええ、ダーリン、いいとも。それにしても、かわいそうなアルフィー！　太り過ぎだなんて、ひどすぎるわ」キャロリンはすり抜けるようにドアを出ていった。

ややあって、彼女の張りのある声が、楽屋にいるハンブルドンにも聞こえてきた。それはオープニングの台詞だった。

「ダーリン、ねえ、聞いてちょうだい！　彼に結婚を申し込まれたわ！」そして、あの鈴のような柔らかい笑い声が響いた。

# 第4章　ティキの登場

四度めのカーテンコールに応えて緞帳《どんちょう》が上がった。キャロリン・ダクレスは役者陣の中央に立ち、特別席に向かって、そして円形桟敷に向かって、それから一般席に向かって会釈した。一千対の手が何度も何度も打ち合わされ、まるで鉄板の屋根の上に霰が降り注ぐような音が会場を包んだ。ニュージーランドの観客には、喝采を叫ぶ習慣がまだ伝わっておらず、芝居がよかった場合には、座ったままひたすら手を叩く。いま彼らは、三度めにして最後の『ご婦人たちの休日』に、盛大な拍手を贈っていた。キャロリンはうっとりした様子で何度も会釈をし、それからヘイリー・ハンブルドンの方を向いて微笑んだ。ハンブルドンは進み出て、フットライトの前に立った。そして、これからスピーチを始めようとする主演俳優の誰もがやるように、大真面目で厳粛な表情を浮かべた。一千対の手がまた一斉に動きはじめたが、ハンブルドンがそれを制するように微笑むと、拍手はぴたりとやんだ。

「紳士淑女のみなさま」ハンブルドンは恭しく言った。「このたびの、ご当地初の公演に、かくも――」彼は一般席を見渡した。「かくも盛大な歓迎を賜りましたことに、拙劣ではございますが、ミス・ダクレスと団員一同に代わりまして、心から御礼を申し上げます。残念なのは

――」そう言って、今度は特別席に視線を移す。「この美しい町での公演期間が、あまりにも短いことです」彼が言葉を切ると、わずかにためらうような間のあとで、ふたたび大きな拍手が湧き起こった。「このたび、私どもは初めてニュージーランドに参りました。そしてここミドルトンは、私どもの最初の公演地であります。やむを得ず駆け足で各地をまわることになっておりまして、こちらの次は、ええっと――」彼は言いよどみ、困った顔で仲間を振り返った。「ウェリントンよ」キャロリンが助け船を出す。「ウェリントンへ参ります」ハンブルドンは申し訳なさそうに微笑み、客席はどっと湧いた。「ウェリントンは金曜日からです。あす水曜日と、あさって木曜日はこちらで、『ジャックポット』という喜劇を上演します。以前にロンドンのクリテリオン劇場で上演するという栄誉にあずかった作品です。当初のメンバーのほとんどが今回も来ておりますが、さらにオーストラリアから三人の有名な役者が参加してくれることになっています。じつは、私どもの劇団にも一人、ニュージーランド出身の女優がおります。彼女はロンドンの演劇界で輝かしい経歴を手にして、故郷に戻って参りました――スーザン・マックスです」ハンブルドンが振り向くと、スーザンは嬉しい驚きに目を丸くしていた。客席からも大きな拍手が湧き起こった。スーザンは瞳を潤ませながら客席に向かって会釈をし、それから魅力たっぷりの笑顔でハンブルドンにも会釈した。

「ミス・ダクレスをはじめ、劇団員も私も、みなさまの温かい歓迎に大変感動しております。最後に、これは秘密だったのですが、じつは今日はミス・ダクレスの誕生日なのです」彼は片手を上げて観客を制した。「彼女は今回初めてこのミドルトンを訪れましたが、私どもとしては、彼女がこれから何度となく、この素晴らしい町を再訪できますことを願ってやみません。本日は誠にありがとうございました」

ふたたび霰のような拍手が響き、キャロリンは片足を引いて深々と会釈した。ハンブルドンが目で下手に合図すると、緞帳が静かに下りた。

「おれは間違っても二度と来ないね」小柄なアクロイドが、不愉快そうにぶつくさ言った。

となりにいたスーザン・マックスは、腹を立てた雌鳥のように顔をしかめた。

「あなたもイギリスの地方をまわってみたらどうかしら、アクロイドさん」彼女はぶっきらぼうに言った。

横では老優ブランドン・ヴァーノンがくすくすと笑っている。アクロイドは滑稽な形の眉を吊り上げ、首をがくがくと振ってせせら笑った。「おお、怖い！　故郷の悪口にはみなさん敏感で！」

のろのろと楽屋へ引き上げたスーザンは、廊下の途中でハンブルドンに会った。

「さっきはありがとう」彼女は言った。「驚いたけれど、とても嬉しかったわ」

「いいんだよ、スージー。さあ行って、パーティーのためにめかしこんでおいで」

キャロリンの誕生日を祝うための準備が進んでいた。裏方の連中がステージの上に組み立て式《トレスル》のテーブルを出し、それを白い布で覆った。テーブルの中央には大きな花が置かれ、グラス、皿、そして、ケータリングを請け負ったミドルトン・ホテルが、ハリウッドスターの壮大な常識を多少控えめにアレンジしてこしらえた大量の料理が並べられた。マイヤーはこのパーティーのためにずいぶん頭を使い、金はそれ以上に使っていた。妻は英国でも一流の喜劇女優なのだから、彼女にふさわしいパーティーにしなければならない、と彼は言い、その準備はマスコミと興行収入の両方を意識しながら進められた。パーティーのメインイベントはもともと、キャロリンや出席者を驚かせる趣向で計画されていたものの、マイヤーは一人また一人と、劇団員たちにその秘密を打ち明けていた。彼はイギリスからダブルマグナム・ボトル（約三リットル）のシャンパンを持ち込んでいた。有名なヴィンテージの、驚くほど巨大なボトルだ。その日の午後じゅう、ガスコインと数人の舞台係はマイヤーの指示に従って――そしてメイソンが興奮ぎみに口出しするなかで――作業を行なった。巨大なボトルに釣り合い錘《カウンターウェイト》がつけられ、滑車を通して簀の子から吊り下げられた。錘から延びる緋色の紐は、遥か下のステージまで続き、その端はテーブルに固定されている。パーティーの盛り上がりが最高潮に達したときに、キャロリンがこの紐をカットすることになっていた。すると錘が上がり、クジャクシダや珍しい花々が飾られたテーブルの中央に向かって、シャンパンのボトルがゆっくりと下りてくる、それをマイヤー自身が受け取るという仕掛けだ。十二回のリハーサルを見守ったマイヤーは、この余興がうまくいくと確信して、期待に胸を躍らせていた。テーブルの準備が始まるなりステージに直行した彼は、巨大なボトルがぶら下がっているあたりを見上げて――ボトル自体は見えなかった――その華々しい登場を心待ちにした。芝居に使ったシェードつきのライトが灯された。緞帳が第四の壁となり、セットのカーペットと壁掛けはそのまま残され、まるで一つの部屋のような居心地のいい空間がステージの上に現れた。

数人の客が楽屋口から入ってきた。人の善さそうな赤ら顔の大男は、町から三十キロほど離れたところで農場を経営しているという。ふくよかで、多少日焼けが目立つ夫人は、きちんとした身なりをしていたものの、あまりあか抜けては見えなかった。それに比べて娘はずいぶんセンスがよく、息子は父親そっくりだった。彼らはキャロリンがその場の思いつきで招いた客だったが、招いた本人はそのことをすっかり忘れており、誰にも彼らのことを頼んでいなかった。応対に出たガスコインは最初こそ戸惑ったが、キャロリンをよく知っている彼は、事情をすぐに察した。農場主一家の後ろには、楽屋の勝手を知ったゴードン・パーマーと、従兄のジェフリー・ウエストンがいた。

「やあ、ジョージ」パーマーは言った。「素晴らしい、完璧だったよ。最高に面白かった。キャロリンにはぞくぞくしただろう? 彼女に会いたい。どこにいるんだ?」

「ミス・ダクレスは着替え中だ」ガスコインは、このくらいの年代の若者の扱いには慣れていた。

「でも、もう一秒だって待てないんだよ」パーマーは甲高い声で食い下がった。

「残念だが、待ってもらうしかないね」ガスコインは言った。「よろしかったら、ミスター・パーマーとミスター・ウエストンをご紹介しましょう。こちらはミセス──」

「フォレストよ」ふくよかな夫人が屈託なく言った。哀れにも植民地に住む婦人たちの例に漏れず、若い英国人男性はお行儀がいいものだと信じている彼女は、すぐに気さくに話しかけた。夫と息子は慎重な様子で、娘はあきらかに警戒していた。

客たちが次々と到着した。そのなかには、素晴らしい美声と褐色の肌をもつ大柄な男――医師でマオリ人のドクター・ランギ・テ・ポキハ――がいた。彼はミドルトン・ホテルに滞在していた。

アレンがメイソンとともに入ってきた。彼に特別席のチケットを用意してくれたマイヤーは、夕食のテーブルにちらりと目をくれてから彼を迎えた。アレンとマイヤーは面白いほど対照的だった。有名人であるマイヤーは背が低く、顔は青白く、丸々と太っており、白いチョッキについている真珠のボタンの一つ一つから、いかにも座長であり劇団のオーナーらしい雰囲気が滲み出ている。有名な刑事のほうは、彼よりも十五センチほど背の高い、外交官になっていたかもしれない男だ。「立派な風采の男だよ」マイヤーはキャロリンに言ったことがある。「その気になれば、きっといい仕事をしただろうに」

役者たちも、一人また一人と楽屋から出てきた。外部の人々と接するときの彼らの態度は、普段とはまったく違う。彼らは、自分たちが一般人となんら変わらないことを示そうとする。それはある意味、キザで気取った行為なのだが、本人たちは気づいていない。そして最後の客が帰ったあとで初めて、自分の仮面がどれほど完璧だったかに気がつくのだ。

今夜、劇団の面々は、みなお行儀よく振舞っていた。マイヤーはすべての客を引き合わせようと気を配った。そして、客がニュージーランド人どうしでも紹介したため、なかには、ミドルトン・ホテルのオーナー夫妻と農場主一家のように、当然のことながら、すでに相手のことをよく知っている場合もあった。

キャロリンだけがまだ現れていなかった。

「妻はどこかな?」マイヤーは一同に向かって訊いた。「十時五十分――そろそろ登場してもいい頃合いだが」

「キャロリンはどうした?」パーマーが不満げな声を出す。

「マダムはどちらでしょうか?」メイソンが陽気に叫んだ。

マイヤーが先頭になり、彼らはキャロリンを捜しにいった。

アレンのそばにはハンブルドンもいた。彼女は果たして、本能的な感覚で、あるいは計算づくでわざとなかなか現れないのだろうか、と彼は訝った。アレンはこれまでに一度だけ、仕事を通じて大物の女優と知り合いになったことがあり、そのとき彼は、その女優に恋をしそうになった。ひょっとして、また同じような気持ちになるのだろうか?

まもなく、楽屋に続く廊下で大騒ぎする声が聞こえ、キャロリンの黄金のような笑い声が響いた。「あら、まあ!」彼女は美しい汽笛のような声で話しながら廊下をゆっくりと進み、後ろには三人の男が続いた。アクロイドが舞台セットの両開き扉を彼女のために開けてやり、悲喜劇に登場する執事風に宣言した。

「マダムの登場です!」

キャロリンは片足を引いて深々と会釈し、それから艶やかな蛾を思わせる仕草でゆっくりと顔を上げて、客の一人一人に挨拶した。いかにも派手な登場シーンではあったが、彼女はそれを、瞳の中に煌めく星が見えるほど見事に、そしてあまりにも悠々とやってのけたため、アレンは批判的になるどころか、誰もが言う彼女の〈人間的魅力〉にいつのまにか心を奪われていた。やがてキャロリンもアレンに気がついて——彼はもどかしい思いでその瞬間を待っていた——瞳をきらきらと輝かせ、差し出すように両手を伸ばして近づいてきた。突然のことではあったものの、アレンは機転を利かせ、長身をかがめてその手にキスした。これを見たフォレスト一家は目を丸くし、娘は警戒の色をいっそう強めた。

「まあ！」キャロリンはまたもや、軽やかな汽笛を思わせる声を上げた。「この方は特別なお友達ですの。有名な——」

「だめです！」アレンは慌てて叫んだ。

「なぜ？ 私のパーティーに有名な強者《ライオン》が来ていることを、みなさんにお知らせしたいわ」

キャロリンが舞台で話すように声を張ったため、客たちは一斉に振り向いて彼女に注目した。焦ったアレンはポケットから急いで小さな包みを引っ張り出し、我ながらまったく馬鹿な真似をしていると思いながら、もう一度体をかがめてそれを彼女の手に載せた。

「バースデー・カードです」彼は言った。「こんなもので——」

山ほどの高価なプレゼントをすでに受け取っているにもかかわらず、キャロリンはまるで街の浮浪児が五ポンド紙幣をもらったときにみせるような、驚きと喜びの入り混じった表情でまわりを見まわした。

「私に！」彼女は叫んだ。「私に、私に、私に」彼女はきらきらと輝く瞳でアレンを、そして客たちを見た。「みなさん、ちょっとお待ちになって。いまここで開けたいわ。ああ、早く、早く！」彼女は興奮のあまり甲高いうめき声を上げながら、ぎこちない手つきで包み紙を破った。

いやはや不思議なものだ、とアレンは思った。彼女がやると、なぜ嫌味がないのだろう？これがほかの女性だったら、きっと吐き気を催すだろうに。

そうこうするうちに包みはひらかれ、中から小さな緑色のものが現れた。それは人間が大きな頭を傾げ、腕と脚を曲げてうずくまる形を模した彫像で、表面は滑らかに磨かれていた。顔はすっかり様式化されていたが、悪意のある笑顔を表していることは見紛えようがなかった。キャロリンは喜びながらも戸惑った様子でそれを見つめていた。

「これは何かしら？　素敵だわ、でも——？」

「翡翠《ひすい》です」アレンが言った。

「これはティキといいます」低い声がして、マオリ人医師のランギ・テ・ポキハがにっこりと微笑みながら歩み出た。

キャロリンはそちらを見た。

「ティキ？」

「はい。付け加えさせていただくなら、これは非常に素晴らしい出来のものです」彼はアレンをちらりと見た。

「ドクター・テ・ポキハが、ご親切にこれを見つけてくれたのです」アレンが説明した。

「教えていただけますかしら、これがどういうものなのか、詳しく」キャロリンがせがんだ。

テ・ポキハは説明しはじめた。彼が大真面目な顔であからさまな表現をするので、フォレスト一家はいかにもばつが悪そうだった。ティキはマオリ族のシンボルで、持ち主に幸運をもたらすと考えられていた。ティキのデザインは胎児を表しており、多産と豊饒を象徴しているという。ミドルトン・ホテルでドクターと話していたアレンは、彼が金に困っているパケハ、つまり白人男性から、このティキの売却を頼まれていることを知った。もしこれが自分のものなら、決して手放したりはしないだろう、とドクターは言った。しかし、そのパケハは心底金に困っているのだという。ドクターはそれを博物館で売りに出しており、値打ち物であることは館長の保証つきだった。アレンはふと思い立って博物館にそれを見に行き、なんとなく購入した。それからまたふと思いついて、それをキャロリンへの贈り物にしたのだった。彼女はドクターの話にすっかり心を奪われ、客たちにこのティキを見せて歩いた。花屋を半分買い占めて彼女にプレゼントしたパーマーは、不機嫌そうに目の端でアレンをにらんだ。マイヤーはアレンから妻への贈り物を喜んでいるようで、ティキをランプの近くへ持っていって、ためつすがめつしていた。

「幸運を呼ぶんだな?」彼は真剣に訊いた。

「ええと、彼の説明では」老優ヴァーノンが言った。「多産の象徴、じゃなかったか? 問題は、それを幸運と呼ぶかどうかだな!」

マイヤーは急いでティキを置き、両手の指を組み合わせると、ティキに向かってお辞儀を始めた。

「ティキさま、ティキさま、このアルフィーめをお守りください」彼は唱えた。「おかしなことが起きませんように、起きませんように」

アクロイドが小声で何か言い、数人の男がゲラゲラと笑った。アクロイドはにやにやしながらマイヤーのティキを取り、老ヴァーノンとメイソンも一同に加わった。

彼らは下品な薄笑いを浮かべて手から手へとティキをまわし、客たちの間からは大きな笑いが何度も起こった。テ・ポキハがアレンのそばに来た。

「自分の思いつきを少し後悔していますよ」アレンは静かに言った。

「いやいや」テ・ポキハは楽しげだった。「最初は誰でも笑うんですよ」そして、ちょっと間をおいて付け加えた。「私の祖父母のそのまた親が、十字架像を見て笑ったのと同じようにね」

キャロリンは、マイヤーが列車で繰り広げた冒険について語りはじめ、客たちはみな彼女の話に耳を傾けた。笑い声は先ほどと違って陽気になり、その盛り上がりはとどまるところを知らないようだった。マイヤーは彼女の引き立て役にまわり、ときおり反論の声を上げては笑いを誘っていた。

やがてキャロリンがいきなり、食事にしましょうと提案した。テーブルには座席札が置かれており、アレンの席はキャロリンの右隣りで、急きょ用意されたフォレスト夫人の席との間だった。

キャロリンとマイヤーは長い組み立て式テーブルの中ほどに、向かい合って座った。二人の間には、クジャクシダとともに異国情緒溢れる花々が盛られている。キャロリンの右側には赤い紐が延びており、その端はテーブルの下側に結わえてあった。彼女はそれを見るなり、これは何かしら、と尋ね、マイヤーの白い顔は、隠しごとをしている興奮でピンク色に染まった。

それはほんとうに大きなパーティーだった。十二人の劇団員とそれ以上の招待客、そしてキャロリンが参加してもらうといって聞かなかった劇場のスタッフ――彼らは一張羅のスーツを着て別のテーブルに座り、緊張した面持ちでお互いを見つめていた。テーブルに並んだ蠟燭に火が灯り、ライトが消され、雰囲気はさらに盛り上がった。

全員が着席したのを見て、マイヤーは満足げに微笑みながら立ち上がり、テーブルを見渡した。

「紳士淑女のみなさん」アクロイドが声を張り上げる。「アルフレド・ド・マイヤー殿下のために黙禱を！」

喜劇役者のお約束どおりのジョークに、どっと笑いが起こった。

「紳士淑女のみなさま」今度はマイヤーが言った。「こんなところでスピーチというのもなんですが、それが終わらないことには、みなさまに飲み物があたらないことになっておりまして、ですから、私がお詫びする必要もないわけでございます」

「そのとおり」とメイソン。

「さて、このあとみなさまには、最高に美しくてチャーミングな一人の女性の健康を祈って、乾杯をしていただくことになっております。彼女は今世紀最高の女優であり、そして私の妻であります」

やれやれ、とアレンは思った。一同からは歓声が上がった。

「その前に、肝心の飲み物を見つけなければなりません。テーブルの上には見当たらないようなのですが……」マイヤーは何気なさを装って言った。「しかし、〈神々は授けたもう〉という言葉もありますから、ここはお任せすることにしましょう。舞台監督によりますと、この赤い紐をカットすると何かが起こるそうです。そこで、これはうちの妻にカットしてもらいましょう。彼女の皿の横に、鋏《はさみ》があるはずです」

「ダーリン！」キャロリンは言った。「何が起こるのかしら？　どきどきするわ。まさか、シャンパンの雨が降るわけではないでしょう？　モーゼがやったみたいに。あれはモーゼだったかしら？」

彼女は大きな鋏を手に取った。アルフレッド・マイヤーは太った体をテーブルに乗り出し、中央に盛られたシダに向かって短い腕を伸ばした。キャロリンが紐の上でハサミを閉じるほんの一瞬前に、マイヤーは盛り花の陰にあるスイッチを押した。すると、赤や緑の小さなライトが花の下で一斉に灯った。巨大なシャンパンのボトルはその盛り花の上に降りてくることになっており、それを受け取るべく、マイヤーが身を乗り出して待っていた。

口をひらく者はいなかった。突然の静けさの中で、アレンにはそれがとても異様な光景に見えた。蠟燭のぼんやりとした光の中で固唾を呑んでいるいくつもの顔、まるで大鋏を高々と掲げたアトロポス（ギリシャ神話に登場する運命の三女神の一人。手にした鋏で生命の糸を切る）のように、鋏を持った手を挙げて立っている美しい女、テーブルに身を乗り出している、風刺漫画に出てきそうな白いチョッキ姿の太った男、天井の暗闇の中へ真っ直ぐに伸びている赤い紐。突如として、彼は耐えられないほどの重苦しさに襲われ、どう考えてもこの場面にふさわしくない不安に駆られた。その感覚のあまりの強さに、彼は椅子から立ち上がりかけた。

そのとき、キャロリンが紐を切った。

何か巨大なものがいきなり彼らの間に落ちてきて、テーブルにぶち当たった。ヴァレリー・ゲイネスが悲鳴を上げる。ガラスが飛び散り、シャンパンの香りが立ち込めた。白いテーブルクロスの上に広がるシャンパンの海。シダのなかにはビリヤードボールのようなものが埋まっており、流れるシャンパンが赤く染まっていく。ヴァレリー・ゲイネスは叫びつづけていた。キャロリンは片手を挙げたまま、テーブルを見つめていた。アレンは自分でも気づかないうちに、全員ここから離れてと指示していた。そしてハンブルドンに、キャロリンを連れていくように言っていた。

「キャロリンを向こうへ、早く向こうへ」

ハンブルドンは言った。「こっちだ、キャロリン、さあ早く」

# 第5章　幕間《まくあい》

「動かさないで」アレンは言い、ハンブルドンの腕に手を置いた。ドクター・テ・ポキハはブロンズ色の指でマイヤーの頭頂部に触れたまま、じっとアレンの顔を見ていた。

「なぜですか?」ハンブルドンが訊いた。

ジョージ・メイソンが顔を上げた。客たちを引き上げさせてからずっと、彼は長いテーブルの端に座って両腕に顔を埋《うず》めており、テッド・ガスコインは彼の横に立っていた。ガスコインは何度も繰り返していた。

「危険なんてなかったんです。誰かが細工をしたに違いありません。おれたちは今日、十二回もリハーサルしたんですよ。何かおかしなことが起こったとしか考えられない。ジョージ、誰かが仕組んだに違いない」

「なぜですか?」ハンブルドンがもう一度訊いた。「なぜ動かしてはいけないんですか?」

「それは」アレンは言った。「ガスコインさんの言うとおりかもしれないからです」

ジョージ・メイソンがはじめて口をひらいた。

「しかし、誰がそんなことを?　相手はアルフですよ!　世界中探したって、彼に敵なんかいやしません」メイソンは苦渋に満ちた表情でテ・ポキハを見た。

「間違いないんですか、先生、アルフは――そのう、だめなんですか?」

「ご自分の目で確かめてもいいですよ、メイソンさん」テ・ポキハは言った。「首が折れています」

「いいえ、けっこうです」メイソンは気分が悪そうだった。

「どうしたらいいんでしょう?」ガスコインが言い、全員がアレンの方を見た。

アレンは訝った。自分でも気がつかないうちに、刑事だと知られるような態度をとってしまったのだろうか? それともハンブルドンがしゃべったのか?

「まずは近くの警察署に電話すべきだと思います」彼が言うと、ガスコインとメイソンが不満そうな唸り声を上げた。

「ちくしょう、警察だって!」

「まいったな!」

「……これは事故じゃないですか」

「終わりだ」

「アレンさんの言うとおりだと思いますよ」テ・ポキハが言った。「これは警察に任せるべきです。よろしければ、私が電話しましょう。ミドルトン警察の警視とは知り合いですから」

「警察よりも」メイソンは捨て鉢に言った。「回漕業者に電話するほうがいいかもしれんよ。この公演旅行は――」

「もう終わりだ！」ガスコインが遮る。

「とにかく、何か手を打たなければなりませんよ、テッド」ハンブルドンが静かに言った。

「二人で築き上げてきたんだ」メイソンが急に言いだした。「初めて会ったとき、アルフはセントヘレンズで四番めに人気のある劇団の宣伝係だった。私はイングランド一つまらない芝居のチケットを売っていた。私たちはひたすら前に進んできた。喧嘩をしたことも一度もだ。わかるか？　このビジネスは私たちが作り上げたんだぞ」彼の唇は震えていた。「ちくしょう、もしもあいつが殺されたのなら――ヘイリー、きみの言うとおりだ。私は――私はどうも混乱してしまって……テッド、きみがうまく取り計らってくれ。私にはもう、何が何だかわからないよ」

ドクター・テ・ポキハは彼を見た。

「ほかのみなさんと一緒にいらしてはいかがですか、メイソンさん。ウイスキーを一杯やれば、落ち着くかもしれません。あなたのオフィスに――」

メイソンは立ち上がり、テーブルの真ん中まで歩いてきた。そしてマイヤーの頭だったもの――壊れた装飾ライトとシダの中に埋まり、シャンパンと血で濡れたもの――をじっと見た。白く肉付きのよい手は、盛り花の縁をつかんだままだった。

「なんと酷い！」メイソンは言った。「どうしても、このままにしておかなければいけないのですか？」

「少しのあいだですから」アレンは穏やかに言った。「ドクター・テ・ポキハにオフィスまで送ってもらうといいでしょう」

「アルフ」メイソンはつぶやいた。「アルフ！」唇はわなわなと震え、顔は押し殺した感情に醜く歪んでいる。こうした場面を見慣れているアレンは、自分の中の天の邪鬼がそれを額面どおりには受け取らず、彼らの様子を詳細に観察していることに気がついていた。天の邪鬼は囁いていた。あれほど感傷的になっているメイソンを見ても、ガスコインとハンブルドンはたいして戸惑っているふうでもないぞ。それに彼らの悲しみ方ときたら、あまりにも真っ当で、まるでこの場面までリハーサル済みだったみたいじゃないか。


　警察に電話するというテ・ポキハに付き添われて、メイソンは出ていった。マイヤーとガスコインの指示のもとで滑車装置の準備をした不運な裏方のバートは、舞台の袖でうろうろしていたが、メイソンがいなくなるとステージに上がってきて、シャンパンが降りてくるという余興の仕組みをアレンに説明しはじめた。

「こういう仕掛けだったんです。滑車にロープを通して、片方の端にボトルを固定して、もう片方の端には錘を引っ掛けました。錘に使ったのは、おれたちがいつもクソ煙突の固定に使っている隅錘《コーナーウェイト》です」

「言葉に気をつけろ、バート」ガスコインが憮然として言う。

「すみません。錘はボトルよりも軽くしてありました。錘のすぐ上に繋いだ赤い紐をテーブルに固定して、紐を切るとボトルがゆっくり降りてくる仕組みです。ロープは、ボトルがテーブルに届いたときに錘がちょうど滑車に引っかかる長さにしてありました。錘はロープの端に

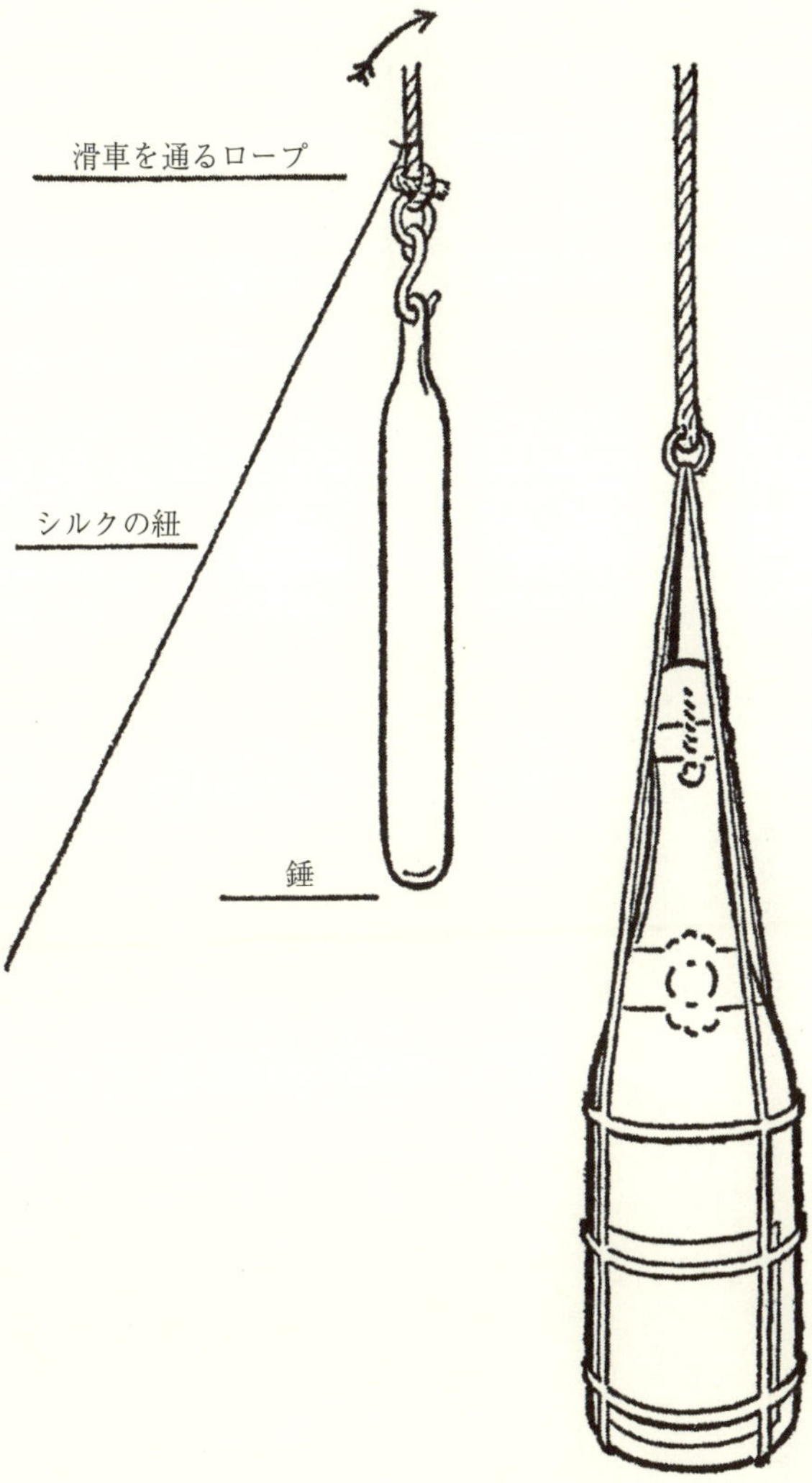
滑車を通るロープ
シルクの紐
錘

ついたリングに引っ掛けてありました。照明を消して、蠟燭の明かりだけにしましたから、みんなには仕掛けは見えません。おれたちはマイヤーさんがもういいと言うまで、何度も何度もリハーサルをしましたが、毎回、そりゃあうまくいったんです。ほんとうにバッチリでしたよね、ガスコインさん」

「ああ」ガスコインは答えた。「そのとおりだ。何か、あり得ないことが起きたとしか思えない」

「そうですよ」バートは力を込めた。「何かが起きたに違いないです」

「上を見てくる」ガスコインは言った。

「ちょっと待ってください」アレンは彼を止め、ポケットから手帳と鉛筆を取り出した。「上には行かないほうがいいと思いませんか、ガスコインさん。何か細工がされているとしたら、まずは警察がそれを見るべきではないでしょうか？」

「まいったな、警察か！」

「私はキャロリンの様子を見てくるよ」ハンブルドンが唐突に言った。

「役者たちは楽屋にいる」とガスコイン。

ハンブルドンは出ていった。アレンは手帳に簡単な図を描き、ガスコインとバートに見せた。

「こんな感じですか？」

「そうです」バートが答えた。「まさにこれ、このまんまですよ。そして彼女が紐を切ると、こんなふうに……」彼はだらだらと話しつづけた。

アレンはシャンパンの巨大なボトルを見た。それは首のところがすぼまったネットのようなものに入っており、ロープにしっかりと結び付けられていた。

「どうしてコルクが吹き飛んだのだろう?」彼はつぶやいた。

「ワイヤーがあらかじめ緩めてあったからです」ガスコインだった。「芝居が終わったあと、彼——座長がわざわざ自分で天井に上がってやったんです。ボトルが降りてきてから、もたつくのが嫌だったのでしょう。コルクが抜けない程度に緩めてあると言っていました」

「それが衝撃で抜けたわけだ——なるほど。錘はどうですか、ガスコインさん。シャンパンを注ぎ分ける前に外さなければなりませんよね?」

「バートが上に行って外すことになっていました」

「おれは上で待機していると言ったんです」バートが言った。「でもマイヤーさんが、いや、ショーを見てからでいい、見てから上がってくれればいいって。ガスコインさん、おれは——」

アレンは袖からそっと抜け出した。舞台裏は真っ暗で、劇場特有の匂いがした。壁伝いに歩くと、やがて鉄製のはしごが見つかった。以前に一度だけ舞台裏に来たときの記憶が、鮮やかに蘇る。私が特別席に座っていると、それが殺人事件の起こる合図にでもなるのだろうか?巨大なシャンパン・ボトルで頭を打ち砕かれた初老の劇団オーナーの姿を目の前にせずに、私はこの南半球の国を訪れることができないとでも?　答えはどちらも「ノー」だった。そしてもう一つ、自分はこの事件に首を突っ込むことなく、速やかに退散することができるのだろうか?

彼は手袋をはめ、はしごを登りはじめた。答えはやはり「ノー」だった。結局のところ、私は救いようのないおせっかい野郎なのだ、と彼は思った。自分にできる捜査をしないわけにはいかない。彼は一段めの足場《ギャラリー》まで登ると、懐中電灯を使ってあたりを見まわし、それからさらに上へと登っていった。登りながら、ミス・ダクレスはこの事件をどう捉えているのだろう、と考えた。そしてハンブルドンは？　二人はいずれ結婚するのだろうか？　どうだろう、彼女はハンブルドンを愛していないのかもしれないし。おっと、ここだ。

一番上の足場に着いたアレンは、ふたたび懐中電灯のスイッチを入れた。すぐ横には、背景や照明を取り付けるための鉄棒《バトン》がロープで吊るされ、こちらの足場から向こう側の足場に渡されていた。バトンから吊り下げられた滑車には、ロープがかかっていた。ロープの先を追って遥か下に目をやると、それは彼のいる暗がりから明るい光の中に向かって、まるで遠近法のお手本のように真っ直ぐに延びていた。彼のいる場所からは、ランプに照らされたセットや書き割りの上側や、白く細長いテーブルが俯瞰でき、ロープが降りているテーブルの中央には、頭と脚が白いカブトムシを思わせるものが、べちゃりと潰されたように貼りついていた。それがアルフレッド・マイヤーだった。ロープのもう一方の端は滑車の反対側にあり、先についたリングに鉄製のフックが引っ掛けてあった。同じリングにはキャロリンがカットした赤い紐も結びつけられていて、その切れ端がぶらりと垂れ下がっていた。フックには錘がついているはずだった。

しかし錘はなかった。

アレンはもう一度滑車を見た。思ったとおりだった。バトンのこちら端近くに細い紐がかけられ、それは足場に結びつけられていた。そのせいでバトンは当初の位置から二十センチほど横にずれており、したがって、ボトルはテーブルの中央から少し右に寄った場所に落ちたのだった。

「こいつは驚いた!」アレンはそう言って、ステージに戻った。楽屋口にはテッド・ガスコインがいた。彼のそばには、コートにスカーフ、そして黒いフェルト帽といういでたちの大柄で色黒な男が二人と、制服警官が一人、そして検死医と思しき——この国でも検死医と呼ぶのだろうか、とアレンは訝った——小柄で血色のよい白人男が立っていた。

彼らはしばらくそこにいた。困惑しきった表情で早口に何か話していたガスコインは、やがて彼らを連れてステージに上がりテ・ポキハと合流した。アレンは舞台の袖から捜査の様子を観察していた。自分の仕事をほかの人間がやっているのを眺めるのは、妙な気分だった。彼らはボトルを覆っているネットに結んだままのロープや、テーブルの上に落ちている赤い紐の切れ端を調べていた。ボトルが降りてくる仕組みについて、ガスコインが説明している。彼らは天井格子を見上げ、ガスコインは上からぶら下がっている赤い紐を指さした。

「ミス・ダクレスがこの紐を切ったら、いきなり上がってしまったんです」

「なるほど」刑事が言った。「ふーむ、そうですか、ふーむ」

「さあここで、古びた手帳が出てくるぞ」アレンはつぶやいた。

「アレンさん」すぐ後ろで声がした。ハンブルドンだった。

「キャロリンがあなたに来てほしいと言っているんです」ハンブルドンは小声で言った。「あそこで、何をやっているんですか？」

「警察が捜査をしているんですよ。彼女が私に？」

「ええ、こちらです」

ハンブルドンが先に立ち、二人は板張りの薄暗い廊下を歩いていった。主役用の楽屋は、左側の一番手前だった。ハンブルドンがドアをノックしてひらき、アレンを中へ通した。キャロリンは鏡台の前に座っていた。パーティーのときと同じ黒いレースのドレス姿のままで、いましがたまで頭を抱えていたのか、前髪が後ろに押しつけられている。部屋にはもう一人、スーザン・マックスがいた。彼女は安楽椅子にゆったりと腰かけ、毅然とした空気を放っていたが、目には不安の色が浮かんでいた。その目がアレンの姿を見て輝いた。

「ほら、いらしたわよ」彼女は言った。

キャロリンはゆっくりと振り向いた。

「ハロー」

「ハロー」アレンは答えた。「あなたが私に会いたがっていると聞きました」

「ええ、そうです」彼女の手は激しく震えていた。その手を両膝のあいだに押し込んで続ける。「あなたに、ここにいてもらえたらと思ったものですから」彼女は言った。「私が彼を殺したのですね」

「ちがう！」ハンブルドンが荒々しい声を上げた。

「キャロリン！」スーザンも叫ぶ。

「いいえ、私がやったのよ。私が紐を切った。それであんなことになったのでしょう？」彼女はアレンを見据えたままだった。

「ええ」アレンはあっさりと言った。「たしかに、それが引き金となりました。しかし、あなたが仕掛けを準備したわけではない、そうでしょう？」

「ええ。仕掛けについては、まったく知りませんでした。私を驚かせるための趣向でしたから」

彼女は息を呑んだかと思うと、その唇から、笑い声にも似た奇妙な音が漏れてきた。スーザンとハンブルドンが慌てた。

「ああ！」キャロリンが叫んだ。「ああ！　ああ！」

「いけません！」アレンが言った。「ヒステリーを起こしても、事態はよくなりません。あとで最悪な気分になるだけですよ」

彼女は片手を口元へ持っていき、指を噛んだ。アレンは鏡台の上から気付け用の芳香塩の壜を取り、彼女の鼻の下に近づけた。

「思い切り吸い込んで」

キャロリンは吸い込んで、息を詰まらせた。目からは涙が溢れだした。

「少しは落ち着きましたか。涙が真っ黒ですよ。そういうものは、濡れても落ちないように出来ているのかと思っていました。ごらんなさい」

キャロリンは放心したように彼を見つめ、それからおもむろに鏡を向いた。スーザンが黒い涙を優しく拭いてやった。

「あなたはおかしな人ね」キャロリンはすすり泣いていた。

「わかっています」アレンは言った。「そう見せかけているのですよ。ブランディーはいかがですか？　ハンブルドンさんに持ってきてもらいましょう」

「いいえ、結構よ」

「いや、飲んだほうがいい」アレンはキャロリンの横で所在なげにしているハンブルドンに明るく声をかけた。「お願いできますか？」

「ええ——ええ、持ってきます」彼は急いで出ていった。

アレンは籐製のバスケットに腰かけ、スーザンに話しかけた。

「ミス・スーザン、私たちが出会うときには、どうも波乱に満ちたドラマが起こるようですね」

「ほんとうに」スーザンは唸るように言った。

「どういう意味ですの？」キャロリンは尋ね、それから鏡に向かって、わなわなと震える手で顔におしろいをはたいた。

「アレンさんと私は、前にお会いしたことがあるのよ」スーザンが説明した。「忌まわしいフェリックス・ガードナー事件のときにね。あの事件は覚えているでしょう？」

「ええ。列車で移動中だったあの夜も、その話をしましたわ」キャロリンはそこでいったん黙り込み、それから声を抑え、急き立てられるように早口で話しはじめた。

「私があなたにお会いしたかったのも、そこなんです。あの夜の列車での出来事について、お考えになりました？」

「ええ、考えました」アレンは答えた。

「では――教えてください。あれと今夜のこととは、何か関係があるのでしょうか？　誰かが、同じ人物が、列車で成し遂げられなかったことを、ここでやったのですか？　アレンさん、主人は――殺されたのですか？」

アレンは無言だった。

「お願いです、答えてください」

「それは警察が判断することです」

「私はあなたのお考えを聞きたいのです。あなたがどう思っているのかを」彼女はアレンのほうに身を乗り出した。「あなたは休暇中なのですから、私たちと同じように見知らぬ国にいて、お仕事とは遠く離れているのですから、どうか形式的なことはおっしゃらずに、お願いです、どう思っているのか聞かせてください」

「わかりました」アレンはしばらく考えてから答えた。「私としては、誰かが滑車の仕掛けに、シャンパンが降りてくる、あの余興の仕掛けに手を加えたのだと考えています」

「つまり殺人だと？」

「私の考えが正しければ――そうです、そのように思われます」

「警察に話すつもりですか？　来ているのでしょう？」

「ええ。います」

「それで？」

「私は自分が一般人だと思っているのですよ、ミス・ダクレス。口出しするつもりはありません」アレンは言葉を切ったものの、まだ何か言い残しているようだった。キャロリンは彼をじっと見つめ、それからスーザンのほうを向いた。

「スージー、アレンさんと二人だけで話がしたいの。いいかしら？ おかげで助かったわ。ほんとうにありがとう。少ししたら戻ってきてね」

スーザンが部屋を出ていくと、キャロリンは身を乗り出してアレンの手に触れた。

「ねえ、アレンさん、私を友人だと思ってくださいますか？ 思いますわよね？」

「素敵な友人だと」

「友人のあなたなら、私が悪事を働くことのできない人間であることを、わかってくださいますわね？ 悪事が行なわれるのを、黙って見過ごす人間でもないことを」

「どういう意味ですか？」アレンは訊いた。「何が言いたいのですか？」

「もし助けが、あなたの助けが必要になったときには、お力を貸してくださいます？」

キャロリンの手はアレンの手の上に置かれたままだった。涙で汚れていた顔はきれいに化粧直しされ、彼女はふたたび美しさを取り戻していた。彼女がこうやって身を乗り出す仕草を、アレンは舞台で見たことがあった。いかにも彼女らしい仕草。そしてすがるような眼差し。

「お力になれることがありましたら」アレンは慇懃に答えた。「それはもちろん、このうえない喜びで――」

「だめ、だめ。そんな答えではだめよ。そんな構えた言い方をなさらないで」キャロリンはどこか陳腐にも聞こえる激しさで言った。「私が聞きたいのは、あなたの本心からの答えなのです」

「しかし、わかりませんか？　あなたは多くを語りながら、肝心なところを話していないのですよ。いったい、どうやって助けろというのですか？」

「わからないわ、わからない」

「落ち着いてください」アレンは言った。「私もしばらくミドルトンに滞在します。それはお約束しましょう。ウェリントンへはいつ？」

「いつ？　来週に幕を開ける予定でしたが、いまとなっては――わかりません」

「いいですか、一つだけ助言します。どんなことであれ、決して隠そうとしてはいけません。向こうにいる刑事が、いずれあなたに事情を聞きにくるでしょう。彼らはさまざまな質問をするはずですから、それに正直に答えるのです。それがどんな意味をもっていても、たとえどんなにつらくても、話がどのような方向に向かってもです。それを約束していただけるのなら、役に立つかどうかは別にして、お力になることをお約束します」

キャロリンは身を乗り出したままで、視線もしっかりとアレンに向けられたままだったが、彼女の気持ちがすっと遠ざかっていったことは、手に取るようにはっきりと感じられた。

「どうしますか？」彼は訊いた。「約束していただけますか？」

彼女が答える前に、ハンブルドンがブランディーを持って戻ってきた。

「全員、衣装部屋で待機していてほしいと、刑事さんに言われました。アレンさん、あなたについてはわかりませんが……」

「私が何者か、誰にも話していませんよね」アレンは言った。

「大丈夫ですよ。あなたが刑事だと知っているのは、われわれ三人だけです」

「そのまま誰にも言わないでおいてください。何がといって、正体を知られるのが一番困るのです」

「それならお約束しますわ」キャロリンが答えた。

二人の目が合った。

「ありがとうございます」アレンは静かに言った。「ではまた、後ほどお目にかかります」

# 第6章　ティキの再登場

「あれは誰だ？」三人の警察官のうち、一番大柄な一人が訊いた。「そこのきみ、ちょっと待ちたまえ」袖の向こうにいるアレンの姿が、ステージの上から見えたのだ。

「私です」アレンは穏やかな声でそう言うと、ステージの方に歩いていった。ほかの警官とテ・ポキハと検死医は、テーブルのそばに集まっていた。

「この紳士は誰ですか？」大柄な刑事がガスコインに尋ねた。

「ええと、彼は、ええと、アレン氏です」

「劇団員ですか？」

「いいえ」アレンが答えた「友人です」

「誰もここへ入らないように言ったはずですよ。何をしているのですか？　私の言ったことが――」

「私はただ――」アレンは心外な顔をしてみせた。自分自身、仕事中にこの手の素人と出くわすとうんざりするものだ。「私はただ――」

「名前と住所を聞いておきましょう」刑事は彼の言葉をさえぎり、手帳をひらいた。「アラン、さん、ですね。ファーストネームは？」

「ロデリック」

「綴りは？」刑事は手を止めて、アレンを見つめた。

「ア・レ・ン、です。警部さん」

「まさか！」

「ロンドン警視庁の」アレンは申し訳なさそうに付け加えた。

「これは驚きました。すみません。聞いてはいたのですが——そうとは知らなくて——つまり——」

「ウェリントンに着いたら、警察本部に寄るつもりです。こちらの本部長から手紙をいただきまして、返信すべきだったのですが、どうにも手鈍《てのろ》いものですから」

「私こそ、大変申し訳ありませんでした。てっきり、オークランドにいらっしゃるのかと。もちろん、こちらでもお待ちしておりました」

「予定を変更したのですよ」アレンは言った。「私がいけないのです。ええと——」

「ウェイドです」警部は顔を真っ赤にして言った。

「よろしく」アレンは朗らかに言って、手を差し出した。

「お目にかかれて、ほんとうに光栄です、主任警部どの」ウェイド警部はその手を握って、ちぎれそうなほど激しく振った。「ほんとうに光栄です。我々は主任警部どのがこちらにいらっしゃるという知らせを受けまして、到着次第、ニクソン警視がミドルトン・ホテルに出向く予定でおりました。そうなんです。ほんとうは警視が来る予定で。我々はみな、主任警部の書かれた本で学びました（『犯罪捜査の基本と実践』ロデリック・アレン著〔犯罪捜査課、オックスフォード大学文学修士〕セーブル＆マーガトロイド出版）。そのご本人にお会いできるとは、ほんとうに、ほんとうに光栄です」

「ありがとう」アレンは指を緩めた「こちらに着いて、すぐに警察署にうかがうべきだったのですが、初めての土地ではその、おわかりでしょう、何かと興味を惹かれることが多くて、そういったことは後回しになってしまうものです」

「そのとおりです。しかし、こうやって現場でお会いできました」

「自分が担当する事件でなくて幸いでした」アレンは言った。「じつは、私が刑事であることは伏せておきたいのです。ですから、できれば他言無用に願いたいのですが」

「承知しました。部下にも紹介したいのですが、いいですか？　彼らにとっても、こんな光栄なことはありませんから」

「ええ、喜んで。ただ、私がロンドン警視庁の人間だということは忘れるように、よく言っておいてください。さて、素人の私に質問があると思うのですが、警部さん？」

警部の大きな顔が真っ赤になった。

「そのう、こんな状況ではどうも気恥ずかしいのですが、しかし――ええ、やはり通常どおりの捜査を行なうことが重要だと思います」

「もちろんです」アレンはにっこりとして言った。「まったくひどい出来事ですね。もしもお邪魔でなければ、あなたたちがどのように捜査を進めていくのか、ぜひ拝見したいのですが」

「そう言っていただいて、お気遣いに感謝します。じつをいうと、事故の前に何があったのか、説明していただけないかと思っておったのです。あなたもパーティーに出席していたと聞いています」

「事情聴取ですね、警部さん?」アレンの目が輝いた。

「そのとおりです」ウェイドは野太い声で高笑いしてから、慌てて口をつぐんだ。この場に不釣合いな大声を聞きつけてやってきた二人の部下を、ウェイドは、巡査部長のキャスとパーカーだと紹介した。二人はアレンと握手したものの、終始うつむいたままだった。アレンは今回の悲劇について、簡潔に、しかも見事に要点を押さえて説明した。

「驚きました!」ウェイドはすっかり感心したようだった。「こんな証言を得られることは滅多にありませんよ。さて、この余興の仕掛けですが、図を描いたとおっしゃいましたね」

アレンはスケッチを見せた。

「問題はなさそうですな」ウェイドは言った。「上がって見てきます」

「だいぶん様子が違っていますよ」アレンは言った。「じつは、少し前にちょっと見てきたのです。どうか気を悪くしないでください。差し出がましいとは思ったのですが、しかし、はしごに乗ったまま見ただけですし、何も触れていません」

「一向にかまいません」ウェイドは即座に言った。「それをどうこう言う者はおりません。ロンドン警視庁の方が近くにいらっしゃるなんてことが、毎日あるわけではありませんから。現場の状況が、スケッチと違うとおっしゃいましたか？」

「ええ。私も一緒に上がっていいですか？」

「もちろんです。下は部下にまかせましょう。写真を撮りおえたら、遺体を安置所に運んでくれ。署に電話して、応援をよこしてもらったほうがいいだろう。舞台監督と、この仕掛けを準備した男から事情を聞いてくれ。キャス、これはきみにまかせる。パーカー、きみはほかの参加者の事情聴取だ。彼らは衣装部屋に？」

「いまごろは全員集まっているでしょう」アレンが答えた。「パーティーの客たちは帰りました。例外はゴードン・パーマー氏と、彼の従兄のウエストン氏で、彼らはまだ残っているはずです。客の名前と住所のリストは、劇団支配人のジョージ・メイソンが持っています。客たちはパーティー会場であるステージに、真っ直ぐに案内されていました。彼らは偶然に劇団と知り合いになった人々ですよ。パーマー氏と彼の従兄は、劇団と同じ船に乗っていました。きみたちは役に立つかもしれないと言ったら」アレンの口ぶりは冷ややかだった。「喜んで残ることにしたようです」

「さすがです《グッドー》」ウェイドが言った。「きみたちは仕事にかかってくれ。では行きましょう、アレン警部」

ウェイドは先に立って鉄製のはしごを登ると、一段めの足場で足を止め、懐中電灯のスイッチを入れた。

「ここはずいぶん暗いな」彼はぼやいた。

「ちょっと待って」アレンが下から声をかけた。「ボーダーライト（舞台を上から照らす吊り下げ型の照明）のスイッチを探してみましょう」

電気技師用の操作台に上がったアレンは、いくつか試した末に、頭上に並んだ照明のスイッチを探し当てた。温かい黄金色の光が、黒いキャンバス地の間から溢れるように降り注いだ。

「お見事《グッドー》」ウェイドが言った。

奇妙なものだ、とアレンは思った。彼らはあらゆる場面でこの言葉を使う。しぶしぶ黙認するときから賞賛するときまで、どんな場合もこの一言で事足りるのだ。

そう考えながら、彼ははしごを登った。

「あのう」上からウェイドの声がした。「私には警部のスケッチと、まったく同じように見えますが、どこが違うのですか?」

「滑車から下がっているロープを見てください」アレンは足を止めずに答えた。「錘がついていることになっているほうの端です。ほら――」

二段めの足場では、ウェイドが腰を下ろし、脚をぶらぶらさせながら待っていた。そこまで登ったアレンは、はしごに乗ったまま、振り返って仕掛けを見た。

「ちくしょう!」彼は思わず叫んだ。「元に戻しやがった」

そして長い沈黙のあと、アレンが突然、くすくすと笑いはじめた。

「してやられました」彼は言った。「それもまんまと。まったく賢いやつです。警部、私が二十分前にここに上がってきたときには、そのロープに錘はついていなかったのです。そして滑車には紐がかけられ、二十センチほどこちら側に引き寄せられていました」

「そうなんですか?」ウェイドは重い口調で言い、それから短い沈黙のあと、すまなそうにちらりとアレンを見た。「あなたが来たとき、ここはずいぶん暗かったはずです。照明もついていませんでしたし。きっと――」

「証言台で誓ってもかまいませんよ」アレンは言った。「それに、私は懐中電灯を持っていました。いいえ――誰かが元に戻したのです。おそらく、私が楽屋に行っているあいだにやったのでしょう。そうだ、ひょっとすると、私がはしごを登ってきたとき、そいつはすでにこの足場にいたのかもしれない。あなたたちが劇場に着いたのは、ちょうど私がはしごを下りていったときでした」

「つまり」ウェイドは言った。「つまりこういうことですか? 我々が入ってきたとき、この仕掛けは、いまとはまったく違う状態だったと? そのあとで誰かが手を加えたと? しかし、そんなことをしたら、我々が気づいたはずです」

「本当に気がついたでしょうか? いや、警部、やはり私を追い出してください。あなたたちの仕事に口出しするつもりはありません。通常どおりの事情聴取を受けて、それが終わったら私は帰ります。ロンドン警視庁の刑事風を吹かせるつもりは、毛頭なかったのです」

ウェイドがアレンに対してこれまで取ってきた態度には、尊敬の念とぎこちなさ、そして多少無理をしているようにも感じられる陽気さが奇妙に入り混じっていたが、ここにきて、すっかり打ち解けた様子になった。

「いいえ、どうか謝らないでください。これでも人を見る目はあるつもりです。あなたの本も読みました。捜査に加わっていただけるのでしたら、私としては大歓迎です。ええ、ほんとうに大歓迎です」

「ありがとう。心から感謝しますよ」アレンは言った。「たとえお世辞でも、そう言っていただけると嬉しいものです。では、続けましょう。あなたたちは劇場に入ってきたとき、楽屋口でしばらく立ち止まっていませんでしたか？」

「ええ、そのとおりです。ガスコインさんが来て、長々と説明を始めましたから。じつは、我々は何が起こったのか知らなかったのです。ただ、劇場で事故があったと連絡が入っただけで。状況を把握するまでに一、二分かかり、死体の場所がわかるまでに、さらに一、二分かかりました。どんな具合だったか、おわかりになるでしょう」

「よくわかりますよ。ということは、犯人はおそらく、そのときここで忙しく作業をしていたのでしょう。彼は事件のあとの混乱にまぎれて、こっそりと上がってきたのです。そして仕掛けを元に戻そうとしたところに、私がいわゆる黄金の階段を登ってくる音が聞こえた。吐き気がしたことでしょう。彼は暗がりに身を潜め、私が下りていくのを待って成すべきことをした。そして、あなたたちがステージに上がると、背景の壁が邪魔になって視界に入らないことを確かめてから、忍び足でステージ奥のはしごを下りて、ほかの人たちのあいだに紛れ込んだのです。推測ですがね」

「ちょうど推測についてのあなたの見解を読んでいたところです」

「まいりましたね。ウェイド警部、私の書いたたわ言を持ち出さないでください。でないと、一言も話せなくなってしまいます。推測であるかどうかはさておき、この付近を探せば、何か痕跡が見つかるはずです」

「では探しましょう」

「そうですね。慎重にいきましょう。おっと、下は羽目板か」

足場はスチールの羽目板張りの細長い通路になっており、上手から舞台奥の壁をぐるりとまわって下手まで延びていた。外側には手すりがついており、背景画を吊っているロープがその手すりに括りつけられている。二人は足を下ろす場所を選びながら、壁に沿って注意深く進んだ。

「このあたりは埃が多いですね」アレンは言った。「以前に、これと同じような場所で起こ《ハング》った事件を担当したことがありました。そうそう、ハングという言葉はまさにぴったりですよ。殺人犯は、被害者を簀の子から吊っ《ハング》たのですから」

「ガードナー事件のことですか？　あの事件については読みました」

「警部、きみは私が担当した事件を、私よりもよく知っていますよ。ちょっと待って」

彼らは照明の届かない場所に来ていた。それぞれの懐中電灯を点け、アレンは手すりを照らして見せた。

「いま私たちは、滑車の反対側にいます。私がさっき上がってきたときには、滑車が吊ってあるバトンに紐がかけられていました。あそこの、あのパイプです。紐はこの手すりにある転び止め《クリート》に結んであって、そのせいで、滑車が二十センチかそこら、こちら側に引き寄せられていたのです」

「でも、何のために？」ウェイドが訊いた。

「シャンパンの巨大なボトルを、シダの茂みやチカチカ光る電飾の上にではなく、アルフレッド・マイヤーの無防備な脳天に落とすためです」

「なんと！」

「そして、これがおそらくその紐だと思います。転び止めにきっちりと巻きつけてある。賢いやつですよ。そして冷静だ。先へ進みましょう」

「この紐は、帰りに回収します」ウェイドは唸るように言った。

「羽目板は足跡だらけです。裏方が何人も行ったり来たりしていたのですから、当然でしょう」

「収穫はないかもしれませんが」ウェイドも同じ意見だった。「あとで一応調べてみます。警部のおっしゃるとおりなら、犯人の足跡が一番上にあるはずですから」

「そのはずです。さあ、ここが舞台奥の壁だ。ここにもはしごがありますね。下を覗くのはやめておきます。高いところは苦手なのですよ。先へ行きましょう。犯人がうずくまっていたのは、ここに違いありません。私がはしごを登ってくるのに気づいて、じっと目を凝らし、奥歯を嚙みしめていたのです。ドラマティックではありませんか。そのうえ、ひどく愚劣だ。おっと！　あそこに舞台裏に下りるはしごがもう一つあるぞ。犯人はきっとあれを使ったのでしょう。この角を慎重に曲がって、さあ、もう少しです」

「また滑車が見えました」

角を曲がって下手に出ると、バトンから下がった滑車は、手の届くところにあった。

「ええ」アレンは言った。「そしてフックには錘が下がっています。第二幕で、船の煙突を正しい位置に下ろすために使われるものの一つで、劇場内にはこうした錘がいくつもあります。見てください、ちょうど我々の頭の上にも、錘のついた煙突がありますし、壁際にはいろいろなサイズのスペアが転がっています。フックの上にリングがあるでしょう？　あれは錘をはずしたときに、ロープが滑車から抜けてしまうのを防ぐ役割もします。ボトルが降りたときにテーブルの上でロープがたるまないように、錘はちょうど天井とテーブルの中間の高さに吊るされていました」

「そして、あなたが最初にここへ来たときは、ロープに錘がついていなかったのですね？」

「錘はなく、赤い紐の切れ端がついたロープだけが、滑車からぶら下がっていました」

アレンは懐中電灯でバトンを照らした。「仕掛け一式が、足場から手の届くところにあるのがわかるでしょう。テーブルがずいぶん壁に寄せて置かれたのは、この目的のためです」

「バトンの指紋を調べてみます」ウェイドが言った。「しかし、期待はできないでしょうな。ホシは手袋をしていたでしょうから。指紋採取法を世間に知らせてしまったのは、間違いだと思いませんか？　どんな間抜けなコソ泥でも、今日日は手袋を忘れませんからね」

「新聞業界の大物たちを、北の果てに送りたいと思った時期がありましたよ。しかしうまく使えば、それなりに役に立つというものです。ときにはからかってやるのも面白い」ウェイドの困惑顔に気づいて、アレンは急いで付け加えた。「きみの言うとおりですよ、警部。裁判で役に立つことが重要です。もちろん指紋のことですよ。なんだか頭が混乱してきました。きっとシャンパンの匂いのせいでしょう」

「それにしても高級な殺害方法ですな」ウェイドが冷ややかに言った。「シャンパンの大瓶を喰らわすなんて。なんと突飛《グッドー》な!」

「しばらくのあいだ、どんな当たり年のシャンパンでも、旨く感じられるかどうか疑問ですね。匂いがそこいらじゅうに立ち込めて、こんな上まで臭い。そうか!」

「どうしましたか?」

アレンはロープの先についた錘をじっと見て、それからプラットホームに転がっている錘に視線を移した。

「ウェイド警部、我々はもう少しで大変なしくじりをやらかすところでした。あの錘を見てください」

「見ていますが」

「では、あの錘は、どうしてあの位置にあるのでしょう?」

「錘は——そうか。コルクが吹っ飛んで、シャンパンの半分が吹き出てしまったのだから、錘はステージまで下がっているはずです。中身が半分しか入っていないボトルよりも、重いはずですから」

「そのとおり。したがって、あそこにぶら下がっている錘は、中身の詰まったボトルよりもずっと軽い、つまりあれは、リハーサルに使った錘とは違うということです。そしてもう一つ重要なのは、もともとの錘は一段めの足場の近く、つまりステージと天井のちょうど中間あたりの、簡単に手が届く場所に吊るされていたということです。犯人は、最初の段階ではここまで上がらずに、下の足場から細工をしたのです」

「なるほど。そして、事件のすぐあとにあなたがここに来なければ、ますます事故らしく見えて、殺人とは思われなかったというわけですね」

アレンはロープを引き寄せ、揺すってみた。

「これでは軽すぎます。最初はもっと大型のがついていたのでしょう。さて、見るものは見ました。どうしますか、警部？」

「とりあえず下りますか。証拠の採取は、あとでキャスにやらせます。慎重を期す必要がありますから、陽が入る日中のほうがいいでしょう。ここには見張りを置きます、ええ」

下のステージから声と足音が聞こえてきた。見下ろすと、列をなして歩いている数人が小さく見える。ウェイドに遺体の見張りを命じられていた巡査が、舞台上に設けられた箱型のセットのドアを開けた。そこから入ってきたのは、検死医のタンクレッドとドクター・テ・ポキハ、そして担架を持った二人の男だった。彼らは担架をステージの床に置き、タンクレッドは額に手をかざして簀の子を見上げた。

「そちらですか、警部？」彼は声をかけた。

「そうです、先生」

「遺体を動かしてもかまわんですか？」

「キャスは写真を撮りましたか?」

「はい」

「ではオーケーですよ、先生」

彼らはマイヤーの体を起こし、タンクレッドとテ・ポキハが、彼の頭をもう一度調べた。のけぞった頭はまるで、上からその様子を眺めている二人の男の方をじっと見つめているようだった。顔にはシダの葉がいくつも貼りつき、割れた電球で切り傷ができている。テ・ポキハがシダの葉を払いのけてやった。それからずっしりと重い遺体を、力を合わせて椅子から持ち上げ、担架に乗せて布で覆った。

「これでいい」タンクレッドが言った。

巡査がドアを押さえ、マイヤーは運び出された。テ・ポキハはその場に残った。

「私たちも下りたほうがよさそうですね」ウェイドが言った。

アレンの返事はなかった。ウェイドが振り返ると、彼はちょうど屈みこもうとしているところだった。足元にある二枚のスチール製の羽目板の間に向かって、長い指が伸びていく。その指が何か小さなものに近づき、それをつまみ上げ、そしてぎゅっと握りしめた。彼は立ち上がり、テ・ポキハが立っているステージを覗き込んでから、かすかに、警戒するような身振りをしてみせた。

「どうしたんですか?」ウェイドが穏やかに訊いた。

アレンは光の中に手を差し出した。手の平には、奇妙な形をした小さな緑色のものが載っていた。首を横に傾げ、にやりと笑っているような顔。
「下りてきますか?」ステージからテ・ポキハの声が響いた。

# 第7章　衣装部屋での集い

「ティキですね」ウェイドが言った。

「ええ。重要な証拠になるかもしれません。ちょっと待ってください」

アレンはポケットからハンカチを取り出して、上にティキを載せ、そっと包んだ。

「これでよし。仔細は下に行ってからお話しします。できれば、このことはしばらく秘密にしておきましょう」

二人は下手のはしごを下りた。ステージではテ・ポキハが待っていた。

「ほかにお手伝いすることがなければ、私はそろそろ引き上げますよ、警部」テ・ポキハは言った。「もう一時ですし」

「ええ、結構です」ウェイドは答えた。「死因審問のときに、またお呼びすることになるかもしれません」

「そうですね」彼はそう言ってから、アレンのほうを向いた。「あなたがあの有名なロデリック・アレン警部だったとは、少しも気がつきませんでした」温かい声だった。「こんな形でニュージーランドに来られるとは、ちょっと意外でした。あなたのことは新聞で――」

「それはどうも」アレンは急いで言った。「じつは私は休暇中なのです。こちらへは骨休めに来たのですから、素性が公になってはいささか面倒なわけですよ。ドクター、この事件が解決するまでは、私はただの素人だということにしておいてください。ウェイド警部がご好意で、あの上の滑車を見せてくれたのです」

「なにか細工がしてあったのですか？」テ・ポキハが訊いた。

「詳しい捜査は、明日の日中に行なう予定です」ウェイドが言った。「今日はこれから、ほかの劇団員の話を聞きます」

テ・ポキハの黒い瞳がきらりと光った。

「では、私は失礼します。おやすみなさい、アレンさん。あなたはこの国の人間に興味をお持ちのようだ。よろしかったら、滞在中に一度私を訪ねてください」

「喜んで」アレンは心から言った。

「明日の夕食を一緒にいかがですか？　よし、決まりです。そう遠くはありませんよ、三十キロちょっとです。では六時にお迎えにきます」

アレンは彼が差し出した褐色の手を握り、その後ろ姿を見送った。

「素晴らしい男ですよ、ランギ・テ・ポキハは」ウェイドが言った。「スポーツマンとしても優れているし、頭もいい。マオリのなかでも出色です」

「彼とはホテルで出会って、非常に面白い人物だと思いました。どうやらこの国には、人種による偏見はないようですね」

「たしかに、たとえばインドで見られるような偏見はありません。しかし、マオリ人もさまざまだということを忘れてはいけません。テ・ポキハは身分の高い生まれなんですよ——母親はマオリ族の王女で、父親は族長でした。ドクターはイギリスの大学で教育を受けたこともあって、九割がた文明人ですがね、そうでない部分が、やはり一割くらいはあるようです。いくら文明化されたとしても、そういう部分はつねに残るものなんでしょうな。奥地にあるマオリ族の集落にいるときの彼を見れば、普段と違うのがわかります。怒るとすごいですよ！　私が見たのは、彼がある事件について裁判所で証言したときでした。たいした事件ではなかったのですが、ドクターはひどく憤っていまして、目はぎらぎらと光っているし、いまにも我を忘れて、ハカを踊りだしそうな勢いでしたよ」

「ハカ？」

「戦いの踊りです。相手を睨みつけ、雄叫びを上げながら踊るのです。迫力満点です。ところで、あのティキですが——」

「ええ」アレンは声を抑えた。「あれはドクターに勧められて、私が買ったものです。今夜、バースデー・プレゼントとして、ミス・キャロリン・ダクレスに差し上げました」

「ダクレスおばちゃまにですか？」ウェイドの顔がにわかに厳しくなった。「渡したのですか？　ほんとうに？」

「彼女はダクレスおばちゃまじゃありませんよ、少なくともいまのところは。ティキは客たちの手から手へと渡って、最後に誰が受け取ったのか、知りたいところですね」

「知りたいですとも！　パーティーの出席者たちに、いますぐ話を聞きましょう。キャス！」

キャス巡査部長がセットのドアを開けて顔を出した。

「私はオフィスへ行く。キャス、きみはパーティーの出席者を一人ずつオフィスによこしてくれ。彼らには誰かついているだろうな？」

「はい、全員を一つの部屋に集めて、パッカーが付き添っています」

「よろしい」ウェイドはアレンを見た。「現場をもう少し見ますか？」

「私も出席者の一人として、しばらく彼らの仲間に入れてもらおうかと思っています。もちろん警部、あなたに異存がなければですが」

「かまいませんよ、ええ、まったくかまいません。お好きにしてください」ウェイドはにこやかに答えた。アレンが見るところ、警部は一人で彼らの事情聴取ができることになってほっとした反面、ロンドン警視庁からきた人物の前で、自分の力量を披露するチャンスがなくなったことに、多少なりともがっかりしているようだった。

　私が一緒にいると、どうも劣等感を与えてしまうらしい、とアレンは思った。つねにあら探しをされているような気がするのだろう。こちらが心して、とにかく気さくで親しみやすい態度を取らなければ、高慢ちきなイギリス野郎の代表のように思われかねないぞ。私が彼の立場だったら、間違いなくそう思うだろう。彼はいまのところ、とても愛想よく、寛大に接してくれているし、そのうえ非常に礼儀正しい。なかなかのものじゃないか。誰にでもできることではないぞ。

アレンは衣装部屋に続く廊下を進み、漏れ聞こえる話し声を頼りに、一番奥のドアをノックした。ノックに応えてドアを開け、外に身を乗り出してきたのはパッカー巡査部長だった。彼はハンサムな男だった。背は高く、堂々とした体格で、顔立ちも整っている。アレンを見て、パッカーは気をつけの姿勢を取った。

「パッカー巡査部長、行儀よくしているならこの部屋に入ってかまわないと、警部からお許しを得てきました。いいですかな？」

「もちろんです、主任警部どの」パッカーはきびきびと答えた。

アレンは彼を見て、小声で言った。

「わざわざ主任警部などと呼ぶ必要はありません。ちょっと外へいいですか？」

パッカーはすぐさま廊下に出て、ドアを閉めた。

「中の人たちは、私がロンドン警視庁の人間であることに気づいていますか？」

「気づいていないと思います。あなたの名前が何度か話題に上ってはいましたが、わかっているようには見えませんでした」

「よかった。そのまま知らせずに、一般人のアレンということにしておいてください。きみにもその旨伝えてほしいとウェイド警部に頼んであったのですが、きっと暇がなかったのでしょう。ミス・ダクレスとミス・マックス、そしてミスター・ハンブルドンは知っていますが、彼らは黙っていてくれるはずです。いいですね？」

「了解しました」

「よろしい。ではパッカー巡査部長、私を彼らのところへ連れていって、あとは自由にさせてください。きみたちの邪魔になるようなことはしませんよ、約束します」

「邪魔ですって？　滅相もありません。こんなことを言うのは図々しいのですが、ちょうど警部の本を読んで――」

「それはどうも。一冊進呈しましょう。さあ、中へ案内してください。小言の一つも忘れずに。高圧的な態度でお願いしますよ」

若いパッカーはアレン主任警部の威風堂々とした姿を見て、たちまち彼を英雄として崇拝するようになった。「まるでイギリス映画に出てくる独身貴族のようだったよ」パッカーは後日、恋人にこう打ち明けた。「それに、すごく上品な声で話すんだ。女っぽい感じは全然なくて、とにかく品があるんだな。あの人は信頼できると思うな。ほんとうに素晴らしい人だよ」

ずっとあとになって、絶対に誰にも言わないという約束で、パッカーは衣装部屋での出来事を恋人に話した。

「彼がちょっと笑いながら言ったのさ――笑い方も魅力的なんだ。彼は言った。『高圧的な態度でお願いしますよ、パッカーくん』ってね。おれがドアを開けて、彼は中に入った。そしてわざと厳しい声で、『こちらへどうぞ。ご不便でしょうが、我々の指示に従ってもらいます』と言ったら、『ほんとうに申し訳ありませんでした、刑事さん』って。気取った声で、『ほぉんとうに申し訳ありませんでした、刑事さん』――もっと上品な感じだったんだけどな。わざとらしい感じは全然なくて、すごくイギリス的に、『ほぉんとうにむぅしわけ――』だめだ、真似できない」

「それで、どうなったの？」パッカーの恋人が訊いた。

「それで、彼は部屋に入って、おれはドアの外に残った。言われたわけじゃなかったが、おれがそばにいないほうが、彼がみんなから話を引き出しやすいと思ったのさ。ドアをほんの少し開けたままにして、大きな足音を立てながら部屋の前を離れて、それから忍び足で戻ってきた。もしもサム・ウェイドが通りかかったら、何と言われたかわからないよ。きっとこっぴどく叱られていただろうな、持ち場を離れるなって。とにかく、アレン警部が入っていくと、みんなが口々に叫びはじめたんだ。『アレンさん、何があったのですか？』とか、『まあ、アレンさん、どういうことですの？』とか。ゲイネスという女性が――ええと、ヴァレリー・ゲイネスだ。ほら――」

「素敵なドレスを着た、あの役の女性ね。きれいな人だったわ」

「彼女にはほとほとまいったよ。こんな扱いを受けるなんてひどい侮辱だわとか、父親に手紙を書いて言いつけてやるとか、イギリスでは、私がこんな部屋に閉じ込められているなんて夢にも思っていないわとか、この国の警察は礼儀作法というものを知らないとか、とにかくキーキー声でわめくんだよ。彼女にはほんとうにうんざりだ。そうそう、話の続きだけど――」

パッカーはこの話を、彼女に何度も語って聞かせた。

実際はどうだったのか。衣装部屋に入ったアレンはいきなり不愉快な状況に直面して、はたと思い出した。そういえば夜行列車の中でキャロリンがヴァレリー・ゲイネスに、彼はロンドン警視庁の刑事だと話してしまったではないか。だからこそヴァレリーはこうして私に駆け寄ってきて、ニュージーランド警察に対する不満や、自分が受けている不当な扱いについてまくしたてているのだ。彼女はいまにも彼の正体をばらしてしまいそうだった。アレンはキャロリンをちらりと見た。するとキャロリンはヴァレリーを呼び寄せ、耳元で何かささやいて、自分の横に座らせた。

「あら！」ヴァレリーはぞんざいに言った。「だって私は――」

「あなたがそう思うのもわかるわ」キャロリンはすばやくさえぎった。「でも、そんなに何から何まで話してしまわないほうが、きっといいと思うのよ」

「だからって、ミス・ダクレス――」

「そうね。でも聞いてちょうだい。私があなただったら、何も言わずにいるわね。あのお金の一件で、ほら、アレンさんがあなたの紙挟みを拝見しましょうと申し出た、あのときのあなたみたいに」

ヴァレリー・ゲイネスは急におとなしく腰を下ろした。

「それでいいわ、ヴァレリー」キャロリンは言い、すぐに続けた。「こちらへ来て座ってくださいな、アレンさん。私たちはしばらくここから出ないほうがよさそうですわね。少なくとも、うちのダーリンが――あれが事故だったのかどうかがはっきりするまでは」

彼女の声は裏返りそうなほど高く、手は膝の上でせわしなく動いていた。

「それがいいと思います」アレンは答えた。

「警察は何をしているのですか?」アクロイドがいらついた声で訊いた。

「いったいいつまで――」

「アレンさん、説明してください――」

ふたたび大騒ぎが始まった。

「みなさんが知っている以上のことは、私にもわかりません」アレンは大声で言った。「みなさんは警察から事情を訊かれることになるでしょう。一人一人、個別にです。私も訊かれてきたところです。あたりをうろうろしていたもので、叱られてしまいました」

「何を訊かれたんですか?」青年が尋ねた。

「名前と住所です」アレンは短く答えると、小ぶりの荷箱を引き寄せてその上に座り、一同を観察した。

ロイヤル劇場の衣装部屋は、楽屋を広くしたようなシンプルな部屋で、以前に喜歌劇の一座がミドルトンを訪れたときには、合唱隊でいっぱいになった。ダクレス一座はこの部屋を、二日めと三日めに上演する作品に使う衣装や小道具の保管場所にしていた。隅にはアイロン台が置かれ、背景用の長い垂れ幕が床を覆い、埃よけの布のかかった椅子が、壁際にずらりと並べられている。一座にとってこの部屋は休憩場所、つまり、昔ながらの談話室の即席版の役割も果たしていた。キャロリンは、役者が制作者も兼ねるような旅回りの一座がかつてもっていた、昔懐かしい劇団の雰囲気をいくらかでも作り出そうとしていた。彼女が若い頃には、そうした一座がまだいくつか残っていた。駆け出し時代をそんな劇団ですごした彼女は、そのときに感じた家庭的な雰囲気や舞台裏での一体感、一座自体が一つの世界であり、団員たちはその世界を保ちながら大きな世界を巡り歩いているという感覚が忘れられないのだ。マイヤーの協力もあって、彼女はすべての作品に、できるかぎり同じ役者を出演させてきた。彼女がいつもマイヤーに頼んだのは、使える役者を探すことだった。彼女が求めているのは、役柄という鋳型に自分を流し込むことのできる役者のことで、自分の持ち味にこだわる役者ではない。「本物の役者を探してきてくださいな、ダーリン、まがい物ではなしに」ヴァレリー・ゲイネスとコートニー・ブロードヘッド以外に若手の団員がいないのは、おそらくそのせいなのだろう。ヴァレリーにはずいぶん手を焼いていたが、人に言えば、若く美しい娘に嫉妬していると思われそうで、彼女はそれをハンブルドンだけに打ち明けていた。コートニーは代々役者が出ている家系の出身で、俳優という仕事に真剣に打ち込んでいる。ほかの面々——アクロイド、ガスコイン、リヴァーシッジ、ヴァーノン、ハンブルドン、そしてスーザン・マックス——はいずれも四十歳を越えている。ハンブルドンなら〈古株役者〉とでも呼ぶであろう彼らにとって、互いのやり方や声の響きは長く慣れ親しんだものだった。こうした劇団員のあいだには、一種幸運ともいえる親近感が生まれることがある。彼らがお互いをどの程度知っているのか、本当のところはわからないにしても、彼らは自分たちのことをよく、〈幸福な一家〉と呼ぶ。一人一人の顔を順に眺めながら、ダクレス一座のなかにはまさにその一体感がある、とアレンは考えていた。彼らはこの事件を、どう受け止めているのだろう？　そして思わずにはいられなかった——このなかの、このなかの誰が？

ハンブルドンがキャロリンから離れて、彼女の向かい側にいたジョージ・メイソンの横に腰を下ろした。二人は真っ青な顔をして、押し黙っていた。これといって特徴のないメイソンの顔は、まるで泣いたあとのようにまだらに汚れており、表情には病的とも思えるほどの、強い懸念と苦悩の色が浮かんでいる。ハンブルドンもがっくりと頭を垂れ、まるでライトがまぶしすぎるかのように、指の長いすらりとした手を目の上にかざしている。ブランドン・ヴァーノンは腕を組み、太い眉をしかめながら座っていた。下品にも見えるほど、派手で個性的な老優の顔。色白で、肌はまるでドーランを厚塗りしたようにのっぺりとしている。表情豊かな口もとからは、いまにも冷ややかな笑みがこぼれてきそうだった。生気のない目には、あざとさが滲んでいる。こめかみには九番の色粉が残っており、顎は青みがかっている。彼は世故に長けた優雅な老人を見事に演じる俳優だった。アレンが見たとき、ヴァーノンはアクロイドと話し込んでいた。そのひょうきんな顔にそぐわぬ性格の持ち主であるアクロイドは、しかめ面でいかにも迷惑そうに老優の話を聞きながら、落ち着きなく、上目遣いにキャロリンの方をうかがっていた。

アクロイドのとなりにはリヴァーシッジが座り、そのとなりの席は、ヴァレリー・ゲイネスがキャロリンの横に移ったために空いていた。リヴァーシッジの震え方を見て、アレンはちょっと驚いた。丸々として、あまりにも目鼻立ちの整った顔は蒼白だった。じっと座っていられない様子で、ひっきりなしに煙草を吸っているのだが、それを持つ手がわなわなと震えており、どうしても抑えられないようだった。

それとは対照的に、コートニー・ブロードヘッドは真面目くさった顔をしていたものの、その表情は、列車でのあの夜に比べるとずっと穏やかだった。まるで役柄を変更したようだな、とアレンは思った。列車でのブロードヘッドは、コートの背を丸め、一人ぼっちでデッキに立っていたのに対して、リヴァーシッジは大声を上げ、自分を誇示していた。あの夜のことが、どうにも気になって仕方なかった。

舞台監督のテッド・ガスコインは、ゴードン・パーマーと彼の従兄ジェフリー・ウエストンと一緒にいた。滑車とボトルの仕掛けについてガスコインが説明し、ゴードンは爪を嚙み、いくつも質問をはさみながら熱心に聞き入っている。ウエストンはほとんど口をひらかなかった。裏方たちは互いに口を利くこともなく、ぎこちない様子で部屋の向こう端にかたまっていた。アレンは部屋に入ってきていくらもたたないうちに、劇団員たちがキャロリンの存在をそしておそらくハンブルドンの存在も――気詰まりに感じていることに気づいていた。話しながら、ちらちらと横目でキャロリンを見たり、何か言いかけて急にやめてしまったりするのだ。無理もないだろう。誰かが悲しみに暮れる姿ほど、見ていて困惑するものはない。いや、アレンは考え直した。この一団にそうした困惑はないはずだ。悲しむ場面なら、芝居で何度も経験済みなのだから。この気詰まりな雰囲気には、何かほかの理由がありそうだ。

取り留めのない話にまぎれて、アレンはキャロリンにさりげなく言った。「じつは、気が気でなかったのです。私が縁起の悪いものを持ってきたと、あなたが思っていたらどうしようと」

「あなたが?」彼女は困惑の表情を浮かべた。「なぜ私が?」

「贈り物です」

「あの、緑色の――ティキのこと?」

彼女は横目でハンブルドンをちらりと見たが、すぐに視線をそらした。

「できれば、あれをお返し願って、別の贈り物をしたいのですが」アレンは言った。

キャロリンは彼をじっと見つめ、胸に手をやった。

「どういうことですの?」彼女は慌てたように訊いた。

「バッグの中ですか?」

「あ、ええ。いいえ、ないわ」彼女はバッグを開けて、中身を膝の上に出した。「やっぱり。そうよ、ないはずだわ。だって、持っていないもの、ええと、夕食の前からよ。誰かに渡したのよ、みんなが見ていて……。ええ、はっきりと思い出しました。私のところにはありませんわ」

「誰が持っているか、訊いてみてもいいですか?」

「もちろん、かまいませんわ」

アレンは大きな声で言った。

「ミス・ダクレスのティキをお持ちの方はどなたですか? 彼女がお返し願いたいそうです」

沈黙。アレンは一人一人の顔を観察した。彼らは一様に戸惑いながらも、その顔にはまるで、この場面でティキを返せとは、悲劇の妻という彼女の役どころにふさわしくないとでも言いたげな、憤慨の色がわずかに見て取れた。

「きっとステージですよ」コートニー・ブロードヘッドが口をひらいた。

「たしかにどなたもお持ちではないのですか？」アレンはしつこく訊いた。

男たちはポケットを探った。

「私はきみに渡したのを覚えている」ヴァーノンがアクロイドに言った。

「誰かが私の手から持っていった」アクロイドも言う。「きみだ、フランキー」

「私ですか？」とリヴァーシッジ。「そうでしたか？　でも、いまは持っていません。じつを言うと、たしか渡したと思うんです——」彼は言いよどみ、キャロリンをちらりと見た。

「誰に？」アレンが訊いた。

「そのう、マイヤーさんにです」リヴァーシッジは気まずそうに言った。

「まあ！」キャロリンははっと息を呑んだ。スーザンが不思議そうな顔でアレンを真っ直ぐに見ていたが、彼にはその意味が理解できなかった。ヴァレリー・ゲイネスがいきなり大声を上げた。

「あれが不吉だったのよ！　最初見たときから、いやな感じがしたのよ。何かが教えていたんだわ。私って、こういうことには勘が働く——」

「私のティキは」キャロリンは落ち着き払っていた。「不吉なものではありません。それに、夕食の席についたとき、アルフィーは持っていませんでした」

「なぜわかるのですか？」アレンが訊いた。

「彼が私に、見せてくれと言ったからです。彼はもう一度見たかったのです。でも、あいにく私も持っていませんでした」

「でも――」

アレンは声のした方をさっと見た。ゴードン・パーマー青年が口をひらいたまま突っ立っていた。顔には驚いたような、奇妙な表情が浮かんでいる。

「なんですか？　パーマーさん」アレンが訊いた。

「いいえ、なんでもありません」とそのとき、パッカーがドアを開けた。

「ウェイド警部がお話をうかがいたいと。ミセス・マイヤー、いらしてください」

「わかりました」キャロリンは答え、優雅な足取りですっとドアに向かった。戸口に着いたのは、ハンブルドンが先だった。

「オフィスまでミス・ダクレスに付き添ってもいいですか？」彼は訊いた。「私はすぐに戻ってきます」

「さて、どうでしょう――」パッカーは困った顔で、ほんの一瞬だけアレンを見た。アレンはかすかにうなずいた。

「ちょっと訊いてきます」パッカーは外に出て、ドアを閉めた。キャス巡査部長と話す声が聞こえる。彼はまもなく戻ってきた。

「キャス巡査部長がミセス・マイヤー――失礼、ミス・ダクレスに同行します。それに付き添うということであれば、ええ、かまいませんよ。あなたが戻ってくるときには、キャス巡査部長が同行します」

アレンは彼らのところへ歩いていった。

「どういうことですか、刑事さん」彼は言った。「なぜいつまでも、こんなところにいなければならないんですか？　私はこの悲惨な事件と、何のかかわりもないんですよ」それから素早くささやいた。「ハンブルドンさんが戻ってきても、しばらくドアの外で引き止めておいてください」そしてハンブルドンに向かって、「外にいてください」

ハンブルドンはきょとんとしていたが、パッカーは大きな声で言った。

「そのくらいにしてください、アレンさん。我々は決められた仕事をしているだけだということを理解していただかなくては。席に戻ってください。長くはかかりませんから」

素晴らしいぞ、パッカー！　アレンは心の中で賞賛し、ふてくされ顔で荷箱に戻った。

パッカーはキャロリンとハンブルドンを連れ、ドアを閉めて出ていった。

残された一同は途端にリラックスしたようで、あちこちで体をもぞもぞと動かす気配がした。

コートニー・ブロードヘッドが言った。

「ぼくにはどうしても信じられません。こんなことになるなんて、ひどい、ひどすぎます」

「それは、きみが思っていることだろう？」リヴァーシッジが言う。

「みんなが思っていることじゃないかしら」スーザン・マックスだった。「恐ろしい経験よ。私なら、簡単に忘れることなどできないわね」

「気持ち悪い光景だったわ」ヴァレリー・ゲイネスがヒステリックな声を上げた。「だめよ、目に焼きついて離れない。私、あれに一生つきまとわれるんだわ。あの頭——あの姿に！」

「くそ!」ジョージ・メイソンがいきなり詰まった声を出した。「もう耐えられん。吐きそうだ。行かせてくれ」

彼は走るようにドアに向かった。ハンカチを口に押し当て、かわいそうなほど目をぎょろつかせている。「出してくれ!」

パッカーはドアを開け、メイソンの顔を一瞥してから通してやった。ドアがばたんと閉まり、続いて不快な音が聞こえてきた。

「この部屋に来た頃から、だんだん気分が悪くなっていたのさ」アクロイドが言った。「そりゃあ不愉快な眺めだったね。しかし、なんだってやっこさんが吐かなきゃならないんだ?」

「胃が悪いのよ」スーザンが言った。「ジョージは慢性の消化不良なんですよ、アレンさん」

「あんたが、あんなことを言うからだよ、ヴァレリー」ブランドン・ヴァーノンが言った。

「あの悲惨な光景を思い出させるようなことを。なんだって、わざわざ持ち出さなきゃならんのだね?」

「持ち出すとか、吐き出すとか、もういい加減にしてくれないか」リヴァーシッジが文句を言った。

「まるでハムレットの親父みたいな言い方だな、フランキー」アクロイドが皮肉る。

「うるさいな、くそ!」リヴァーシッジは吐き捨てた。

「私に比べたら」ヴァレリーが口を挟んだ。「みなさんの気分なんてまだましだと思うわ。私はひどい気分なんです。わかります? ひどい気分なんです」

誰一人相手にしなかった。

「ファームはどうなるんだ?」アクロイドが誰にとはなしに訊いた。一同は不安げにもぞもぞと動いた。錘を使った仕掛けについて論じていたガスコインも、話をやめて振り向いた。

「ファーム?」彼は言った。「ファームはそのままだ」

「〈芝居小屋〉のことですか?」ゴードン・パーマーは興味津々だ。

「いいや」アクロイドがぶっきら棒に言った。「ヴィルト・サーカスのことさ」

「芝居小屋のことを私たちは、ファームと呼んでいるのよ」スーザンが快く説明した。

「偉大なファーム〈芝居小屋〉」ヴァーノンが低く響く声でのたまう。

「劇団を創設したのはマイヤーさんですよね」アレンが訊いた。「一人で立ち上げたのですか?」

「彼とジョージ・メイソンです」ガスコインが答えた。「二人が共同で創設しました。若い頃のジョージは、なかなかいい俳優だったんですよ。性格俳優というやつで、主役をやったことはありませんでしたがね。二人はどこかで知り合って、一緒にやることに。ええ、それで四十年前に、メイソン&マイヤー劇団ができました。当時は、たくさんのオミーたちが小さな劇場でアンプティーな芝居をやっていた時代でした」

「すみません、私にはちんぷんかんぷんで」アレンは申し訳なさそうに言った。「オミーというのは何ですか、ミス・マックス。それに、アンプティーな芝居というのは?」

「下手な役者たちが、イギリスのあっちこっちの田舎町で、お粗末な芝居をやっていたということよ」

「そうです」ガスコインが続ける。「それが今日では、ヨーロッパ一の劇場組合組織になったのですから、たいしたものですよ」

「これからは、ジョージ・メイソン一人のものになるわけですか」リヴァーシッジが唐突に言った。

ぎこちない沈黙が流れる。

「そうさ」アクロイドが答え、上目遣いにガスコインを見ながら続けた。「ジョージはすごい金持ちになるってことだ」

たちまち起こった動揺と抵抗の気配をアレンは感じ取った。あきらかにアクロイドを嫌っているスーザンは、小さく肉付きのいい手を膝に置き、肩をいからせた。

「ジョージ・メイソンは」彼女はきっぱりと言った。「こんなことで金持ちになるくらいなら、『ロンドンで一番の悪女』を宣伝する生活に戻るでしょう」

「そのとおりだ」ガスコインも断固として彼女の意見を支持した。「私はファームの舞台監督を二十五年務めてきたが、ファームはいつでも、小さな家族のような気の合う仲間の集まりだった。これだけ大きな劇団になれば、経営者は興行の切り盛りを人に任せて、自分は好きなことをしていたっていいはずだ。なのに彼はそうはせずに、ほかの仲間ともちゃんと歩調を合わせてきたじゃないか。マイヤーさんだって毎朝事務所に来た。欠かさずにやってきて、仕事に励んでいた。真面目な人間だったよ。たしかに、それはファームの多くの人間について言えることだが、とにかく、彼とジョージは誠実な経営者だった」

「ええ！」スーザンは自分の襟飾りをむしるようにつかみ、賞賛の眼差しでガスコインを見た。

「私の場合」ヴァーノンが低音で言った。「劇団に不満はないし、ジョージが引き続き私を使ってくれることを願うよ」

「いいだろう、いいだろう」アクロイドは抵抗した。「ジョージが根っからの悪人だと言っているわけじゃないさ。いつも善良な人間だったわけではないとしてもね」

「どういう意味だ？」ヴァーノンが訊いた。

「古きよき時代に、アメリカに置き去りにされた劇団の話を思い出したんでね。なあに、ただの話、ただの話だよ」

「じゃあ、どうして蒸し返すんだ？」ヴァーノンがぴしゃりと返した。

「いいぞ、いいぞ」ガスコインが応援する。

「これはこれは、ずいぶん嫌われてしまったようだな」アクロイドは軽く唸った。「いいさ。あのシャンパンの芸当について、いつまでもぐだぐだ言っていろよ、テッド。誰がやっても失敗しないはずだったって言うんだろう？　事故なんて起こるはずがなかったってな。ってことは、もしそれが本当なら、誰かがアルフレッド・マイヤーを殺したってことだ。そうじゃないか？」

ヴァレリー・ゲイネスが悲鳴を上げ、わざわざリヴァーシッジのとなりの椅子まで走っていった。

「フランキー！」彼女は泣き声を出した。「フランキー！　そんなはずないわ！　彼らの話は間違いよ——間違ってるわ」

「わかった、わかったから、まあ落ち着いて」リヴァーシッジはむっつりとした顔で、かばうように彼女の腕を撫でた。

ドアがひらき、ジョージ・メイソンが戻ってきた。その丸顔は、相変わらず真っ青だった。

「すみません、みなさん」彼はそれだけ言うと、自分の席に戻った。

「少しはよくなりました、メイソンさん？」スーザンが声をかけた。

「ええ、ありがとう、スージー。まったく恥ずかしいよ。キャロリンとヘイリーは？」

「まだ戻ってこないわ」

「ちょうどみんなが揃っているので、話しておくことにするよ」メイソンは静かに話しはじめた。「明日だが、どのような状況になったとしても、昼には全員に集まってほしい。どうするのが最善か、私もこれから考える。十二時にステージで。頼むよ、ガスコインくん」

「わかりました」ガスコインが答えた。「明日十二時、みなさん、お願いしますよ」

パッカーが入ってきた。

「警部が舞台係の方たちと話したいそうです」

部屋の隅にかたまっていた数人が歩み出て、戸口からぞろぞろと出ていった。

「あの、ちょっと」メイソンがパッカーを呼び止めた。「ミス・ダクレスとミスター・ハンブルドンは？」

「もう、いませんよ」

「いない？」

「逮捕されちゃったのね！」ヴァレリーが金切り声で叫んだ。「どうしましょう、逮捕されちゃったんだわ！」

「くそ！」メイソンは噛みつくように言った。「誰かその子を黙らせてくれないか！」

「ご心配なく。お二人とも帰られただけです」パッカーが言った。

# 第8章　金

「早く舞台を降りて、自分のしていることを考えたほうがいいんじゃないかね、お嬢さん」舞台係が出ていったあとで、メイソンが言った。「いったいどういう了見で、あんな大騒ぎをしたんだね？」

「ああ、私ったら」ヴァレリーは嘆き叫んだ。「私ったら、つい、ああ、私ったら、つい」

「馬鹿げているわ」スーザンが声を荒げた。「キャロリンとヘイリーが逮捕だなんて！　まったくあきれたこと！」

「ごめんなさい。二人がいないって刑事さんが言ったとき、頭に、頭にぱっと閃いてしまったんです。ハンブルドンさんがダクレスさんにすごく好意をもっていたって。ほら、それはみなさんもご存じだし、だから――」

「気にしなくていいさ」リヴァーシッジが遮った。「ほかのことを考えよう」

「それがいい」アレンが朗らかに言った。「あなたが失くしたお金について考えましょう、ミス・ゲイネス。まだ見つかっていないのですよね？」

「え、あのう、ええ、まだです。でもマイヤーさんが、ほんとうに親切にしてくださって――

そのう、前払いしてくださったんです。失くしたのと同額のお金を。思うに――」

「そうですか！　なんと親切なことでしょう」

「ええ。私をあずかっている以上、自分も責任を感じるとおっしゃって。ファームの人間を、文無しにしておくわけにはいかないって。きっと――」

「つまり、彼はあんたに金を渡したんだな？」アクロイドが訊いた。

「ええ、まあ。受け取るようにと言われたので。そんな必要はないと言ったんですが、とにかく受け取るようにと言われて。そのマイヤーさんがあんなところで、殺さ――」

「マイヤーさんらしいですよ」コートニー・ブロードヘッドが言った。「驚くほど心の広い人でした」

「彼にそんなに親切にしてもらったことがあるのか、コートニー？」リヴァーシッジが言う。

「ええ」ブロードヘッドは真っ直ぐに彼を見返した。「それはもう」

「詳しく話せよ、コートニー」ゴードン・パーマーが催促する。

「静かにしていろ、ゴードン」ウエストンが口をひらいたのは、アレンがこの部屋に入ってきて以来初めてだった。

「たしかに」リヴァーシッジはずいぶん落ち着きを取り戻したようだった。「たしかに、手元にいくらか余分な金があるのはいいものだ。ありがとうよ、コートニー、きみのおかげだ。またポーカーの仲間に入りたいなら、いつでも言ってくれ」「首を突っ込むな」

「ポーカーで勝ったのですか、リヴァーシッジさん」アレンはさりげなく訊いた。

「そうです。そしてかわいそうなコートニーくんは、絵札を集めることもできなかった」彼は笑った。

「絵札を集めるものなのか?」アクロイドが茶化した。「そういうゲームだったのか?」

「冗談を言うなんて、不謹慎だと思いますわ」ヴァレリーが口を挟んだ。「状況を考えれば――」

「おれたちは墓碑に刻む言葉を考えているのですよ」パーマーが言った。「というか、少なくともコートニーはそうです」彼は反抗的な目でウエストンの方をうかがってから、コートニー・ブロードヘッドに言った。「一つ質問があるんだよ、コートニー。おれにはそれを訊くだけの理由もある」

「なんですか?」

「簡単なことさ。つまり、ポーカーの負けを払う金を、どこで手に入れたのかってことだ」

この驚くべき発言に、一同はぎょっとして黙り込んだ。その沈黙の中で、アレンはリヴァーシッジを観察していた。リヴァーシッジはコートニーを見ていた。

「言ったところで、ぼくはちっともかまいませんよ」ブロードヘッドは顔を真っ赤にしながらも、しっかりとパーマーを見て言った。「マイヤーさんが貸してくれたんです」

「ほう」パーマーは罰の悪そうな顔でリヴァーシッジを見た。

「ゴードン!」ジェフリー・ウエストンが冷ややかに言った。「おせっかいが過ぎるぞ」

「カラザースくん、きみはわが校の面汚しだ」パーマーは嘲った。「ジェフ、あんたはまったくご立派だよ」

「鞭打ちが望みなら」ウエストンも言う。「いつでもくれてやるぞ」

「逃げ出してやるさ。あんたよりも足は速いんだ。間抜けな真似はやめろよ。言ったろう？　おれが訊いているのには、それなりの理由があるって。あるんだよ、もっともな理由が。船を降りた日、コートニーはおれに言ってきたんだ。出演料が入るまで、ポーカーの借金の支払いを待ってもらえないかって。おれは、かまわないと答えた。コートニーは、自分は馬鹿だった、すってんてんだと言っていた。そしてあの日、夜行列車で、ヴァレリーは百ポンド盗まれたことに気がついた。その翌日、コートニーが来て、おれとリヴァーシッジさんへの借金を一ペニー残らず払っていったというわけさ。あとで訊いたら、思いがけない収入があったということだった。そして今度は、マイヤーさんが貸してくれたと言っている。いい話だよな。マイヤーさんがここにいないのがちょっと残念――」

「なんだと、この野郎！」ブロードヘッドは怒鳴り、パーマーに突っかかっていった。

「ブロードヘッド！」アレンの声に一同は飛び上がった。ブロードヘッドも振り返った。

「やめておくんだ」アレンは言った。

「くそっ、ほっといてくれ――」

「説明できるなら、してみろよ」パーマーは怯えると同時に、意地にもなっているようだった。「今夜はずいぶん威勢がよさそうだからな」

ブロードヘッドは彼に殴りかかったが、アレンがその腕をつかみ、素早く巧みに動きを封じた。

「外にいる警官に仲裁に入ってほしいのか、この馬鹿者」アレンは言った。「自分の席に戻りなさい」

驚いたことに、ブロードヘッドは素直に従った。

「さて」アレンはゴードン・パーマーに向かって言った。「聞いてください。もしきみがこの事件にかかわりのある情報を持っているなら、それを警察に話すことです」

「おれがどうするかは、おれの自由さ」パーマーは後ずさりしながら言った。

「黙れ」とウエストン。

「刑法上不当と思われる供述をした場合、きみは当分のあいだ、何の自由もないところで過ごすことになりますよ」アレンは言った。「無作法な振る舞いはやめて、座って目上の人たちの話を聞きなさい。まったく、なんて愚かで厄介な若者だ。きみが将来、いくらかでも人間に近いものに成長する見込みは、あまりないように見えますね」

「おい、あんたいったい——」

「黙れ」ウエストンが遮った。

パーマーはぶつくさ言いながら席に戻った。

「なあ、コートニー」リヴァーシッジだった。「私がきみの立場にいたら、興奮するよりも、まずはきちんと説明すると思うぞ。きみにはその義務があるんじゃないか？」

「これ以上言うことはありません」ブロードヘッドが口をひらいた。「ぼくはポーカーで負けて、金を払うことができなかった。それで今朝、ここに着いてすぐにマイヤーさんのところに行って、その話をしたんです。そうしたら、マイヤーさんはとても親切で、金を前払いしてくれました。給料から引いてもらうことになってたんです」

「だったら」リヴァーシッジが言った。「何も心配することはないじゃないか。すべて帳簿に書いてあるはずだ、ねえ、メイソンさん。あなたはマイヤーさんから聞いていましたか？」

「私もアレンさんの意見に賛成だ」メイソンは静かに言った。「ここでそれを論じても仕方がない」

「帳簿には載っていません」ブロードヘッドが言った。「個人的な借金だったんです」

長く、重苦しい沈黙が流れた。

「わからないわ」ヴァレリー・ゲイネスが唐突に言いだした。「私のお金を盗んだのは、もちろんコートニーではないけれど、どうしてそれがこの事件と関係あるのかしら？　私のお金は船の中で盗まれたんです。きっと客室係の仕業ですわ」

声のトーンが下がった。彼女はリヴァーシッジを見て、また目をそらした。

「絶対に客室係よ、フランキー」その口調は、まるで彼を説きつけるかのようだった。

「そうだ、きっと客室係だ」リヴァーシッジは大真面目に答えると、ブロードヘッドに向かって、輝くばかりの笑顔を見せた。

「とにかく」スーザン・マックスが声を張った。「客室係かもしれないし、船長かもしれないけれど、コートニー・ブロードヘッドではないということね。彼がやったなんて言うのは、馬鹿かごろつきくらいよ」

「今夜はまた、えらく張り切っていますね、スージー」リヴァーシッジが愛嬌たっぷりに言う。

「たのむから」ジョージ・メイソンが口をひらいた。「ミス・ゲイネスの金だの、コートニーの金だの、そんな話はやめてくれ。私たちはいま、重大な悲劇に直面しているのに、きみたちときたら、無駄話ばかりじゃないか。公演はどうなるんだ？　私が考えているのはそれだ。公演はどうなるんだ？」

まるでその言葉が懸念の核心に触れたかのように、彼らはいっせいに静まり返った。

「公演！」パーマーが甲高い声を出した。「驚いた人たちですね。公演なんてどうでもいい――問題は、おれたちがこれからどうなるのかってことでしょう？」

部外者から抗議を受けて、団員たちは急に結束を強めたようだった。彼らは心配そうに互いを見やり、パーマーには目もくれない。

「わかっていないようですね。人が殺されたんですよ」パーマーはまだ言っていた。誰も注目してくれないことに憤慨しており、その声には幼さが滲んでいた。

「口を閉じていろ」ウエストンが言った。

「いやだね。マイヤーさんは気の毒にも――」ためらうように声が震えた。

「アルフレッド・マイヤーが、逝った先で何かを考えることができるとしたら」意外にもメイソンだった。「彼もまた公演のことを考えているはずだ。アルフレッドは、いつでもファームのことを一番に考えていた」

短い沈黙。

「今回の出来事については、非常に遺憾に思っています」メイソンは続けた。「つまり、みなさんに対して申し訳ないと。みなさんをはるばるここまで連れてきたのは私たちですから。でも心配しないでください、みなさんのお世話はきちんとさせてもらいます。私のパートナーもそれを望んだに違いありません。私たちは古い友人でした。私たち全員が。まだ頭の中が整理できていないのですが、しかし、私にできることがあれば、それはきちんとやらせてもらいます」

彼は真剣な面持ちで団員たちを見た。急にあらたまったメイソンの言葉に驚いたのか、いまの話を聞いてとりあえず安心したのか、団員たちのあいだにかすかな興奮が走った。彼らを眺めていたアレンは、役者たちは何よりも経済的な保護を求めているのだな、と思った。なぜなら、彼らはその恩恵に浴したことがないからだ。人気が出て、破格の出演料を取るようになっても、それを貯めようとする役者は少ない。まるで業界には昔からそうした決まりごとがあるかのように、彼らはしばしば安定を求めながらも、それを実際に得ることはないのだ。アレンは彼らの一風変わった生活や、彼らの多くが迎える不名誉で哀れな晩年に思いを馳せた。

パッカーが入ってきて、アレンの思考は中断された。

「メイソンさん、警部がお話ししたいそうです」パッカーは言い、「もしもご気分がよくなったのであれば」と付け加えた。メイソンは青ざめながらも、ずいぶんよくなりましたと答え、巡査部長とともに出ていった。

「彼が本気であることを祈るよ」老ヴァーノンが低い声で言った。「私はファームが長すぎて、ほかの経営者がどんなだったか覚えておらんのだ」

話題はいつのまにか、出演契約に関する果てしないゴシップ話に移り、やがてそこに落ち着いた。誰もがマイヤーの死にショックを受けているのはあきらかだったし、深く悲しんでいる団員も少なからずいるはずだったが、にもかかわらず、彼らはごくごく無意識のうちにいつもの会話に戻っていき、何ごともなかったかのように話している。ブロードヘッドは部屋の向こう端でしかめっ面をしていたが、老ヴァーノンが行って話しかけると、少し気分が和んだようだった。完全に無視されたパーマーは、無口な付き添い家庭教師とともに、隅の方でむっつりとしていた。

まもなくパッカーが戻ってきた。

「次はあなたに話をうかがいたいそうです、アレンさん」

アレンはパッカーに続いて暗い廊下に出た。

「抜け出す機会を作ったほうがいいのではないかと、ウェイド警部が言いまして」

「なるほど。ご配慮に感謝します」

「では、おやすみなさい」

「おやすみ、パッカーくん。またお会いするでしょう」

「そうですね」パッカーは嬉しそうに言った。

アレンは事務所へ向かった。ウェイド警部はアルフレッド・マイヤーのデスクに座っており、横には巨漢のキャスがいた。

「そろそろ飽きてきたのではないかと思ったものですから」ウェイドが言った。

「退屈はしませんでしたよ」アレンは答えた。「なかなか面白い話が聞けました」

「ほう」

アレンは衣装部屋での出来事を説明した。

「ふむ。その、コートニー・ブロードヘッドとヴァレリー・ゲイネスの話は気になりますね。記録したいのですが、よろしいですか？　キャスが速記します。どういった経緯だったのでしょう？」

「簡単に言うと、こういうことです」アレンは説明した。「リヴァーシッジ、ミス・ゲイネス、パーマー青年と彼の従兄のジェフリー・ウエストン——彼は付き添い家庭教師がすべき仕事に関して、独特の考えをもっているようですね——そしてコートニー・ブロードヘッド、この五人は航海中に、かなりの金を賭けてポーカーをしました。パーマーとリヴァーシッジが派手に勝ち、ブロードヘッドは派手に負けた。そして船を降りる前日の夜から、翌日の夜、つまり列車で移動中の夜までのあいだに、ミス・ゲイネスが持っていた約百ポンドの現金が盗まれました。現金は皮製の紙挟みに入れて、スーツケースにしまってあったそうです。列車内で見たとき、ブロードヘッドは困り果てた顔をしていて、私はそのことをハンブルドンにも言いました。私は劇団の一行と、同じ車両に乗っていたのです。ブロードヘッドは、ずいぶん長いことデッキに出ていました。彼の行動についてはもう少し詳しくご説明できますが、必要ですか？」

「お願いします」

「そうですか。私の記憶はかなりお粗末なのですが、それでも、細かい点でいくつか覚えていることがありますから、お話しします。真夜中、劇団員たちは、寝台車へ行ったマイヤー氏と夫人、つまりミス・ダクレス、そしてミス・ゲイネスの三人を除いて、全員が同じ車両にいました。私は十二時十分ごろに眠り込んで、起きたのは二時十分でした。団員たちの様子は、眠る前と変わっていませんでした。それから二、三分して、ブロードヘッドがデッキに出ていきました。ドアのガラス越しに、彼の姿が見えました。オハクネに着いたのが二時四十五分。ハンブルドンと私は列車から降りて、コーヒーを飲みました。それからミス・ダクレスに呼ばれて寝台車へ行きました。途中でマイヤー氏に会って、彼が夫妻の客室に案内してくれました。マイヤー氏によると、オハクネに着く三十分ほど前に、誰かが彼を寝台車のデッキから突き落とそうとしたというのです。時間ははっきりとはしませんでした。四十分前かもしれないし、もっと前だったかもしれないということでした。四十分以上前ならば、犯行は私が眠っているあいだに行なわれたということです。マイヤー氏がそのときの状況を私たちに話している最中に、金が盗まれたといってミス・ゲイネスがやってきたのですが、では、物色されたスーツケースを拝見しましょうと私が申し出ると、急に腰砕けになって、さっさと帰っていきました」

「ええと」キャスが言った。

「はい?」

「最後のところですが、すみません、何を見ましょうと申し出たのですか?」

「言い方が悪かったですね」アレンは言った。「私はミス・ゲイネスに、その紙挟みを調べてあげましょうと申し出たのです。すると彼女はそれを断って、まもなく出ていきました」

「ありがとうございます」

「衣装部屋で聞いた話に戻りますが、ゴードン・パーマーによると、列車の旅が終わった朝、コートニー・ブロードヘッドがポーカーの借金を払ったそうです。ブロードヘッドはその前に、借金返済の延期を頼みにきていたそうで、パーマーは彼に、どうやって工面したのか尋ねました」

「どうやって金を用意したのか——」キャスがつぶやいている。

「そのとおりです、キャスくん。ブロードヘッドは激しく憤慨したようで、暴力を振るおうとしました」

「パーマーを殴ったのですか?」ウェイドが訊いた。

「いいえ、仕方がないので、私が腕を後ろに捻って押さえました。ブロードヘッドの説明によれば、故人に相談して出演料を前払いしてもらったそうです。それを聞いたパーマーが、『マイヤー氏がそれを証言できなくて残念だ』と言ったときでした、暴行未遂が起こったのは。正式な言い方は何でしたかな?」

「いま何と?」

「何でもありません。ところで警部、私の見たところ、パーマーはどうも、自分の考えだけで意地の悪い発言をしているのではない気がします。誰かにそそのかされてブロードヘッドを怒らせている、そんな印象を受けました」

「そうでしたか。誰か心当たりは?」

「リヴァーシッジは」アレンはぼんやりと言った。「ずいぶん親切で協力的でした。マイヤー氏は前払いの件をきっと帳簿につけているはずだから、それを見れば一目瞭然だと言って」

「たしかに、そのとおりでしょうな」

「ええ。ところが、あれは個人的な借金だったから、帳簿には載っていないとブロードヘッドが言うのです」

「そうなのですか?」ウェイドは言い、もったいぶった顔つきでアレンを見た。「なるほど、非常に興味深い。こう考えられるわけですな。借金を返す当てのなかった若者が、突然それを返した。そしてまわりから問い詰められると、ある人物からもらったと答えた。その人物とは、少し前に殺された男だったと」

「ええ、パーマー坊ちゃんの解釈はそうです」

「ティキのことですが」少し間をおいて、ウェイドが言った。「ダクレスおばちゃ——いえ、マイヤー夫人に訊いたのですが、夕食の前に誰かに渡したといっていました。彼女もハンブルドンも、誰に渡ったのか覚えていないそうです。メイソン氏も知りませんでした。じつはこのメイソンですが、マイヤー氏の遺産を相続することになっているようですな。相当な額になるのでしょうが、まあ、演劇界は謎だらけですからね。とにかく、我々はメイソンから目を離さないつもりです」

「ええ」アレンも同じ意見だった。「私も彼を見ていましたが、途中でそれこそ真っ青になって。どうにか間に合って廊下に出ましたが、ぎりぎりでしたよ」

「自分でも言っていました。それはいつでしたか?」

「私がティキのことを尋ねた直後です」

「書き留めてくれ」ウェイドはキャスに言った。

アレンはメイソンの切羽詰った様子について話した。

「では、彼は廊下に出たのですね」ウェイドは唸った。「それについては、パッカーに一言言わねばなりませんな。ええ、そうします。気分が悪いと言われて部屋から出してしまうとは、若いのはこれだから困りますよ。芝居だったかもしれないのに。メイソンがティキを最後に受け取った人物で、急にそれを思い出したのかもしれないじゃないですか。それで気分が悪い振りをして、ポケットを確かめたとしたら? パッカーにはよく話しておきます」

「ああ、ええ、そうですね」アレンは控えめに言った。「しかし、もしパッカーが彼を引き止めていたら、彼は間違いなくその場でもどしていたでしょう。廊下から聞こえてきた気の毒な音から察するに、彼はそれほど遠くへは行っていません。パッカーから見えるところにいたと思いますよ」

「つまり」ウェイドは記録用に正確な言葉を使った。「彼は嘔吐したということですか?」

「そうです」アレンは答えた。「それで少しは楽になったようです」

「では、気分が悪い《クルーク》というのは芝居ではないと?」

「彼は腹黒い《クルーク》人間かもしれませんが、しかし、だからといって――」

「いえ、いえ、つまり、本当に具合が悪かったということですな」

「ああ、すみません。ええ、あれは芝居ではありません」

「うーん」ウェイドは唸った。

「もちろん」アレンは穏やかに言った。「気分を悪くするために、たとえば手に隠し持っていた石鹼を食べたという可能性もありますが、しかし、それはないでしょう、口に泡はついていませんでしたから」

「彼らの劇団の財産というのは、どの程度のものなんでしょうね。芝居小屋でしたっけ、まあ名前は何でもいいとして。何かご存じですか?」

「メイソンが廊下に出ているあいだ、団員たちはその話をしていました。一人が――アクロイドだったと思います――メイソンはすごい金持ちになると言っていましたね」

「そうですか。ならば、動機はありますな」

「そのとおりです。金。いつも言うことですが、これが一番の動機です」アレンは答えた。

「彼――メイソン――はついさっき帰りました。芝居小屋のことを尋ねると、彼は非常に率直に、マイヤーが抜けたいま、すべてを取り仕切るのは自分だと言っていました。まあ、いずれわかることですから、率直に話すしかないのですがね。私たちが帳簿を見たいといったときも抵抗しませんでしたが、じつをいうと、私がここに座って引き出しを調べはじめたのを見て、かなり渋い顔をしていたのですよ」

「それはマイヤー氏の机ですよね」アレンが尋ねた。

「そのとおりです。私が、『これは故人の私有物ですね？』と訊くと、彼は黙ってうなずきました。少し気分が悪いようにも見えましたね。いらいらした様子で、いまにも食ってかかって《クルーク》きそうでしたよ」

アレンは不思議でたまらなかった。〈クルーク〉という言葉の、このなんとも微妙なニュアンスの違いはなんだろう？

「机はすべて調べたのですか？」アレンは言った。

「まだです。物がとにかく山ほどあるのですよ。しかし、どれもきちんと整理されています。机ごと旅先に運んでいたそうですから、驚きですな。これなしでは仕事にならなかった、とメイソンは言っていました。まあ、それはたいして問題ではないのですがね。故人はこいつを長年愛用していて、どうやら幸運のジンクスのように考えていたようです。演劇人というのは、まったく迷信深い連中ですよ。こんなに古ぼけた机なのに」

ウェイドは下の引き出しに手を伸ばし、取っ手を引っ張った。

「ほんとうにガタがきていますよ」そう言って、今度は思い切り引っ張ると、引き出しがいきなり飛び出した。彼は中を覗き込んだ。

「驚いたな！」ウェイドは声を上げた。「これは何だ！　これは何だ！」

「どうも、遺書のように見えますね」アレンは言った。

# 第9章　コートニー・ブロードヘッドの証言

「いやはや、まさにそれですよ」ウェイドは大満足の様子だった。

見つけた書類をひらき、机の上に広げる。「ずいぶん短いようです。見てください」

アレンはウェイドの肩越しに覗き込み、キャスも大きな体を揺らしながら、のんびり一、二歩近づいてきた。長いあいだ、誰も口を利かなかった。聞こえる音といえば、ウェイドが法律用語で書かれた文章に行き当たったときに発する、喘鳴《ぜんめい》のようなつぶやきだけだった。しばらくして、アレンがそのすらりと長い背筋を伸ばし、ウェイドはひらいた手を遺書の上にぴしゃりと置いた。

「遺産です！」ウェイドは言った。「これではっきりしたわけだ。いいぞ。日付を見ましたか？　二年前と、そして三ヶ月前です。メイソン氏は主要な遺産受取人のようですね。驚きですよ。かなりの額が妻に渡りますが、残りはパートナーが受け取ることになっています――ええと、何と書いてありましたか――ああ、〈芝居小屋での長きにわたる献身的な働きへの謝意と、生涯絶えることのない友情の記憶に〉とあります」

「なかなかの美文調ですね」アレンは言った。「それに、ずいぶん趣がある」

「メイソンが金持ちになるという彼らの話は、かなりいい線を突いていたことになりますな」とウェイド。

「そうですね」

「妻に五万ポンド、残りはええと、四万ポンドですか。そう、四万ポンドと興行収入からの取り分が、すべてメイソンのものになるのです。これは大変だぞ！　さて、仕事を進めたほうがよさそうですな。次はコートニー・ブロードヘッドを呼ぼうと思っています。何か出てきそうな気がしますよ。推測するのは早すぎますがね。どの段階でも推測するのは早すぎる、と主任警部はおっしゃっていますよね」

「そうです。しかし、私も同じように推測しますよ」

ウェイドは大声で豪快に笑った。

「人間の性《さが》ですな。人は人生の半分を、互いに相手の胸中を探りながら過ごすといいますからね。推理小説が売れる理由も、そのへんにあるのでしょう」

「おっしゃるとおりです」アレンは言った。「私たちが刑事をやっている理由も、そこにあるといっていいでしょうね。ウェイド警部、あなたはこの仕事が好きですか？」

「ふうむ、難しい質問ですな」ウェイドは真面目くさった顔でアレンを見た。「ええ。警察という仕事全体を考えれば、好きということになるのでしょう。とはいうものの、ときにはうんざりすることもあります。お決まりの事情聴取をして、情報の裏を取って、そんなことを二、三年もやっていれば、誰だって嫌気がさしてくるものです。それは退屈なものなのですよ、巡査クラスの仕事というのは。もちろん、主任警部はそのような経験をされてはいないでしょうが」

「そう見えますか?」アレンは厳しい顔で言った。

「だって、あなたはいわゆる――」ウェイドは言いよどんだ。「主任警部は大学出ですよね? ですから――」

「私はキャリア採用が実施される前の時代に、警視庁に入庁したのですよ。オックスフォードを出て、三年間の兵役を終えてから、少しのあいだ外務省にいましたが、そのあと、一般採用で警察に入ったのです。ポプラー地区（ロンドンのイーストエンドにあった自治区）では夜間のパトロールもしました」

「そうなんですか? そうなんですか?」ウェイドはまるでヘルメット姿を想像しているかのように、皮肉っぽく気難しげなアレンの顔をまじまじと眺めた。

「ブロードヘッドはどうしますか?」アレンが訊いた。

「ああ、そうでした。キャス、彼を呼んできてくれ」

「私は消えたほうがいいでしょうね」キャスを見送ってから、アレンが言った。「ここにいては、おかしいでしょう」

「私も考えておりました。団員たちに正体を知られたくないということですよね。いまでもそうお思いでしたら、我々はそれを尊重します。警部のお気持ち次第です。衣装部屋での話を知ることができて、ほんとうに感謝しています。しかし、あなたがロンドン警視庁の主任警部だということを、団員のうちすでに四人が知っているとなると、秘密が漏れるのは時間の問題だと思わざるを得ません」

「まったく、おっしゃるとおりです」アレンは唸った。「では、私が彼らに伝えるというのはどうですか？　もしもこの事件にかかわりたくないということであれば、そうおっしゃってください。我々は警部の意思を尊重します。しかし、もしも興味がおありでしたら、我々としては嬉しいかぎりなのです。ついさっき、電話で警視と話したのですが、あなたが匿名で手伝ってくれていると伝えたところ、今夜は早くお休みになりたいでしょうから、明日の朝にご挨拶にうかがうと言っていました。我々としては、あらゆる便宜を図るつもりでいますし、そうさせていただきたいのです。もしも正式な立場で事情聴取に同席してくださるのなら――」ウェイド警部は言いよどみ、うまく言葉にならないもどかしさと格闘していたものの、やがて勝ち目のない戦いに白旗を揚げ、困った顔でアレンを見つめた。

「そのほうがいいと警部がお考えでしたら」アレンは言った。「もちろんかまいません、同席しましょう。お申し出に心から感謝しますよ。私が刑事であることも、必要であればどうぞ話してください。おっと、ブロードヘッドが来ました」

キャスに案内されて、コートニー・ブロードヘッドがやってきた。オフィスの強い照明に照らされたその顔は、青白く、やつれて見えた。彼は入り口で立ち止まり、浮かない顔でウェイドを見つめ、それからアレンに気がついた。

「やあ、アレンさん。まだいたのですか」

「ええ」アレンは答えた。「こちらはウェイド警部——コートニー・ブロードヘッドさんです」

「こんばんは、ブロードヘッドさん」ウェイドは和やかに言った。「よかったら、少しお話を聞かせてもらえませんか？　いくつか確認したいことがあるのですよ」

「はあ」ブロードヘッドはアレンを見たまま言った。

ウェイドはアルフレッド・マイヤーの古びた机の上に置いたメモに目を落とした。

「金曜日の夜、特別急行でオークランドからこちらへいらしたときのことで、二、三うかがいたいのです」

「はあ」ブロードヘッドは口もとに薄笑いにも見える奇妙な表情を浮かべたが、視線はアレンに向いたままだった。

「オハクネに到着する数分前まで」ウェイドは続けた。「あなたはほかの劇団員と一緒に指定車両にいたそうですね」

「そう思いますが、はっきりとは覚えていません。あの夜は、あなたもあの車両に乗っていましたよね、アレンさん？」

「ええ、いました」

ブロードヘッドは耳障りな笑い声を上げた。

「では、あなたのほうが覚えているかもしれませんよ。何駅だか知りませんが、列車がそこに着く前にぼくがどこにいたか」

「ええ、覚えています」

「ブロードヘッドさん、あなたはオハクネに着く前にデッキへ行きましたか？」ウェイドはきびきびとした口調で訊いた。

「行ったと思います。アレンさんに訊いてください」

ウェイドは穏やかにアレンを見た。

「行ったと思います」アレンが答える。

「それは何時でしたか？」ウェイドがさらに訊いた。

「アレンさんに訊いてください」

「二時三十五分頃です」アレンは明るく答えた。

「素晴らしい記憶力ですね」ブロードヘッドが言った。「謝礼でも出るんですか？」

「ブロードヘッドさん」ウェイドは質問を続けた。「あなたが立っていたデッキのとなり、つまり寝台車のデッキにマイヤーさんはいましたか？」

「それもアレンさんがご存じなのではないですか？」

「アレン主任警部は」ウェイドは自分の言葉を味わっているようだった。「わざわざ事情聴取を受けに来てくださったのです」

ブロードヘッドは狐につままれたような顔をしていたが、やがてはっと驚き、それから奇妙にも、ほっと安心した表情になった。そしていきなり笑い出した。

「うそだろ！」彼は言った。「信じられないな。本物の刑事が居合わせるなんて！　誤解していましたよ。ぼくはあなたを、お節介な素人だと思っていました。すみません」そして興味深げにアレンを観察した。「なんてこった。あの評判の刑事さんじゃないですか。ガードナー事件のときに、『デイリー・サン』紙にあなたの記事が載りましたよね？」

「もう勘弁してください」アレンは言った。

「〈男前刑事、またの名は不屈の男〉。たしか名前の綴りは――」

「そうです」アレンは遮った。「乗客名簿が間違っていたのです」

ブロードヘッドは黙り込んだ。この新しい情報を、頭の中でためつすがめつしているようにも見える。ふたたび口をひらいたときには、いつもの彼らしい態度をいくらか取り戻していた。

「警察の目から見て、関心があるようなものなんですか、そのう、今回の事件というのは？」

「我々としては」ウェイドが言った。「主任警部から有益な助言をいただけたらと思っているのですよ」

「へえ！」

「さて、マイヤーさんの話に戻りましょう」ウェイドはきびきびとした調子で続けた。「彼は寝台車のデッキにいたのですか？」

「いいえ。ぼくがデッキにいるあいだは見ませんでした」

「間違いありませんか？」

キャスはノートから顔を上げた。ウェイドは身を乗り出し、火のついていない煙草をくわえていたアレンは、マッチを擦りかけた手を止めた。

「間違いありません」ブロードヘッドは断言した。

アレンは煙草に火を点けた。

「なるほど」ウェイドは考え込むように言ってから、アレンの方を向いた。「何かお訊きになりたいことがありますか?」

「ありがとう。ええ、あります。ブロードヘッドくん、きみはオハクネに着く前に眠りましたか?」

ブロードヘッドはきょとんとした。

「はい。ちょっとうとうとして、いやな夢を見ました」

「どのくらい眠っていたかわかりますか?」

「いいえ、十分かそこらだと思いますが、わかりません」

「私はぐっすり眠っていたのですが、眠り込む直前に見たときには、きみとハンブルドンさんだけが起きていて、あとは全員眠っていたように思います」

「あなたが眠るところを見ました」ブロードヘッドは進んで話した。「覚えていますよ。あなたは目を閉じて、動かなくなった。ほかのみんなは、口を開けて寝ていました。ぼくはあなたが、寝たふりをしているのかなと思ったんです」

「なぜ?」アレンはすかさず訊いた。

「わかりません。ただ、花形男優との話に飽きたのかと思って」

「ハンブルドンですか? そんなことはありません。彼は眠っていましたか?」

「眠っていないと思います。ちょっと待ってください。そういえば、目を閉じる前にドアのほうまでずっと見渡しました。みんな半分死んだみたいに、口を開けて汽車に揺られていました。ハンブルドンさんは新聞を取って、光が当たるように横向きに持っていました。彼はこちらに背を向けていたので、腕と頭が半分見えた感じですが。覚えているのはそれだけです。あとは眠ってしまいました」

「目を覚ましたときは？」

「何も変わっていないように見えました。あたりはひどく煙っていて、騒々しくて、なんだか現実ではないような気がしました。そのうちにあなたが目を覚まして、ハンブルドンさんと話を始めたのです」

「誰も動かなかったか」アレンは独り言のようにつぶやいた。

「一つだけ――」

「何ですか？」

「はっきりはしないのですが、誰かがぼくの横を通っていったような気がするんです。わかりますよね、汽車の中で転《うた》た寝しているときの、そういう感じって。もしかすると、夢だったのかもしれない。いや――やっぱり夢ではありません。たしかに誰かが通りました。それで目が覚めかけたんです」

「その人物は、前側のデッキから戻ってきたのですか、それとも、後ろ側からデッキの方に向かっていたのですか？」

「戻ってきたんです。彼はこちら側を向いていました。きっと手洗いにでも行ってきたのでしょう。寝台車の後ろ側にありましたから」

「彼？」

「ええ。男だったと思います。彼はきっと、ぼくよりも後ろ側の席に座っていたのでしょう」

「車両を通り抜けて行っただけではないのですか？」

「いいえ。ドアが閉まる音がするかと思って気にしていたのですが、音はしませんでした。そのうちにまた眠ってしまって」

「ありがとう」アレンは言った。「私の質問はそれだけです、ウェイド警部」

「わかりました」ウェイドは答え、それからブロードヘッドに尋ねた。「マイヤー夫人のティキはどうしましたか？」

「どうしたかって？　何もしていません。一度も手にしていませんから。あの小さな怪物がどうかしたのですか？　衣装部屋でも訊いていましたよね、アレンさん。何か重要な意味でもあるのですか？」

「ティキの行方を知りたいだけですよ、ブロードヘッドさん」ウェイドが言った。「マイヤー夫人が失くしてしまったというのでね」

「彼女はご主人も亡くしたのですよ」ブロードヘッドの声は刺々しかった。「警部さんたちは泥棒ではなく、殺人犯を探しているのだと思っていました」

「それはもちろん――」

「それに、ティキがなくなろうが出てこようが、彼女が気にするはずはありません。いったい何が言いたいんですか？　ぼくがあの下品な代物を盗ったとでも？　もう我慢も限界です。あんたたちは、ぼくがヴァレリー・ゲイネスの金を盗ったと思っているんでしょう？　マイヤーさんが金を貸してくれた話も嘘だと思っている。あんたたちは、ぼくが泥棒で人殺しだと――」

その声はヒステリックにうわずっていた。キャスが慌てて彼に近づき、ウェイドも立ち上がった。

「近寄るな！」ブロードヘッドは叫んだ。「逮捕なんかさせないぞ、逮捕なんて――」

「馬鹿なことを」アレンが制した。「誤解を招くような発言や、芝居がかった振る舞いは慎むことです。きみが言ったように、これは深刻な事件です。誰もきみを逮捕しようなどとは思っていません。ウェイド警部は考えがあって質問しているのですよ。答えてもいいではありませんか？」

「そういうことですよ」ウェイドが言う。「落ち着いてください、ブロードヘッドさん」

「きっと――」ブロードヘッドはいくぶんおとなしくなった。「衣装部屋での出来事は警部さんの耳にも入っているのでしょうね。そこにいる有名なお仲間が、パーマーのクソったれの言ったことを話したんでしょうね」

「そのクソったれに、きみが何をしたかもね」とアレンはつぶやいた。「ええ、そのとおりです」

「薄汚いと思いませんでしたか？　そ知らぬ顔でぼくらに混じって話を聞きながら、早く報告したくてうずうずしていたのですよね。明かすべきだったとは思いませんか、自分は――自分は――」

「こう言えばいいのですか?」アレンが助け舟を出した。「『自分は刑事ですから、もしもこのなかに、みなさんが口を揃えて褒め称える実直な紳士を殺した人がいたら、自分が犯人だとばれるような行動は慎んでください』と? 私はそうは思いませんよ、ブロードヘッドくん」

「ちくしょう。ぼくだって、みんなと同じように彼が好きだったんだ。いい友達だったのに」

「それなら」アレンは言った。「ウェイド警部があの翡翠のティキを探すのに協力することです」

「くそっ!」ブロードヘッドは毒づいた。「わかりました、わかりましたよ! それが事件とどう関係あるのかは知りませんが——わかりました、進めてください」

「では、続けましょう」ウェイドが言った。「夕食の席に着く前に、みなさんがそのティキを見たそうですね。ブロードヘッドさん、あなたはそれを手に取りましたか?」

「はい。ちょっとのあいだですが、手に取って見ました。そのあと、誰かが持っていきましたよ」

「誰ですか?」

「フランキー・リヴァーシッジだったと思いますが、はっきりとは覚えていません。とにかくみんなの手から手へとまわっていましたから」

「なるほど。ところでもう一つ、昨夜の芝居の最後の部分についてうかがいます。あなたは終劇まで演じていましたか?」

「演じる!」ブロードヘッドは嫌悪感を露わにした。「いいえ、ぼくは演じてはいません。ぼくの出番は、ミス・ダクレスの見せ場の前で終わりました」

「では何をしていたのですか?」

「カーテンコールのために、袖で待機していました」

「では演じていたとも言えるわけですね」ウェイドはむっつりとした様子で言い張った。

「舞台裏でうろうろしているのを含めるなら――」

「先へ進みましょう。舞台が終わったあとはどうしましたか?」

「楽屋へ飛んでいって、化粧を落としました」

「誰かと一緒でしたか?」

「はい。ヴァーノンとフランキー・リヴァーシッジが一緒でした」

「ずっと?」

「ぼくはヴァーノンと一緒に楽屋に戻りました。フランキーが来たのは、一、二分後だったと思います。それからパーティーに向かう前に、アクロイドが来ました」

「わかりました。事件のあとですが、ドクター・テ・ポキハとここにいる主任警部の指示で、あなたたちは楽屋へ行き、そのあとで衣装部屋へ行ったそうですね。ブロードヘッドさん、あなたは真っ直ぐ衣装部屋に行ったのですか?」

「いいえ。途中で自分の楽屋に寄りました」

「何のために?」

「コートを取りにです。寒かったんです」

「楽屋にはどのくらいいましたか?」

「五分くらいです」

「コートを取るのに五分ですか?」

「それは――ブラニーがいたものですから」

「誰ですか?」

「ブランドン・ヴァーノン――敵役《かたき》の俳優です。楽屋を共用していることはお話ししましたよね。楽屋に彼のブランディーがあったので、二人で気付けに一杯引っかけたんです。飲まずにはいられませんでした。あとからフランキーが来て、彼も一杯飲んでから、一緒に衣装部屋に行きました」

「衣装部屋へ行くときに、足場へ上がる鉄ばしごの前を通りましたか?」

「足場?」

「たしか簀の子といったかな」アレンは自信なげに言った。「いや天井格子だったかな」

「ああ、それですか。ええ、通ったと思います。楽屋の通路のすぐ脇にあるはしごですよね?」

ウェイドは椅子の中で座りなおし、努めてさりげなさを装った。

「たとえば足場を見上げるとか、そんなことはしませんでしたかね?」

「まいったな、覚えていませんよ。どうしてそんなことを?」

「上に誰かいるという印象は受けませんでしたか?」

「いいえ、ぜんぜん」

「ステージからは、みなさん一緒に引き上げたのですか？　つまり、劇団員も招待客も、全員ということですが」

「そうです。みんな黙り込んでいました。お客たちは先を急ぐように帰っていきましたよ。ぼくらは通路の入り口で立ち止まって、後ろから来たミス・ダクレスを先に通してから、彼女のあとをついていきました」

「みんな一緒に？」

「スクラムを組んでいたわけではありませんがね」ブロードヘッドはむすっと答える。「狭い通路ですから」

「衣装部屋に行ったとき、ほかのメンバーはすでに揃っていましたか？」

「ぼくのあとにも、何人か来ました」

「誰ですか？」

「まいったな」ブロードヘッドはまた言った。「そうですねえ、ああ、ガスコインさんがぼくのあとから来ましたよ。それにメイソンさんも。スーザンとヘイリー・ハンブルドンは、彼らのちょっと前に来たと思います。たしかミス・ダクレスも一緒でした。自信はありませんが、そんな感じだったと思います。まてよ、そうだ、アレンさんが最後でした」

「そのとおり」アレンが応じた。「私がどん尻でした」

「そうですか」ウェイドは言った。「ブロードヘッドさん、うかがいたいことはそれだけです。

いまのメモをあとで調書に起こしますから、異議がなければ署名してください。あなたの泊まっている場所はわかっています。明日の朝にでも、署に寄ってくださると助かりますよ」

「どこにあるんですか？」

「ヒル・ストリートです。ルル・ストリートを突き当たったところの。誰に訊いてもわかるはずです」

「そうでしょうね。おまわりさんに尋ねますよ。それくらいは知っているでしょうから」

「おやすみなさい、ブロードヘッドさん」ウェイドは冷ややかに言った。

# 第10章　事件の展開

「自分を励ますか、さもなければ叱りつける方法を知りたいですよ」ブロードヘッドが出ていくと、アレンは言った。

「どういうことですか?」ウェイドが尋ねる。

「役者のほとんどが楽屋に戻ったあと、メイソン、ガスコイン、ドクター・テ・ポキハ、大道具方のバート、そして私が、遺体とともにステージに残ったのです。そのときはまだ、今回の出来事をひどい事故だとしか思っていなかったのですが、ほとんど無意識のうちに、団員は劇場から出ないほうがいいと指示していました。突然の死に直面して、きっと仕事用の脳が勝手に働いたのでしょう。もしあの時点で殺人を疑っていたなら、なんとしても全員がステージに残るように力を尽くすべきでした。そのためには、自分が警察の人間だと明かさざるを得なかったとは思いますがね。しかし、あのときの私は、そんな疑いをもっていなかったのですよ。頭の中では、『殺人か? それとも事故か?』というつもの問いかけをしていたにもかかわらずです。じつは、役者たちがいなくなるとすぐに、不運な大道具方のバートが、なにかおかしなことが起きたに違いないと言いだしたのです。何度も何度も、とにかく、その一点張りでした。ガスコインも同じことを言って、彼らは上に行って仕掛けを見ようとしました。しかし、いま考えればまったく余計なことをしたものだと思うのですが、私は職業意識に駆られて、こう言ったのです。『待ってください。ここは警察にお任せするべきです』とね。彼らは私の言葉を受け入れて、上に行くのをやめました」

「きわめて正しい判断です」

「そうでしょうか。もし彼らが上に登っていたら、どうだったでしょう？　彼らはボトルが落ちたときのままの仕掛けを見つけたはずです。私が数分後にこっそり登って見たのと同じ状態のものをです。それは犯人にどれほどの影響を与えたことでしょう。もしも犯人が、あの場にいたメイソンでもガスコインでも、テ・ポキハでもバートでもなかったとしたら、おそらく彼は隠れ場所からそっと出てきて、ステージには誰もいないことに気づいたでしょう。そして簀の子から声がすることにも。そしてまた隠れ場所に戻った。仕掛けを直すことはできなかったわけです」

「それはそうでしょう。しかし、こちらにはあなたの証言があります」

「ええ、そうです。私たちは犯人の入念な細工を見破りました。もし、もし――」アレンはいらだたしげに鼻をこすった。「いつもなら、手の込んだ犯罪はむしろ歓迎なのですよ。〈入念すぎる手口は禁物〉と書いた紙を、殺人犯志望者の枕元に貼っておくべきでしょうね。しかし、今回にかぎっては、なにか罠のようなものを感じるのです。もしもステージに残った四人のうちの一人が犯人だったとしても、やはり仕掛けをいじることはできませんでした。つまり、簀の子を見に行こうとした彼らを私が止めたせいで、犯人は仕掛けを直すことができたのです」

「たしかに。しかし警部のおっしゃるような見方をすれば、かえってこれでよかったのだと思います。犯人が仕掛けを直したのは失敗でした、見破られてしまったのですから」

「そして、犯人がそれをしなければ、我々がティキを見つけることもなかった」

「二つもヘマをやったわけです」

「そうでしょうか」アレンは言った。「私はそのあたりには疑問をもっています」

「どうもわかりませんな。もちろん、ティキの線は追うのですよね?」

「ええ、もちろんです」アレンは顔の片側を歪めながら言った。「ハンブルドンとメイソンは、ティキについて何と言っていましたか?」

「ブロードヘッドと同じです。あなたがマイヤー夫人に贈ったすぐあと、ハンブルドンは彼女から手渡されたそうです。彼はそれを眺めてから、誰かに渡したそうです。ヴァーノンだったような気もするが、よく覚えていないということでした。メイソンは、誰からかはわからないが、とにかく彼の手元にまわってきたのを、マイヤー夫人に返したことは覚えていました。全員が夕食の席に着く直前だったそうです」

「マイヤー夫人は?」

「メイソンから受け取って、どこかのテーブルの上に置いた気がすると。まいりましたな」

「なるほど。誰が持っていてもおかしくないというわけだ」

「マイヤー夫人——」ウェイドは言いかけて、急に口をつぐんだ。「あのう、彼女は何と呼んだらいいのでしょう？　マイヤー夫人、それともミス・ダクレス？」

「ミス・ダクレスでいいと思います」

「皮肉なもんですな。いや、とにかくそのミス・ダクレスなのですが、私がティキの話を持ち出したとき、ちょっと驚いていたようなんです。はっとした顔で、こちらを見まして」

「私もさっき、同じことを尋ねたからでしょう」

「そうなんですか？　答えは同じでしたか？」

「だいたいのところは。彼女は自分のバッグを調べてから、どこへ行ったのかわからないと言いました。いずれにしても――」

「まあ、そんなものでしょう」ウェイドは、アレンが答えをためらったことに気づかなかった。「先を急いだほうがよさそうです。次は誰を呼びましょうか？」

「舞台監督のガスコインを呼んで、ボトルの仕掛けを最後に確認したのが――表向きには――誰か、尋ねてみるといいかもしれません」

「いいですね」ウェイドはガスコインを呼びにやった。

ガスコインによると、最後に確認したのは、第三幕が終わる直前だったという。

「劇場のフロントからマイヤーさんがやってきたんです。彼はまるで、公演初日のようにやきもきしていました。準備は万全かと訊くので、バートに見に行かせました。上演前に私が自分で登ってチェックしましたし、何度リハーサルしたか知れないほどでしたが、そう言ったところでマイヤーさんは納得しませんからね。彼がバートのあとをついて登っていったのは、意外ではありませんでした。きっとあのときに、栓の針金を緩めたのでしょう。興奮して、ほんとうにそわそわしていましたよ。まるで、何かが起こることを知っていたんじゃないかと思うほどです。あれは幕が下りる直前で、二人が戻ってきたのは芝居が終わってからでした」

「先に下りてきたのは?」

「バートです。彼はプロンプト・ボックスにいた私のところにやってきて、問題はまったくありません、マイヤーさんはフロントに戻りました、というようなことを言いました」

「あなたはそれからどうしましたか?」

「私ですか? 裏方を集めて、ステージをパーティー用に準備させました。バートと、地元のスタッフがやってくれました」

「はしごを登っていく人を見かけませんでしたか?」ウェイドはおざなりに訊いた。

「見ませんでしたよ。もし見ていたら、そいつを調べてくださいと、とっくにお願いしています。警部、やっぱり仕掛けがいじられていたんですか? ちょっと上がって、見てきたいのですが」

「見てもわかりませんよ、ガスコインさん」ウェイドが言った。

「いや、聞いてください」ガスコインはいきり立った。「仕掛けがいじられていたに違いないんです——絶対に」

「まあ、落ち着いて」とウェイド。「アレン主任警部の指示で、全員がステージを離れたとき——」

「なんだって！　主任警部って、なんですかそりゃ？」ガスコインは突拍子もない声を出した。

ウェイドが説明した。

「まさか！」ガスコインは言った。「うちの劇団に、なにか怪しい点でもあるんですか？　アレンさん、あなたは私らをずっとつけてきたんですか？　いったい、どういうことなんです？」

「私は休暇中なのですよ」アレンは申し訳なさそうに言った。「つけているなんて、とんでもありません」

「へえ」ガスコインはまだ疑わしげだ。

「本当です。誓いますよ」

「さて、ガスコインさん」ウェイドは根気よく続けた。「事故の後で、ほとんどの人がステージを離れたとき、あなたはどうしましたか？」

「私は残りました。上に行って仕掛けを見たかったのですが、アレンさん——主任警部に、警察が来るまで待ったほうがいいと言われて。どうしてあのとき、警部だとおっしゃらなかったんですか？」

「あの状況では、きっと胡散臭く聞こえたことでしょう。そう思いませんか？」アレンは言った。「あなたは警察が来るまで、ずっとステージにいましたよね？」

「ええ、いました」ガスコインは答えた。

ウェイドはアレンの方をちらりと見た。

「ガスコインさん。いまのところ、うかがいたいことはそれだけです。お泊まりは、どこでしたか?」

「レイルウェイ・ホテルです」

「わかりました。明日にでも署のほうに寄っていただけますな。死因審問は――」ウェイドはガスコインを送って出ていき、浮かない顔で戻ってきた。

「どうやら」彼は言った。「共犯でも出てこないかぎり、彼はシロですな。彼は戸口で我々を迎えていますし、その前はステージにいた。簀の子に上がるチャンスはなかったわけです。そう考えると、我々が明らかにすべき点は、ステージを離れたあとの全員の行動のように思われますが、どうですか?」

「私もそう思います」アレンは答えた。「事件のあと、我々が簀の子を見にいくまでのあいだに、誰かがはしごを登って、仕掛けを元に戻したのです。一番のチャンスは、劇団員や客たちがぞろぞろとステージを下りたときでしょう。舞台裏は真っ暗ですから、背景の裏側にすっと入り込んで、忍び足で舞台奥のはしごまで行き、簀の子に上がるのは簡単なことです。犯人はきっと、靴を脱いでいたのでしょう。もしも、実際そのときに上がったのだとすれば、私が最初に登ったとき、おそらく犯人はまだ簀の子にいて、隠れていたのだと思います。彼はできるだけ早く仕事を片付けてしまいたかった。もちろん警察が来る前にです。大きな危険を冒しているように聞こえますが、実際はそれほどでもなかったはずです。誰かに見とがめられた場合には、仕掛けを調べにきたら、こんな細工がしてあったとかなんとか言えばいいのですから。そしてガスコインには不可能でした」

「ブロードヘッドもです。ただし、楽屋まで一緒に行ったという話を、ブランドン・ヴァーノンが裏付けてくれたらですが」

「そのとおり。ここは一つ、別の面から考えてみましょう。一回め、つまり、犯人が錘を外し、滑車をずらしたときのことです。ブロードヘッドは、幕が下りたあと、ヴァーノンと一緒に楽屋へ行ったと証言しています。これはバートが簀の子から下りてきて、仕掛けは万全と報告したあとです。ヴァーノンが同じ証言をすれば、ブロードヘッドとヴァーノンはどちらもシロということになります。バートやほかの裏方が、パーティーの準備をしている最中、ガスコインがずっと一緒にいたと証言すれば、彼もシロです」

「うまくそういう証言が得られれば、解決までの道のりがわずかに短くなるというわけですな。次はメイソンですが、彼は最終幕のあいだ、ずっと切符売り場にいたと言っています。観客が出てきたのを見て、自分のオフィス――つまり、いま私たちがいるこの部屋ですが――に戻り、故人と言葉を交わしたそうです。故人はステージを見てくると言って部屋を出ていき、メイソンは残ってその日の売り上げを帳簿につけ、さらにいくつか仕事をしたということでした。彼は一度だけ部屋を出ています。楽屋口にいる守衛の爺さんのところまで走っていって、客たちを真っ直ぐステージに案内するように、ただし、招待されていない客が紛れ込むと困るから、彼らの名前をきちんとチェックするように伝えたそうです。守衛のシングルトン爺さんと話したところ、彼はメイソンが通路を走ってきて、そう指示していったのを覚えていました。彼によると、メイソンはこのオフィスに戻ったそうです。メイソン本人もそう言っていました。

爺さんは楽屋口に立って、彼の後ろ姿を見送ったそうです。そのうえご丁寧にも、訊きたいことがあって少しあとでオフィスへ行ったら、メイソンが机に向かっていたというんです。ドクター・テ・ポキハも、オフィスに立ち寄って——彼とメイソンは以前から面識があったそうです——しばらくおしゃべりをしてから、メイソンを残してパーティー会場へ行ったと話しています。となると、彼がシングルトンに見られずに舞台裏へ行くには、切符売り場を通って、人目のある劇場の入り口からいったん外へ出て、建物の裏側にぐるりとまわりこむしかありません。しかし、裏口のドアには内側から鍵がかかっていました。たとえ彼が鍵を持っていたとしても、時間的に無理でしょう。爺さんがオフィスへ行ったのは五、六分後だったそうですから、それまでに戻ることは不可能です。残念ですがね。メイソン本人は、少しのあいだ——あまり長い時間ではないと——このオフィスで書類だの何だのに目を通して、それからパーティーに参加したと言っています。シングルトンはオフィスから戻ってきたメイソンを見ていますし、そのあとも最後の客たちが中に入るまで、楽屋口を離れなかったそうです」

「その最後の客のなかの一人は私です」アレンは言った。「あのとき、楽屋口でメイソンと合流しました」

「ほんとうに？　ほんとうですか！　メイソンにとっては、この上ないアリバイですよ。あなたと一緒に中へ入ってから、彼には簀の子へ上がる時間がありましたか？」

「時間はたっぷりありました」アレンは悲しげだった。「しかし、彼は行っていません。彼がずっとステージ上にいたことは、この私がよく覚えています。彼は私のすぐそばに立っていました。私は彼やハンブルドンと話していました」

「ハンブルドンもそう言っていました」ウェイドは悔しそうに言った。「手詰まりですな。しかし、もっと確実そうに見えたアリバイが崩れたこともありました。この遺書を忘れるわけにはいきません。この殺人によって、メイソンの懐が大きくふくらむわけですからね」

「いままでの懐具合は、どうだったのでしょう？」アレンはさりげなく訊いた。

「私も、それを明らかにする必要があると思っておるわけですよ。もしもロンドン警視庁が――」

「ああ、もちろんです。必要な調査があれば、彼らが引き受けますよ。素晴らしい捜査手腕を発揮してくれることでしょう。私は向こうにいなくて助かりました」

「しかし、あなたはここにいて」ウェイドは言った。「彼らもそれを知っているでしょう」

「そういう言い方は気に入りませんね、警部」アレンは苦々しい笑みを浮かべた。「あなたの考えていることはお見通しですよ」

ウェイドはきまり悪そうに笑った。

「しかし主任警部、これはどうやら、ニュージーランドの事件というよりも、イギリスの事件だという気がしませんか？」

「そうでしょうか。ティキの件はどうですか？　ティキで思い出しましたが、メイソンに、事件のあとドクター・テ・ポキハと一緒にどこへ行ったか訊きましたか？　彼はひどく混乱した様子でしたから、何か飲んだほうがいいということでドクターが連れていったのです」

「ドクターは彼をこの部屋に連れてきたそうですよ。そこの戸棚にあったウイスキーとグラスは、指紋を採取するためにすでに回収しました。彼らは生《き》であおったようです」

「ではドクターも多少動揺していたのでしょう。非常に冷静で、いかにも専門家らしく見えたのですがね。彼らは生のウイスキーを飲んだあと、どうしたのですか?」

「ドクターは警察に電話してから、まだ飲んでいたメイソンを残して部屋を出たそうです。我々が前を通りかかったときも、自分はここにいたとメイソンは言っています。たしかに、中庭に面したドアが開いていて、明かりがついていたのは覚えています。彼の姿もちらりと見えたような気がしますし。いずれにしても、私たちが到着したあと、ぶらりと外に出た守衛の爺さんが、オフィスにいるメイソンを見かけて声をかけたそうですよ。我々を中に通した直後のことで、それからメイソンが衣装部屋に行くまで、ずっとオフィスにいたそうです。途中まで一緒に歩いていったということでした」

「そのとおりです、警部」寡黙なキャスが、不意に口をひらいた。「自分は楽屋口にいて、入ってきた彼に会いましたので、衣装部屋まで付き添っていきました。彼はすごくむかついて《クルーク》いたようでした」

「体調が悪かった?」アレンは恐る恐る訊いた。

「そのとおりです」

「むかついていようと、何であろうと」ウェイドは言った。「ジョージ・メイソンについては、それを考慮に入れるつもりはありません。ええ、絶対に。ところでミス・ダクレスですが、最初に仕掛けがいじられた時間の彼女のアリバイは、メイソンの半分もありません。彼女は楽屋に戻って、パーティーに登場するまで、ずっと一人きりでいたと言っておるのですよ」

「衣装方はいなかったのですか?」

「パーティーのために、着替えに行かせたそうです。つまり、ミス・ダクレスには、楽屋をそっと抜け出して裏のはしごに行き、仕掛けをいじって、また戻ることが可能だったわけです。彼女がパーティーに現れたのはいつですか?」

「最後です」アレンは答えた。心の中には、汽笛のような声で話しながら廊下をやってくるキャロリン、セットの扉を開けるアクロイド、一同の注目を集め優雅に登場するキャロリン、そして彼女に挨拶する自分の姿が、湧き出るように浮かんできた。

「最後ですか!」ウェイドは大声を出した。「最後に現れた、それも一人で」

「一人ではありません。彼女を呼びに行ったハンブルドンとメイソン、そして夫のマイヤーと一緒に現れたのです」

「だとしても大差はありません」

「ヘイリー・ハンブルドンのアリバイはどうなっていますか?」

「彼は幕が下りたあと、ほかの役者たちと一緒にステージを下りて、自分の楽屋へ行ったと言っています。楽屋には衣装方がいましたが、必要なかったので引き上げてもらったそうです」

「ええ、彼はディナージャケットを着ていましたから、化粧を落とすだけでよかったはずです」

「最初の細工は、彼にも可能だったわけです。衣装方が出ていったあと、すぐさま楽屋を出てステージの裏に回りこみ、はしごまで行く。時間的にも、マイヤーさんとバートが仕掛けをチェックしたあとだったと思われます」

「二度めの細工はどうですか？　彼は私たち――そして遺体――と一緒に、しばらくステージに残っていました。それからミス・ダクレスの楽屋に行くと言ってステージを下りていくのを、ガスコインとバートと私が見ています。そして、私があとからミス・ダクレスのところへ行ったところ、彼はまだそこにいました。私にブランディーを頼まれて、彼は楽屋を出ていきましたが、簀の子に上がって細工をし、さらにブランディーを持ってくるほどの時間はなかったと思います。いや、できるかもしれませんが、だったとすれば、すごい早業です」

「それに、ハンブルドンに関しては、動機がありませんよね」

アレンは片眉を上げた。

「まあ、ないといってもいいでしょう」彼はゆっくりと言った。

「何かご存じなので――」

「いえ、いえ、何も知りません」

外に面したドアがノックされ、パッカーが入ってきた。

「失礼します。そろそろ次の人を呼んでもいいですか？」

「ああ、そうだ、そうだな」ウェイドはいらついた様子で答えた。「次は――」

「すみません、じつはアクロイドさんが、警部に折り入ってお話ししたいことがあるのだそうです」

「アクロイド？　誰だ、それは？」

「喜劇役者ですよ」アレンが言った。

「なるほど。パッカー、彼をよこしてくれ」

パッカーはキャスとともに出ていった。

「そのアクロイドという男は、何を話すつもりなのでしょう？」ウェイドは言った。

「さあ、わかりません」アレンはつぶやいた。

「あの気取った役者たちの一人なのですか？　喜劇役者ということは、面白い男なのですか？」

「ええ、恐ろしく」

「じつは芝居というのは見たことがないんですよ。上質なコメディーは好きですが、映画に比べたら、ああいった舞台での芝居は、どうも馬鹿らしく思えてしまって。寄席演芸なんかだと、少しは見るのですがね。しかし、面白いのであれば――」

「アクロイドさんは舞台の上ではいいコメディアンです。ただ舞台を下りると、それほど愉快な人物ではないようです」

「それは楽しみですな」

キャスに付き添われて、その楽しみがやってきた。

ちびのアクロイドは、大男のキャスと並ぶとまるで小人のように見えた。顔も面白い、とアレンは思った。鼻の先は、まるで赤く塗ってくれと言わんばかりの形をしている。正統派の喜劇よりも、パントマイム劇のほうが似合うのではないだろうか。いや、それは違うな。彼はほんとうにいい役者だ。計算された演技といい、内から湧いてくるようなユーモアといい――チャップリン風と言ったらいいか。しかし、人間的にはあまり褒められた男とはいえないようだ。ひどく怒りっぽいようだし……。

アクロイドはウェイド警部の方にすたすたと歩いていった。舞台での癖が日常の仕草にも滲み出ており、人はどうしても、彼の口から腹がよじれるほど可笑しい言葉が飛び出すのを期待してしまう。

「お邪魔したのでなければいいのですが」アクロイドは言った。

「大丈夫ですよ」ウェイドは穏やかに言った。「おかけください。私に話したいことがあると?」

「そのとおりです。ただ、私が言ったことを、あまり重要視しないでいただきたいのです。たぶん、何の価値もない情報ですから。しかし、一応お知らせしておいたほうがいいと思ったのです。他人事に首を突っ込むなんて、私の性には合わないのですがね」

嘘つきめ、アレンは思った。

「よくわかりますよ、アクロイドさん」ウェイドは言った。

「これは内密のお話なんですよ」アクロイドはそう言ってアレンの方を見た。「悪く思わないでくれ」

「いいえ、ちっとも」アレンは明るく答えた。

「――では、ちょっと席を――」

「アレンさんは刑事《ディテクティブ》なんですよ」ウェイドが言った。「我々と一緒に捜査に当たっています」

「探偵《ディテクティブ》？」アクロイドは声を上げた。「こりゃ驚いたね、マイヤーが知っていたなんて！　マイヤーに頼まれて、調査していたんでしょう？」

「お話がよくわかりませんが、アクロイドさん。私は警察官で」アレンは言った。「私立探偵《プライベート・ディテクティブ》ではないのです」

「警視庁の？」

「はい」

「では、あなたが追っているのは、彼ではないわけですね」

「誰のことですか？」

「誰って、ハンブルドンに決まっているじゃないですか」

# 第11章　ジョン・アクロイドの証言、スーザン・マックスの証言

「ハンブルドン！」アレンは思わず叫んだ。「どうしてまた――これは失礼、ウェイド警部」彼はすぐに付け加えた。「余計な口を挟みました」

「いや、いや、続けてください」

「ありがとうございます」アレンは言って、アクロイドを見た。「正直言って、非常に興味があります。なぜ私がハンブルドンを追っていると思ったのですか？」

「なんてことはない」アクロイドはあっさりと言った。「ディテクティブと聞いて、マイヤーがヘイリーとキャロリンの関係を調べるために探偵を雇ったのかと思った、それだけですよ。状況を考えれば、しごく当然でしょう」

「なるほど」アレンはそう言ったきり黙りこんだ。

「つまり、そういうことなのですね」ウェイドが言った。

アクロイドは真面目くさった滑稽顔をしかめ、下唇を舐めた。「ええ、そういうことです」

どこにでも下衆なやつはいるものだ、とアレンは思った。

「つまり、彼女は彼のために離婚するつもりだったということですか？」ウェイドは訊いた。

「私はそう思っています。しかし、私には関係のないことですよ」

「アクロイドさん、あなたが私に知らせたかったことというのは、このことだったのですか？」ウェイドが重ねて訊いた。

「いやいや、違います。たしかに関連はありますがね。私の胸だけに収めておこうと思っていたのですが、マイヤーは実直な男でしたから、もしも彼が殺されたのだとしたら――」彼は言いよどんだ。

「おっしゃるとおりです」ウェイドが先を促した。アレンはこの二人に、不合理な嫌悪感を覚えた。

「じつは、こういうことなんですよ」アクロイドは語りはじめた。「我々がこの町に着いた朝のことです。劇場に来たんですよ。十時半に集まるように言われていたもんで、私は早めに来て、自分の楽屋に行きました。廊下の角を曲がってすぐの部屋で、主役級の役者たちの楽屋のちょうど裏手に当たります。荷物を持って出ようとしたとき、となりからヘイリーと大女優の声が聞こえたんですよ。こんな木造の建物で、薄い仕切り壁が間にあるだけですから、お互いの声はすっかり筒抜けなんですわ」

「ハンブルドンさんとミス・ダクレスですか？」

「ほかならぬ。ヘイリーは、この公演旅行が終わったら一緒に逃げようといって、彼女を懸命に説得していました。本当ですよ！　彼女は行かないと答えていました。自分はカトリック教徒だから、離婚はしないと。彼女は小悪魔のように振舞っていましたよ。ヘイリーのことが気に入っているみたいでね。彼はたくましく、男らしいですから。ちぇっ！　しばらくすると、彼がこんなようなことを言ったんですよ。『もしアルフが死んだら、結婚してくれるか』ってね。ミス・ダクレスは承諾していました。それで話は終わって、彼女はステージに出ていきました。それからまもなくして、舞台から彼女のオープニングの台詞が聞こえてきましたね」

「なるほど」少し間をおいてウェイドが言った。「ありがとうございました、アクロイドさん。ただ、いまの話では、彼女がハンブルドンさんの愛人であるとは言いきれないと思うのですが、いかがですか？」

「愛人であろうとなかろうと、彼女はそう遠くないうちに彼と結婚するでしょうよ。賭けてもいい。とにかく、そういうことで、別に深い意味はないのかもしれませんしね。では、私はこれで」

「もう少しいいですか？　一つ、二つ、形式的な質問があるのです」

ウェイドは終幕のあとの行動について尋ねた。アクロイドは真っ直ぐに自分の楽屋に戻ったと説明した。しばらく一人でいて、それからパーティーのために部屋を出たという。途中でリヴァーシッジの楽屋をのぞき、それからヴァーノンとブロードヘッドとも合流して、パーティー会場のステージに行った。事件のあとは、ほかの人たちと一緒にステージを離れ、自分の楽屋に行ってウイスキーを一杯引っかけたあと、衣装部屋へ行ったということだった。パーティーの前も後も、楽屋にいるときは、大声でほかの役者たちに話しかけていたという。列車内でのことを尋ねると、オハクネに着く一時間以上前からぐっすり眠り込んでいて、誰が客車を出入りしたかなど皆目わからないと答えた。

キャスはこれまでと同じように、それを書きとめていった。アクロイドは気安い調子で質問に答え、ときにはウェイドやキャスが面白がるように、わざと大真面目な顔もしてみせた。そしてすべての質問が終わると、アレンの方を見た。

「それで、ロンドン警視庁の役回りは?」

「効果音といったところですよ、アクロイドさん」アレンはユーモアたっぷりに答えた。「私がここにいるのは、ウェイド警部のご好意と偶然のおかげなのです」

「探偵だと思うとは、私もとんだおっちょこちょいですわ。ところで、いまの話を他言する気はないでしょうな。その、ヘイリーとダクレスの話です。あなたはあの二人と親しげにしていましたよね。だからてっきり、彼らを調査しているのかと思ったのですがね。私がしゃべったとは言わないでくださいよ」

「ミス・ダクレスとハンブルドンに? 言いませんよ」アレンは冷ややかに言った。

アクロイドはドアに向かった。

「そうそう」彼は途中で言った。「彼女があのとんまと逃げるだの なんだのというたわ言ですがね。私は六年も一緒に働いてきて、彼女をよく知っていますよ。ああ見えて、じつは鉄のように冷酷な女なんです。まあ、これは私個人の意見ですから、それがどうしたといわれればそれまでですがね。しかし、観察に基づいた意見ですよ」

「さきほどおっしゃっていた、メイソンの過去についての話も、観察に基づいたものなのですか？」アレンは明るく尋ねた。

「さっきの話？　ああ、あれか！　アメリカに置き去りにされた劇団の。いやいや、私は当事者ではない。低級な芝居には出ない主義なんですよ」

「しかし、あれは実話なのでしょう？」

「さあ、知りませんね。聞いた話ですよ。なんにしても、私はもういい加減、ファームにへつらうのはうんざりなんですよ。アルフもジョージも、経営者としては月並みだ。そしてアルフがいなくなったいま、残ったスポットライトはみんなジョージの方を向いている。我らがメイソン氏にね。おっと、もちろん大女優ミス・ダクレスにもですがね。ところで、あんたが彼女に贈ったあの緑色のもののことで騒いでいたようですが、どうかしたんですか？」

「なくなったので、探しているだけです」

「では、失くしたのは彼女ですよ。あれを最後に持っていたのは彼女だ」

「そうなのですか！」ウェイドがいきなり大声を上げた。

「間違いありません。ブラニーがテーブルの上に置いたのを、彼女が拾ってドレスの中に滑り込ませたんですよ。六ヶ所の立ち位置で誓ってもいい。では、ごきげんよう！」

いかにもうまい役者らしく、彼はこの劇的な言葉を残して退場した。

「変わった男ですな、まったく」ウェイドは感心したように言った。「抜け目ないというか何というか」

「ええ」アレンも同じ気持ちだった。「たしかに目端は利きますね」

「さっきのハンブルドンの話ですが、二人がどの程度本気だったのかを知りたいところですな。アルフが死んだら結婚してくれるかと言われて、彼女は承諾した。ハンブルドンがどんな調子で言ったのかがわかればいいのですが。それに驚きましたよ、ミス・ダクレスのドレスには、上から下に抜けているような部分があるのか、それも疑問ですな」

「私は」アレンは言った。「ミス・ダクレスがいつアクロイドを鼻であしらったのか、そしてその理由についても知りたいですね」

「なんと！　どこでその情報を手に入れたのですか？」

「アクロイドの態度でわかったのですよ。彼は女性から侮辱された男性に特有の悪意を、むき出しにしていましたからね」

「だからといって、彼女を殺人犯にしようとは思わないでしょう。それに、あのティキのことも——」

「彼が殺人犯にしたいのは、ハンブルドンだと思いますよ」

ウェイドは好奇心を抑え、アレンの顔をまじまじと見ながらしばらく考えているようだった。

「とりあえず」ややあってから彼は口をひらいた。「先へ進みましょう。ええと、残っているのはミス・マックス、ミス・ゲイネス、リヴァーシッジ、ウエストン——彼は劇団のメンバーではない、彼の従弟のパーマー青年、ブランドン・ヴァーノン。年上の女性からいきましょうか」

キャスが伝えにいった。

「ミス・マックスは私の古い知り合いなのです」アレンは言った。「彼女は昔、フェリックス・ガードナーの劇団にいましてね」

「そうでしたか。では、あなたが彼女と話してはどうでしょう？　事情聴取の仕方を、ぜひ拝見したいのです。こちらにもお粗末ながら事情聴取のノウハウはあるのですが、両者を比較してみるのは非常に面白いかと思うのですよ」

「まいりましたね、ウェイド警部。私の話を聞いても、ほとんど参考になることはないと思います。とくに相手がミス・マックスの場合にはね。そのほうがいいというのであれば、私が彼女と話しますが、驚嘆するような結果は期待しないでくださいよ。ああ、彼女が来ました」

スーザン・マックスが現れた。丸々と太った体を、こざっぱりとした別珍のイブニングドレスで包んでいる。色の褪せた金髪はパーティーのために入念に整えられ、正直そうな丸顔には――長年ドーランを使いつづけてきたせいで肌の色はくすんでいた――軽く白粉をはたいただけで、これといったメーキャップはしておらず、その姿はまさに昔ながらの女優そのものだった。体を揺らしながら入ってきた彼女は、アレンを見て顔を輝かせた。

「どうも、ミス・マックス」アレンは彼女の椅子を火のそばに近づけた。「衣装部屋でずいぶんお待ちになったでしょう。さあ、火のそばに座って、私たちを元気づけてください」

「私があなたたちを？」スーザンは言った。「気に入ったわ」

彼女はくすくすと笑ったが、顔を上げ、アレンを見つめた薄いブルーの瞳には不安の色が滲んでいた。

「ふたたびお会いするとは思いませんでした――それもこんな形で」スーザンは言った。

「そうですね。不思議なものです」

「そのうち、ヨナ（旧約聖書に登場する人物。不運をもたらすといわれる）と呼ばれるんじゃないかしら」肉付きのいい手が、膝の上でせわしなく動いている。

「あなたがヨナですって！　けっしてそんなことはありませんよ。ウェイド警部にはお会いになっていますよね？」

スーザンはウェイドに向かって大きくうなずいた。

「彼に頼まれて、私があなたからお話を聞くことになったのです。ほかの人たちはまだ私のことを、人畜無害な市民だと思っているのでしょうか？」

「それが信じられないことに」スーザンは憤慨した様子だった。「私がこちらへ来る直前に、あの小娘が何もかもしゃべってしまったのですよ！」

「ミス・ヴァレリー・ゲイネスですか？」

「あの馬鹿娘。まったく我慢ならないわ。一人で感情的になって、騒ぎっぱなしなんですよ。彼女が大騒ぎする筋合いなんか、ありゃしないのに？」

「私もきっとそう思ったでしょう」アレンは慰めた。「煙草をどうぞ。少しおしゃべりでもしましょう。彼女はどうやってこの仕事をつかんだのですか？」

「誰が？　ゲイネス？　ああ、彼女はコネよ。最近はみんなそう。彼女の父親が、ロンドンにある私たちの劇場の家主なんですよ。彼女には役者という仕事が、これっぽっちもわかっていないの。落ち着きもなければ、美人でもないし、個性もない。あなたも最前列でご覧になったでしょう？　まったく、下手くそだったらありゃしないわ」

「ミス・ダクレスは辛抱していたのですか？」

「ええ、しかたなくね。もちろん、主役を張る女優のなかには、脇役陣が下手でも気にしない人もいるわ。自分さえよければばってね。でも、キャロリン・ダクレスは芸術家なの。タイプがまるで違うのよ」

「リヴァーシッジとヴァレリー・ゲイネスの関係は？」アレンが訊いた。

「誰かがあの娘に、道徳ってものを教えてやるべきだわね」スーザンは棘のある言い方をした。「彼らが感謝されていないわけではないわ。でも、フランキー・リヴァーシッジはもう何年も前から知っているから、自分の娘には、彼とそういう関係にはなってほしくない、そういうことよ」

「なにか特別な問題が？」

「ええ、まあ。そうね、彼は、彼は――あまり誠実でないといったらいいのかしら、とくに女性に関しては。でも、こんなゴシップ話を続けていてもしかたないわね。時間も時間なのだし。さあ、何をお話ししたらいいのかしら？」

アレンは惨劇の前後の彼女の行動について尋ねた。ほかの役者たちと同様に、彼女もまた、二度の重要な時間帯は楽屋にいた。芝居が終わると、彼女は真っ直ぐ楽屋に戻り、化粧を落としてドレスを着替えた。ミス・ダクレスの衣装方もまた、スーザンの好意で彼女の部屋を使い、パーティーのために身支度していた。

「彼女はとてもいい人なの。ミス・ダクレスの衣装方を何年もやっていて、私の着替えも手伝ってくれたわ。私が最終幕で着ていたドレスがまた厄介で、脱ぐのにひと苦労だったんですよ。やっと支度ができたのは、最後のお客様がいらしたときでした」

事件のあと、スーザンは主役用の楽屋の前までキャロリンと一緒に行き、そばについていましょうかと声をかけたという。

「彼女がしばらく独りにしてほしいというので、私は自分の楽屋に行きました。まもなくミーナ――さっき言った衣装方です――が入ってきました。ミス・ダクレスに言われて、彼女の楽屋を出てきたのだそうです。それから少しして、ミーナはやはり彼女を一人にしておけないと言ってミス・ダクレスの部屋に行ったのですが、一分もしないうちにまた戻ってきました。かわいそうに、あの娘《こ》が――つまり、ミス・ダクレスです。私から見れば、彼女は娘みたいなものですから――やっぱり私に来てほしいって。彼女は座って、身動き一つせずに前を見つめていました。ショック状態だったのね。事故について話すことも、泣くことも、気を紛らすためにも何かをすることもできない様子だったわ。そして急に口をひらいたと思ったら、あなたを呼んできてほしいって。ヘイリー・ハンブルドンもいたので、彼があなたを探しにいったのです」

「ハンブルドンさんは、どのくらいのあいだ楽屋にいたのですか？」

「そうねえ、私のすぐあとに来たから、十分くらいだったと思うわ」

「ふうむ」アレンは満足げに唸った。そして一息おいてから、スーザンのほうに身を乗り出した。

「アルフレッド・マイヤーというのは、どういう人物だったのですか?」

「これ以上ないという人だったわ」スーザンは力を込めて答えた。「この業界には残り少なくなってしまった、経営者としてまさに打ってつけの人物よ。誰に対しても平等で、彼女には、それは献身的に尽くしていたわ」

アレンは、青白い顔をした小柄で平凡な男の姿を思い出した。船の中では驚くほど物静かで、列車の中では驚くほど怯えていた。

「彼女は彼に対してどうだったのでしょう?」アレンは訊いた。

スーザンはキャスとウェイドをちらりと見た。

「それはもちろん」彼女の声はそっけなかった。

「私たちは本当のことを知りたいのです」アレンは穏やかに言った。「話していただけなければ、根掘り葉掘りお訊きすることになってしまいます。これが殺人事件を捜査するうえで、ひどく不愉快なことの一つなのですよ。そして、あれこれ詮索されることで一番面目を失うのが、殺された本人であることもしばしばなのです」

「では、殺人事件なの?」

「残念ながら」

長い沈黙が流れた。

「そうですか」しばらくしてスーザンが口をひらいた。「謎のないところに謎を作るのはよくないわね。彼女はマイヤーさんがとても好きでした。たしかに、ロマンティックな恋愛感情ではなかったかもしれません。彼はそういうタイプではありませんしね。でも、彼女は彼が好きだったのです。一緒にいると安心できるといえばいいでしょうか」

「ハンブルドンは？」アレンは静かに訊いた。

スーザンは丸々とした両肩をいからせて、真っ直ぐに前を見つめた。

「もしも、スキャンダルになるようなことを想像していらっしゃるなら、それはまったく見当違いですわ。そんなことは、これっぽっちもないんですよ。ヘイリーが彼女にぞっこんだという話が嘘だとは言いません。そのとおりですし、それはもう何年も前からで、彼は公言もしています。私はずいぶん昔から、折に触れてファームと仕事をしてきて、よく知っています。でも、二人のあいだにおかしなことはないんですから、妙なことを言う人がいても相手にならないでくださいな」

「その妙なことを言う人がいるんですよ」アレンは言った。スーザンはすぐさま両手で膝を打った。

「アクロイドね！」

「そうです。ですが他言はしないでください」

「そうしましょう。あのろくでなし。まだ彼女を恨んでいるんだわ」

「何があったのです？」

「あれは『最高の目的』の再演のためにアクロイドが合流したときのことでした。ちょうど一年ほど前です。彼は主演女優につきまとって、劇団の運営にも口を出そうとするタイプの人間なんですよ。そういう手合いは、一キロ先からでも臭いでわかります。あのとき彼は、キャロリン・ダクレスを相手にそれをやろうとしたのです。でもそれが原因で、彼は自分の立場を台無しにしました。公演が始まると、キャロリンはたちまち人気をさらったのに対して、アクロイドは拍手を浴びることもなく、こっそりと出ていきましたよ。彼は執念深い男ですから、そのことでキャロリンとヘイリーをずっと恨んでいたんです。ヘイリーは彼に直接苦言を呈していましたしね。ジョージ・メイソンにも忠告されたはずです。それを根にもっているんですよ。さっきもジョージをこき下ろしていたでしょう？　アメリカでの話まで持ちだして」

「あれは嘘なんですか？」

「おそらく——」彼女はあきらめたように言った。「実際に何かが起こったのでしょう。少なくとも私はそう思っています。けれど、そのときの事情をすべて知ることができたとしたら、きっと両方の側に落ち度があったことがはっきりするに違いありません。ジョージ・メイソンも最初のころは細々とした仕事をしていたのだし、不名誉な経験があるのは、彼だけではないんですよ。駆け出しの頃に何があったにしても、いまの彼は正直な男です。彼の元で長年やってきた私が言うんですから、間違いありません。逆に、アクロイドを好人物だと言う気はさらさらありませんよ」

「わかりました」

「ほかには？」スーザンが訊いた。

「いいえ。ありがとうございました。ウェイド警部は何か——」

「ありません、ええ、ありません」無言で成り行きを見守っていたウェイドは、おもむろに椅子から立ち上がった。「ただ——列車でのことは——？」

「ミス・マックスの席は、私の向かいだったのです。彼女はずっと眠っていましたよ」

「列車！」スーザンは声を上げた。

アレンは説明した。

「そうですか」彼女は言った。「私は眠っていました。列車での出来事と、今回の事件とのあいだに、かかわりがあるということですか？」

「わかりません」アレンはぼそりと言った。「さて、そろそろ帰ってお休みになりたいでしょう？」

「ええ、できれば」

彼女は重そうに椅子から立ち上がり、肉付きのいい体を揺らしながらドアへ向かったが、その姿はどこか寂しげにも見えた。アレンがドアを開けてやると、彼女は立ち止まり、真剣な表情で彼を見上げた。

「ロンドンでのあの事件のとき、シャンデリアが落ちてきて、あなたは危うく殺されそうになったわよね？」

「そうでした」

「犯人は、あれをヒントにしたのではないかしら？」

アレンは彼女をじっと見た。

「さあ、どうでしょう」

# 第12章　リヴァーシッジの失言

「彼女は何のことを言っていたのですか?」スーザンが出ていったあとで、ウェイドが尋ねた。

「ああ、ガードナー事件ですよ。頭のいかれた小道具係が、半トンもあるシャンデリアをステージに落としたのです。捜査の撹乱を狙った、子供じみた行為でした。かわいそうに、彼はその後、二人めの犠牲者になりましたがね。知りすぎていたというわけですよ。裁判の中ですべてがあきらかになりました。舞台の天井で作業する人たちは、いろいろと工夫をしているようですね。前にある舞台監督から聞いたのですが、大道具方は万一の場合のために、大工道具をつねに手首に結びつけているそうです」

「警部のおかげで、彼女から面白い情報を得ることができました。たしかに、彼女が以前からの友人だったということも、功を奏したとは思いますが」

「もちろんです」アレンは心から言った。

「アクロイドが言っていた、メイソンが一座をアメリカに置き去りにしたという話ですが、どう思われますか?」

「私はミス・マックスの意見に賛成ですね。アクロイドは、おそらくその劇団にいたのでしょう。しかし、メイソンの過去については、もちろん調査が必要です。私がロンドン警視庁に依頼しておきますよ」

「つまり、メイソンが責任を放棄して、彼の一座を見捨てたとアクロイドは言っているわけですか?」

「ええ。昔ですから、小さな劇団では珍しいことではなかったようです。卑劣な行為であることに、変わりはありませんがね」

「まったくです。しかし、たとえ彼がそういう男だったとしても、一座を見捨てるような経営者全員が、共同経営者を殺すわけではありません」

「そのとおりです。でないと、旅回りの一座が通ったあとには、経営者の屍が累々と残されていることになります」

「だがメイソンには動機があります。これを忘れるわけにはいきませんよ」ウェイドは執拗だ。

「もちろんです。しかし、完璧なアリバイもある」

「そこなんですよ。とりあえず、二つの重要な時間帯に関していえば、ミス・マックスはシロのようですな」

「衣装方はどうしましたか?」

「彼女とオーストラリア人の役者二人、そしてスタッフのほとんどには、我々がここに着いてすぐに事情を聴きました。簡単な調書を取って、帰しました。住所は控えてあります。彼らは無関係でしょう。オーストラリア人役者は劇団と合流したばかりですし、裏方たちは、地元の気のいい男たちですから」

「なるほど」

「アレン警部、次はリヴァーシッジに話を聞いてみませんか？」

「誰が？　私がですか？」

「ええ、いかがですか？」

「仰せに従いましょう」

早速キャスが衣装部屋へ行き、フランキー・リヴァーシッジとともに戻ってきた。リヴァーシッジは物腰も優雅に入ってきた。黒々とした髪をぴったりと撫でつけたヘアスタイルが、アメリカ製のレザー・キャップを思わせる。ディナージャケットのウエストが少し細すぎるきらいがあったものの、礼装用のきっちりとしたワイシャツといい、大きめのネクタイといい、その身支度には一分の隙もない。そして、隙がないのはリヴァーシッジ本人も同様だった。アレンの姿を見るなり、彼は歌うような笑い声を上げ、あけっぴろげな様子で近づいてきた。

「これは、これは」リヴァーシッジはこの場にふさわしすぎるほど、恐ろしく不自然な調子で言った。「あなたが警察の人だなんて、誰も考えませんでしたよ。私は大使のお忍び旅行に違いないと言い張っていましたし、ヴァレリーは政府のスパイだという意見に賛成でね」

「残念ながら、それほど面白いものではありません」アレンは静かに言った。「こちらはウェイド警部です。警部の意向にしたがって、今回の事件について、私からあなたに二、三、質問をさせていただきます。おかけください」

「ありがとう」リヴァーシッジはあくまで優雅だった。「ロンドン警視庁のお出ましというわけですね」

「ご好意による参加ですよ。さて、リヴァーシッジさん、今夜、幕が下りたあとのあなたの行動について説明していただけませんか?」

「私の行動?」彼は眉を上げ、シガレット・ケースを取り出した。一つ一つの仕草がわずかずつ誇張されており、アレンは思わず、脚本を読んでいるような気分になった。〈リヴァーシッジ――煙草をとんとんと叩き、ポケットからライターを出して、慎重に火を点ける〉

「私の行動ね」彼は煙の輪をアレンの方にふわりと吐き出した。「ああ、そういえば、あのときは楽屋に戻って、厚塗りした化けの皮を剝がしていました」

「幕が下りてすぐにですか?」

「たしか、そうでした」

「楽屋には、すでにヴァーノンさんとブロードヘッドさんがいましたか?」

「あの二人ですか? ええ、いたと思います。大きな部屋を共同で使っていましたから」

「もちろん彼らも、終幕まで舞台にいたのですよね?」

「全員でカーテンコールに応えましたから」

「なのに、彼らはあなたよりも先に楽屋に戻っていたのですか?」

「見事な推論の展開だ! そう言われてみれば、私は少し遅れて戻りました。ちょっとのあいだ、舞台裏にいたのですよ」

「なぜ?」

「話をしていたんです」

「誰と?」

「いやはや、大変なことになってきたぞ。誰とかって? そうそう、あれはヴァレリー・ゲイネスでした」

「リヴァーシッジさん」アレンは慇懃に言った。「私がばかげた好奇心からこのような質問をしているのではないということを、ご理解いただけますよね?」

「いやはや、大変なことになってきたぞ!」リヴァーシッジはまた言った。アレンは蹴り飛ばしてやりたい気持ちをぐっとこらえた。

「では、あなたとミス・ゲイネスが何を話していたかも、お聞かせ願えますね?」

リヴァーシッジの視線はウェイドに向けられ、キャスに移り、ふたたびアレンに戻ってきた。

「それが、じつのところ、覚えていないのですよ」

「思い出してください。たった数時間前のことではないですか。あなたたちはどこに立っていたのですか?」

「別に、舞台裏のそのへんですよ」

「上手ですか?」

「ええと、そうです」

「ではガスコインさんが覚えているでしょう。彼はそこにいましたから」

「近くにはいませんでしたよ」

「それは覚えているんですね」アレンは何気ない口調で言った。

リヴァーシッジの顔はわずかに青ざめた。

「じつをいうと」ややあって、彼は口をひらいた。「私たちが話していたのは、非常に個人的な事柄なんです。それをここで話すわけにはいきません。ほかの人には、これっぽっちも関係がないことなんですから。わかっていただけますよね」

「なるほど。時間はどのくらいでしたか？」

「二、三分だと思います」

「上手の入り口近くにいたのであれば、簀の子に上がる鉄ばしごからも遠くはないですよね。あなたがそこにいるあいだに、誰かがはしごを下りてきませんでしたか？」

「きましたよ」即答だった。「ちょうど舞台裏から出て、楽屋廊下へ行こうとしたときに、マイヤーさんと大道具方が下りてきました」

「そのあとも舞台裏に残っていたのですか？」

「いいえ、そのまま廊下に向かいました」

「大変参考になりました。じつは、そこが一番知りたいところだったのです。では次に、あの事故のあとですが、私たちの指示でみなさんがステージを離れたとき、あなたはどこへ行きましたか？」

「最初はほかの人と一緒に、楽屋廊下の入り口近くに立っていました。ヘイリーが客を送り出しているあいだそこにいて、それから楽屋へ行きました」

「部屋に着いたとき、誰かいましたか?」

「ええ。ヴァーノンとコートニーが。コートニーはひどく震えていて、気付けにと、ヴァーノンが彼に酒を注いでやっていました」

「あなたは最後のグループと一緒にステージを離れたのですか?」

「ええ、そうだったと思います。たしか私たちが最後だったと思います」

「誰と一緒でした?」

「ああ、ヴァレリー・ゲイネスです」

「彼女とは、そのときもまた話したのですか?」

「話したのは事故のことだけです。彼女の楽屋の前で別れました。彼女はそのまま衣装部屋に向かったのだと思います」

「あなたがステージを下りたあと、誰かがステージに残っていませんでしたか?」

「客を送り出したあと、ヘイリー・ハンブルドンが——あなたたちのところに戻っていきました」

「ええ、それは知っています。私が言っているのは、実際のステージ——つまり書き割りの内側——ではなく、その裏側のことです。誰かいませんでしたか?」

「いいえ、気がつきませんでした」

「わかりました。では、衣装部屋での出来事についてうかがいます。ゴードン・パーマー坊ちゃんは例の興味深い意見を、事前にあなたに話していましたか?」

リヴァーシッジは意外にごつく、しかし真っ白な手で、つやつやと光る頭を撫でた。

「彼は——ええ、たしかにそんなことを言っていました。話のついでに、ちょっと触れた程度ですが。びっくりしましたよ。だって信じられないじゃないですか、コートニーがそんなことをするなんて、信じられませんよ」リヴァーシッジはさらに、コートニーは真面目な人間です、と付け加えた。アレンはその言葉が好きになれないどころか、むしろ辟易していた。

「思い出せる範囲でかまいませんので」アレンは言った。「そのときの会話を再現してもらえませんか? どんなきっかけで始まったのですか?」

リヴァーシッジはためらった。

「それほど正確でなくてもいいのですよ」アレンはさらに言った。「あとでパーマーくんに確認することもできますから」

リヴァーシッジはこの言葉を聞いて安心するどころか、かえって落ち着きをなくした。彼は嫌悪感も露わにアレンを見つめ、語りはじめたものの、話を何度も訂正し、やがて決心がついたように身を乗り出した。

「聞いてください、警部」彼は真剣な顔で言った。「私も困惑しているんです。じつはゴードンと私は、ヴァレリーの金のことをある人から聞かされまして、そのあとでゴードンが、どう思うかと訊いてきました。それがちょうど、コートニーが借金をきれいに払っていった直後だったものですから、つい、その——ゴードンが真に受けるとは思いませんでしたし——冗談のつもりで――彼が気に留めるなんて夢にも思わずに――」リヴァーシッジは両手を振った。

「それで?」アレンが促す。

「ほんとうに、こんなことになるとは思わなかったんです。私は――笑いながら、そのう――コートニーは急に赤くなったから――その、何か汚いことでもやったんじゃないか、というようなことを言ったんです。まさかそれを――」

「その後も何度かその冗談を?」

「それはまあ、からかうというか――」リヴァーシッジは説明した。「何なんですか!」

困ったものだ、とアレンは思った。これでも英語のつもりなのだろうか。「列車でマイヤーさんが襲われたことについても話しましたか?」

「じつをいうと――そうです。何もかも、冗談のつもりだったんですよ。私は笑いながら言いました。盗んだところをマイヤーさんに見られて、それで彼を突き落とそうとしたのかもしれないぞと。本気で言っていたわけじゃないんです! だから、さっきゴードンの話を聞いたときには耳を疑いました。驚いたのなんのって!」

「今夜もそうした冗談を言いましたか?――たとえばあの惨劇のあとで」アレンの口調は変わらなかった。

「アレンさん、そんな!」リヴァーシッジは憤慨した様子だった。

「そういう類の話はなかったのですか?」

「じつは、そのう、楽屋の廊下でゴードンが何か言ってきました。何と言ったかは覚えていません。あまりのショックと悲しみで、気に留める余裕がなかったんです。何か――前に話したことを覚えているかとか、そんなようなことを言っていたと思います」

「わかりました。ところでリヴァーシッジさん、列車の中でマイヤーさんが襲われたのは、何時頃だったかわかりますか?」

「え? そうですねえ、ええと、いつだったか。そうだ、どこかの駅に休憩停車する少し前だったと思います。違いますか? マイヤーさんがたしかそう言っていました。ああ、マイヤーさん! まさか、こんなことに――」

「おつらいことでしょう。さて、駅――オハクネ駅――に着く前のことですが、車掌が停車のアナウンスをしながらまわってきましたよね?」

「そうでした」

「あなたは起きていましたか? それとも車掌の声で目が覚めましたか?」

「車掌の声で起こされました」

「長く眠っていたのですか?」

「何年も。ヴァレリーが寝台車に行ってまもなく、眠り込んでしまいました」

「車掌が来る前に、誰かが立ったり、客車を出ていったりして、目が覚めませんでしたか?」

「コートニーがデッキに行かなかったでしょうか? なんとなく覚えています――いや、そういう意味ではなく――まさか、そんなはずは――」

「私は何も言っていませんよ、リヴァーシッジさん。ほかに誰か?」

「いいえ、気がつきませんでした」

「ありがとう。次は翡翠のティキについてお訊きします。ミス・ダクレスが失くしてしまったというので、行方をたどっているのです」

「高価なものなのですか?」

「ええ、かなりのものだと思います」

「では、探す必要がありますね」

「そのとおりです。手に取ってご覧になりましたか?」

「もちろんですよ」リヴァーシッジは尊大ぶった態度で答えた。「返したのも覚えています」

「誰に?」

「それは——たしかヴァーノンだったと思います。ええ、ヴァーノンでした。彼はそれをキャロリンに渡して、キャロリンはテーブルの上に置きました。よく覚えていますよ」

「テーブルの、どのあたりですか?」

「下手側の端です。あれはみんなが席に着く直前でした。こんなに覚えているなんて、不思議なものです」

「テーブルからティキを持っていった人はいませんでしたか?」

「いいえ、それは見ていません」

「ミス・ゲイネスの金が消えたことについて」アレンはいきなり訊いた。「何かあなたなりの考えはありますか?」

「私の？　まさか、ありませんよ！　客室係が盗ったというのが、一番ありそうかなとは思いますが」

「前例はありますからね」アレンは言った。「彼女は手持ちの現金に対して、ずいぶん無頓着だったようですね」

「無頓着！　いやいや、もっとひどいですよ。十ポンド札の束を、鍵のかかっていないスーツケースに入れておくなんて。盗ってくれと言っているようなものだ」

「すべて十ポンド札だったのですか？」アレンは何気なく訊いた。

「そう思いますよ。彼女がそう言っていました」

ウェイドが咳払いをした。

「たしか彼女が」アレンはあやふやな調子で質問を続けた。「ポーカーで負けた十ポンドをあなたに払うとかなんとか言っていたような気がするのですが、彼女はいつ払ったのですか？」

「夕べ、船の中でです。ゲームが終わってからでしたから、時計は一時を回っていましたがね」

「そのときはまだ、盗られていなかったわけですね」

「そうです」

「彼女はスーツケースにしまった札束のなかから、その十ポンド札を取り出したのですね？」

「そ、そうだと思います。ええ、そうです」

「見たのではないのですか？」

「実際には――見ていません。私は彼女の船室に行って、外の廊下で待っていたのです。すると彼女が出てきて、十ポンドを渡されました。そのときは、彼女がどこからそれを出してきたのか知りませんでした」

「船室の中は見えませんでしたか？」

「いいえ、見えませんでした。アレンさん、これはいったいどういうことですか？」

「悪気はまったくないのですよ。おやすみなさい、リヴァーシッジさん」

「え？」

「おやすみなさい」アレンはにこやかに繰り返した。

リヴァーシッジは当惑した顔でアレンを見つめながらも、やがて立ち上がった。ウェイドは行動を起こしかけたが、アレンが目で合図したために思いとどまった。

「では、さようなら」リヴァーシッジはそう言って出ていった。

「行かせてやりましょう」ドアが閉まるのを待って、アレンが言った。「彼はいま、不安にさいなまれ、いらいらと気を揉んでいます。最悪の夜を過ごしたあとで、もう一度呼んでみるのも手ですが、彼もしばらくはお行儀よくしていることでしょうから、まあ、放っておきましょう」

# 第13章　ミス・ゲイネスの登場

「ゲイネスさん」アレンは辛抱強く言った。「とても簡単な質問ですよ。なぜ答えていただけないのですか？」

ヴァレリー・ゲイネスはオフィスの肘掛け椅子の背にぴったりと身を寄せ、怯えた猫のような目でアレンを見つめている。事情聴取は調子よく始まった。彼女は芝居がかったわざとらしい態度で質問に応じ、自分でもそれを楽しんでいるように見えた。彼女は二つの重要な時間帯に自分がどこにいたかを説明し、ティキについての質問も、あれが不吉だったのよと繰り返しわめくことで難なく切り抜け、自分自身の気性について長々と自説を語った。さらに、考えつくかぎりの演劇用語を交えて話すことで、どうやら自分がプロの役者であることを誇示しているらしかった。それは言葉に表しがたいほど退屈だった。そのうえ有用な情報はほとんど含まれていなかったものの、アレンは愛想よく耳を傾け、頃合いを見計らって、こう質問したのだった。

「幕が下りたあと、舞台裏でリヴァーシッジさんと何を話していたのですか？」

彼女は激しく動揺した。

化粧の下で、彼女の顔が真っ青になっているのは間違いなかった。大きな茶色の目が、まるで殴るぞと言われたかのように、二回瞬きをした。小さな赤い口はぽかんとひらき、体は文字どおり椅子の中で縮み上がっている。アレンはもう一度同じ質問をしたが、彼女は答えようとせず、身じろぎもしないで彼を見つめていた。

「どうしました?」アレンは促した。

しばらくして彼女がようやく絞り出した声は、滑稽なくらい先ほどとは違っていた。

「いいえ、特別なことは何も」

「その内容を教えていただけませんか?」

彼女は唇を湿らせた。

「フランキーがお話ししませんでしたの? 彼はなんて?」

「普通、警察にそういう質問はしないものですよ」アレンは言った。「私はあなたにうかがっているのです」

「でも――マイヤーさんのことをちょっと話しただけで――ほかには何も」

「ほかには何も?」

「覚えていないんです。たいしたことではなかったんですわ」

「それは非常に個人的なことだったのではないのですか――あなたとリヴァーシッジさんのあいだの?」

「いいえ、そんなことはありません。私たちのあいだに、個人的に話すようなことなんて、ないんですから」

「おかしいですね！」アレンは言った。「リヴァーシッジさんは、あると言っていましたよ」

ゲイネスはいきなり泣きだした。

「聞いてください、ゲイネスさん」ややあってからアレンは言った。「あなたに一つアドバイスをしましょう。目新しくもないアドバイスですが、とても役に立つのです。聞き入れていただけない場合、あなたは非常に苦しい立場に陥ることになるでしょう。いいですか、殺人事件が絡んでいるときに、警察に嘘をつかないこと、これがアドバイスです。嘘ほど、あなたを厄介な立場に追い込むものはありません。いいですね。もしも答えたくなければ、答えを拒否することができます。しかし、嘘はつかないでください」

「私――私、怖くて」

「返答を拒否しますか？」

「でもそんなことをしたら、私はとんでもない疑いをかけられてしまうわ」

「私たちはただ、あなたが証言を拒否したと記録するだけで――」

「いいえ、いいえ。何を考えているの！　私を疑っているんでしょう！　ああ、なんて事件に巻き込まれてしまったのかしら。彼に言わなければよかったのよ。彼に出会いさえしなければ。もう、どうしたらいいかわからない」

「彼に何を言わなければよかったと？」

「――犯人を知っているってことを」

ウェイドが首を絞められたようなうめき声を発し、キャスも口を開けたまま、ノートから顔を上げた。アレンは片眉をぴくりと吊り上げ、思案顔でヴァレリーを見つめた。

「何をした犯人を知っていると?」

「わかっているくせに。ずっとわかっていたんでしょう? でなければ、私たちが何を話したかなんて、訊くはずがないもの」

「つまり、リヴァーシッジさんが今夜の事件にかかわっていると?」

「今夜!」彼女は悲鳴に近い声で叫んだ。「そんなこと言ってないわ。私が言ったなんて、それは違います」

「いやはや、ずいぶんとややこしいことになってきました」アレンは言った。「私たちがお互いを理解するのは、かなり難しいようですね、ゲイネスさん。ちょっと整理させてください。あなたとリヴァーシッジさんのあいだに何があるのか、詳しく話していただけませんか? あなたが彼を、何かの犯人ではないかと疑っているのはわかりました。そして、それは殺人ではないようですね。では何ですか?」

「それは——お話ししたくありません」

「わかりました」アレンは冷ややかに言って立ち上がった。「仕方がありません。ほかのところから情報を得るしかなさそうです」

ヴァレリーは立ち上がろうとはしなかった。座ったまま、唇に手を当てて、アレンをじっと見ていた。化粧は涙で醜く剝げており、ほんとうに怯えているようだった。

「話さなければいけませんか？」しばらくして彼女は口をひらいた。

「そのほうが賢明だと思いますよ」アレンは言い、ふたたび腰を下ろした。

「お金のことです」ゲイネスは語りはじめた。「フランキーが私のお金を盗ったのだと思うんです。マイヤーさんに言われても、最初は信じられませんでした」

これは驚いた！　やっと見えてきたぞ。アレンは彼女が警戒しすぎないように気を使いながら質問を始めた。注意深く、順に質問を進めていくと、彼女も次第に落ち着きを取り戻し、やがて支離滅裂な言葉の断片のなかから、事件の流れが姿を現しはじめた。船旅最後の夜、彼女がポーカーの負けを支払ったとき、リヴァーシッジはじつは彼女の船室の中まで入っていた。彼女は彼が見ている前でスーツケースから現金を取り出し、十ポンドを支払ったという。そのときに彼女は十ポンド紙幣をもう一枚取り出し、あとから特別室のバーで両替して、チップの支払いに使った。リヴァーシッジは彼女に、鍵のかかっていないスーツケースに金を入れておくなんて馬鹿げていると忠告したが、彼女は鍵を失くしてしまったことを話し、もう船旅も終わるのだからかまわないと言ったらしい。彼はもう一度忠告して、帰っていった。翌朝、朝食から戻ってきて荷物をまとめたときに、革製の札入れを上から触ってみると、たしかに紙束の感触があったため、彼女はそれ以上調べることもなく、スーツケースを閉めた。そして列車の中で札入れをひらくまで、盗難に遭ったことに気づかなかった。彼女が大騒ぎをしながらマイヤーの寝台客室に飛び込んできて、アレンと対面したのはそのときだった。

「そして、リヴァーシッジさんにポーカーの負けを払ったことを話そうとしたとき、彼に対する疑念が湧いてきたのですね？」

彼女は「はい」と答えた。リヴァーシッジが共犯かもしれないと思ったのは、その瞬間だったという。翌朝、マイヤーは彼女を人目のないところへ連れていき、なくなった金のことを詳しく訊いた。

「マイヤーさんもフランキーを疑っていたようでした。理由はわかりませんが、彼を疑っていたようです」

盗まれた分を自分が払うとマイヤーが言いだしたのは、そのときだった。彼があからさまにリヴァーシッジを非難することはなかったものの、あとで後悔するような関係にはならないように彼女に忠告したという。

「ミス・ダクレスはリヴァーシッジのことで何か言っていましたか？」

キャロリンは何一つはっきりとは言わなかったが、ミス・ゲイネスが受けた印象では、彼女もまた何か知っているようだったらしい。

「この件について、あなた自身はリヴァーシッジさんに何か言いましたか？」

感情がふたたび噴き出してくる気配を感じたアレンは、たくみに話題を変え、舞台裏での会話に話を戻した。彼女によれば、マイヤーが殺されたとき、彼が誰を窃盗犯として疑っていたかを思い出して、「頭の中が恐ろしい考えでいっぱいに」なったのだという。

「では、あなたは最初から、これが殺人事件だと思っていたのですか？」

そうではなく、殺人だと思ったのは、仕掛けにおかしな細工をされたに違いないとガスコインが言いつづけていたからだった。そしてひたすら続く退屈なやり取りの末に、アレンはようやく、惨劇のあと、全員が急いでステージから退避している最中《さいちゅう》に、彼女がリヴァーシッジに、「これって、私のお金と何か関係があるのかしら?」と訊いていたことを突き止めた。彼はまず、「頼むから馬鹿なことは言わないでくれ。金のことは黙っていなさい」と答え、それから彼女を引き止めて、コートニー・ブロードヘッドのために盗難のことは伏せておいたほうがいいと早口で言ったという。「それまでは、コートニーが犯人だなんて思ってもみませんでした」ゲイネスは言った。「でも、そう聞いてからは何が何だかわからなくなって、コートニーがお金に困っていたことを思い出したら、なんだか怪しく思えてきて。それでいまは、いまは——正直言って、自分でもどう思っているのかわからないんですの。もしもフランキーがコートニーを助けようとして言ったのなら、私は彼を裏切ったことになるわ——」

「馬鹿げたことです」アレンはぴしゃりと言った。「裏切りなどではありません。あなたは自分にできる唯一のことをしただけです。ゲイネスさん、あなたはリヴァーシッジさんと婚約しているのですか?」

彼女は頬を赤らめ、少し怒った顔を初めて素直に見せた。

「あなたに訊かれる筋合いではありませんわ」

「ご心配なく。たんなる好奇心で訊いているのではありません」アレンは平然としていた。「事件との関連で、やはりうかがっておきたいのです」

「わかりました。婚約はしていません」

「何らかの約束はあるわけですか?」

「まだ決めかねているというだけです」彼女の声には、かすかに自己満足の響きが混じっていた。積極的な男の前ではいつも気まぐれな態度をとってみせる、そういうタイプの娘なのだ、とアレンは思った。人を惹きつける力が自分自身の中にはないことに、彼女が気づくことはないのだろう。

「でも――」彼女は話しつづけていた。「いまでは、そんなことを考えなければよかったと思っています。とにかく、この状況から抜け出したいのです。何もかもが不愉快で、もういや。早速パパに電報を打って、呼び戻してもらいますわ。ああ、早く家に帰りたい」

「その前段階として」アレンはにこやかに言った。「まずはホテルにお帰ししましょう。いまは心も体も疲れていますが、明日の朝になれば、少しは気分も晴れているはずですよ。おやすみなさい」

アレンは彼女を送り出すとドアを閉め、二人のニュージーランド人を振り返ると、穏やかに言った。「愚かな娘ですよ」

一方、ウェイドは大興奮だった。

「これで状況は一変しました」彼は大声で言った。「ええ、変わりましたとも。リヴァーシッジが金を盗んだとなると、全部が変わってきますよ。しかし、あれを見破るとは、警部、さすがですな。いや、素晴らしい。あのゲイネスという娘との会話について彼から話を引き出し、今度はその娘から別の話を引き出し、それを彼女にぶつけるとは。いやはや、お見事です」

「まいりましたね」アレンは困った様子だった。「褒めすぎですよ」

「とくに奇抜なやり方というわけではないのだよ」ウェイドはキャスに説明しはじめた。「私が同じ立場にいても、やはり同じ方針を採っていたかもしれない。状況はそれくらいはっきりしていたといってもいい。しかし、主任警部のように、うまく事を運ぶことはできなかっただろう。私たちがやっていたら、ゲイネスはきっと、すぐに口をつぐんでいたはずだ。それを主任警部は、声を荒げることもなく彼女を説き伏せて、話をすべて聞きだしたのだよ。アレン警部、あなたははじめから、あのリヴァーシッジには何か胡散臭いところがあると思っていらしたようですが、なぜそう思われたのか教えていただけませんか?」

「きっかけは、ミス・ゲイネスです。列車でのあの夜、彼女の頭は最初、泥棒のことでいっぱいでしたが、使った金のことを説明しようとして、急に様子が変わりました。フランキー・リヴァーシッジの名前を出したと思ったら、突然怯えて、貝のように口をつぐんでしまったのです。今夜、リヴァーシッジは勇ましくも、ブロードヘッドをかばうような言動をしましたが、私には、彼のほかの行動と同じように、いんちき臭く見えたのです」

「あの女みたいな声もそうですな」ウェイドは言った。「台所のシンクでも飲み込んだような声でした」

「思うに」アレンは続けた。「ミス・ダクレスもリヴァーシッジの誠実さには疑いをもっていたようです。一言、二言、含みのあるような発言をしていましたから」

「そういえば、ゲイネスは彼が犯人だと思った理由を話しませんでしたな。彼女がスーツケースから金を取り出すところを見ていたから、ただそれだけでしょうか?」

「それもあるでしょうが、アルフレッド・マイヤーが彼女に話したことも大きいとは思いませんか?」

「たしかに」ウェイドは力を込めた。「リヴァーシッジが金を盗んだことをマイヤーが知っていて、ゲイネスにそれをほのめかしたとしたら、彼女はリヴァーシッジにそれを伝えた可能性もあります。そして彼はこう考えた。『あんたにはうんざりだよ、マイヤーさん』、そして彼を始末することにした」

「その場合」アレンはウェイドに煙草を勧めながら言った。「凶悪な犯罪者は二人いることになりますね」

「え?」

「マイヤーが列車で最初に命を狙われたのは、盗難が発覚する前でしたから」

「くそっ!」ウェイドは悔しそうだった。彼は考え込み、やがてぱっと顔を輝かせた。「自分が金を盗ったことをマイヤーが知っていると、リヴァーシッジがほかの方法で知ったとしたらどうでしょうか? 自分の犯行であることがマイヤーにばれているとわかったのが、船を降りる前だとしたら?」

「なるほど。たしかに、つじつまは合います。しかし、盗みが見つかったからといって、殺人までするでしょうか?」

「まあ、そう言われますと——」

「いや」アレンはさえぎった。「あなたの言うとおりです。可能性はあります。マイヤーは当然、彼をクビにするでしょうし、すべてを公にするかもしれない。そうなれば、リヴァーシッジの役者生命は間違いなく終わりです。マイヤーがしゃべる前に殺すことができれば――ええ、可能性はありますが、しかし――。ミス・ダクレスとジョージ・メイソンに、もう一度話を聞く必要がありますね。マイヤーが誰かに打ち明けるとしたら、それは妻か共同経営者でしょう。ただ、ウェイド警部、あなたの説には穴が一つあるのですよ」

「なんですか?」

「断言できるわけではないのですが、列車から突き落とされそうになったことをマイヤーが私に話したとき、彼には襲われる心当たりがまったくなかったようなのです。もしもマイヤーとリヴァーシッジとのあいだにそのような話があったのなら、彼はリヴァーシッジを疑っていたはずです。しかし彼は、劇団の全員が家族みたいなものだとかなんとか。私には彼が本気で言っているように見えました」

「手詰まりか。困りましたな」ウェイドが唸った。

「あの、いいですか、警部」寡黙なキャスが、ためらいがちに口をひらいた。「こういうことはありえませんか? ちょっと思いついただけなんですが」

「続けたまえ」ウェイドは愛想よく言った。

「たとえば、リヴァーシッジは自分が金を盗んだところを故人に見られたのを知っているけれど、故人は自分が見たことを人には話していないというのはどうでしょう。説明がうまくないのですが」

「素晴らしいですよ、巡査部長」アレンは静かに言った。

「ええ。しかし、どうやって?」ウェイドが異議を唱えた。

「マイヤーが奥さんか誰かに話しているのを、リヴァーシッジが立ち聞きしたとか」キャスは深く息を吸い、向かいの壁をじっと見つめた。「つまり、マイヤーはリヴァーシッジが金を盗むのを見た。リヴァーシッジはマイヤーに見られたことを知っていた。マイヤーは、自分が目撃したことをリヴァーシッジが知らないと思っていた」

「そうすれば」アレンがあとを引き取った。「動機はあるが、マイヤーはそれを知らないことになります。彼の言うとおりですよ。警部、あなたは運がいい。いつも優秀な部下に恵まれるとはかぎりませんから」

キャスは顔を真っ赤にして、大きな肩をいからせ、天井をにらみつけた。

「でかしたぞ、キャス!」ウェイドがユーモアたっぷりに言った。「さあ、早く行って、次の役者を連れてきてくれ」

# 第14章　呼び子による変奏曲

老優ブランドン・ヴァーノンは、いささかくたびれた様子だった。頰骨の下の窪みや目のまわりの皺が、初老の男の顔を過酷に支配している。青白く滑らかな顎には霜を思わせる短い無精ひげが生え、横柄で冷ややかな目つきとは裏腹に、瞳はどんよりとして生気がない。しかしいったん口をひらくと、その声の美しさに、人は彼の年齢を忘れた。低音で、得も言われぬ抑揚のある声。彼はロンドンのウエストエンドでしか見つけることのできない特別な老優たち——自分の声を楽器として使うことを信条とし、それをごく自然にやってのける本物の役者たち——の一人だった。

「警部さん」彼はアレンに向かって言った。「あなたは遅れて登場する効果を、よくご存じのようだ。こんなふうに正体を明かすなんぞ、なかなかうまいもんです」

「それが案外、気分のよくないものなのですよ、ヴァーノンさん」アレンは答えた。「まあ、おかけになって、煙草でもどうぞ。巻き煙草はいかがですか?」

「自分のをやりたいんだが、かまわないかね?」ヴァーノンはそう言って、煙草の入った袋とパイプを取り出した。「衣装部屋を出られて、ほっとしているよ。あの若者はすっかり拗ねてしまっているし、もう一人のほうは夏カボチャのようにだんまりだ。退屈きわまりなかったよ」彼はパイプに煙草を詰め、吸い口をくわえた。

「長いことお待たせして、すみませんでした」アレンは言った。

「謝ることはない。この業界ではよくあることでね。役者の人生なんて、半分は待ち時間のようなものだ。ところで、アルフレッドは殺されたのですか?」

「残念ながら、そのようです」

「うーん」ヴァーノンは低く唸った。「理由がわからん」

「率直に言えば、私たちもなのです」

「そして、私ら全員が容疑者というわけか。これは驚いた。ミステリー劇にはずいぶん出たが、まさか本物の事件にかかわることになるとは。ということは、きみらは私に、事件の前後、何をしていたか訊きたいのですな?」

「そんなところです」アレンはにっこりとした。

「では、早速始めてください」

アレンはすっかり馴染んだ質問をヴァーノンにもした。彼の話は、リヴァーシッジとブロードヘッドの証言を裏付けるものだった。芝居が終わったあとも、事件のあとも、彼は真っ直ぐに楽屋へ戻り、そこにリヴァーシッジとブロードヘッドの二人が合流したという。

「これでアリバイが成立するのかどうかは知らんがね」彼はウェイドの方をじろりと見た。「ここで下手にアリバイがないほうが、無実ということになるのだろうな」

「小説では、たいていそうですね」アレンは言った。「実際のところ、あなたには鉄壁のアリバイがあるようです」

ヴァーノンは顔をしかめた。「まずいな、こいつは用心せねば」

「あなたはこの劇団に来て、ずいぶん長いのですよね？」

「そうさなあ、カーテン劇場で演った『ダブル・ノック』が最初だから――」彼はじっと考え込んだ。「十年になるかな。芝居小屋で十年。我ながら、一ヶ所でずいぶん長く働いたものだ」

「団員のなかでも古株ですね？」

「そのとおり。スージーもかなり長いが、彼女は二年前に、『ねずみとビーバー』を演るために出ていったのでね」

「そうですか。では、マイヤーさんをよくご存じだったのでしょうね？」

「まあ、役者が劇団の経営者を知っているという範囲でということだがね。つまり、非常によく知っている部分もあれば、まったく知らない部分もある」

「彼が好きでしたか？」

「ああ。彼は正直な男だった。役者たちにもよくしてくれたよ。桁外れの給料を払ってくれたことはないが――近頃の風潮とは違って――それでも毎回、悪くない額をもらっていた」

「ヴァーノンさん、昔でも最近でもかまいませんが、何か今回の事件に関連するような出来事はありませんでしたか？」

「心当たりがないな」

「ファームは順調なのですよね？　経済的にということですが」

「そう思うが」ヴァーノンの声には、警戒するような微妙な含みがあった。

「気になることでもあるのですか？」

「この商売に噂は付き物でね。その噂によると、旅回りの一座がいくつか芳しくないことになったらしいですわ。それがファームに金を入れることになっていた一座でね。そのうえ、そのあとにかけた『時間払い』という芝居がとんだ不発だった。昔は不発の一つや二つじゃ、ビクともしなかったんだが」

「マイヤーさんが入れ込んでいたのは、劇団だけでしたか？」

「そのへんは私には。ジョージ・メイソンなら知っているかもしれんよ。マイヤーはやり手の経営者だったがね、当節の経営者連中とは違って、彼もキャロリンも世間の注目を浴びたがるタイプではないし、二人はずいぶん静かに暮らしておったよ。何よりも劇団を優先していた。おそらくマイヤーは、金を貯めていたのだろうな。まあ、私の推測にすぎんのだがね」

「それはいずれあきらかになるでしょう」

「アレンさん、どうしてもわからんのですよ。いったい誰がマイヤーを殺したがっていたのでしょう。劇団の人間ではありえません。出演契約ってのは、そんなに簡単に取れるもんじゃあない。劇団の経営者が殺されて困るのは役者たちなんですよ」彼はここで一息入れ、何か考えるように目玉をぎょろりとまわした。「犯人は」彼はふたたび口をひらいた。「金曜日の朝の、あの事故をヒントにしたんでしょうかね」

「事故というと?」アレンはすかさず訊いた。

「私たちがこの町に着いた朝のですよ。聞いとらんのですか? 裏方の一人が簀の子に上がって、マストにつける錘を調節していたらしいです。ちょうどその下では、大道具頭とガスコインが議論をしていましてね。そこへ簀の子にいたやつが、うっかり錘を落としたんですわ。錘はちょうど二人の間に落ちましてね、舞台の床に半ばめり込んだ状態でした。ガスコインはその間抜けな裏方を呼んで、十分近くも怒鳴りつけていましたし、フレッド——大道具頭です——も、嚙みつきそうな勢いでしたよ。面白いことになっているというので、みんな急いで集まってきて、いやあ、あれは見ものでしたな。真っ青な顔をして、二人ともすごい形相でした」

「なんてことだ!」アレンは驚いた。

「まったく。どちらかの上に落ちていたら、本当に死んでいたかもしれませんな。サッシュにつける錘をばかでかくしたみたいなやつで、重さときたら——」

「重さはマグナムボトルのシャンパンくらい」アレンが言った。「それはあとで、ボトルの釣り合い錘として使われたものです」

「ほんとうですか!」ヴァーノンは声を上げた。

「ボトルが降りてくる仕組みについて、ご存じでしたか?」

「アルフレッドがそいつについて長々としゃべっていたのは知っとるよ。たいして注意して聞いちゃいなかったが」

「錘が落ちてきた一件については、みなさんが知っていたのですか?」

「もちろんだ。みんな慌てて飛び出してきた。ジョージはオフィスから走ってくるし、ヴァレリーも下着姿で楽屋からすっ飛んできた。二人のオーストラリア人は、役を放棄してシドニーに帰りそうな様子でね。しばらくは語り草になりそうだ」

「なるほど」アレンはそう言って、ウェイドを振り返った。「警部、ヴァーノンさんに訊きたいことはありませんか?」

「そうですね」ウェイドはにこやかに言った。「お訊きするようなことはあまりないと思うのですが、どうでしょう、ヴァーノンさん、あなたは劇団に長くいらっしゃるということですから、劇団の内情というか、そのあたりを少しお話しいただけないものでしょうか?」

ヴァーノンは気乗りしない様子でウェイドの方を向いた。

「意味がよくわからんのですが」

「ヴァーノンさん、我々には捜査上、しておかなければならない質問があることはご理解いただけますな。多少、突っ込んだことをお訊きする場合もあるわけです。我々としてもあまりいい気分はしないのですが、仕事上やむを得ないということで、ご理解いただきたいのです。そこでヴァーノンさん、教えてください、マイヤー夫妻はうまくいっていたのですか? その、私の言っている意味がわかりますか?」

「短めのでしたら、普通の単語はたいていい理解できますし」ヴァーノンは答えた。「あなたのいっている意味もわかります」

「では、とくに変わった様子はなかったと?」

「ありませんね」

「わかりました。はっきりしたお答えで。では、マイヤー夫人とハンブルドン氏がどうのこうのという話は、まったくのでたらめというわけですな」

「何の話だ？　誰がそんなことを言っているんだ？」

「いやいや、気にしないでください。なんでもないことですから」

「どういう意味だね？　何がなんでもないんだ？　ミス・ダクレスとハンブルドンがどうのと言っているのは誰なんだ？」

「ほんとうに、気にしないでください。ただちょっとお訊きしたかっただけで――」

「もしかして、ちびの道化が言ったんなら」ヴァーノンはウェイドをぐっとにらみつけた。「これは私が保証してもいい、あれはゴキブリ並みの、卑劣きわまりない男だ。ミスター・セント・ジョン・アクロイド、本名アルバート・ビッグズは、不愉快このうえない、鉄面皮のはったり野郎だとね。そのうえ、あれが役者かね！」

「本名は大男《ビッグズ》か」アレンはぼそりと言った。

「そのとおり。やつがセント・ヘレンズの床屋にさっさと帰ってくれたほうが、みんな清々するってもんだ」

「どうやら」アレンは穏やかに言った。「彼は楽屋で立ち聞きした話を、あなたにも話したようですね？」

「ああ、まあ、そうだが」ヴァーノンは、アレンがこの話を二人の役者の会話と関連づけはじめたことに、皮肉なものを感じているようだった。「ああ、そうさ。やつは鬼の首でも取ったように得意そうに入ってきて、何もかも話していった。お察しのとおりですよ」

アレンはにっこりとした。「そして真偽のほどは、この種のゴシップの例に漏れないということですね？」

「アクロイドがここで何を話したかは知らんが、私に言わせれば、キャロリン・ダクレスがそういうことになっているとしたら、赤い雪が降るってもんさ。ヘイリーはきっと、少し乱暴な言い方をしたんだろう。まあ、彼のほうは夢中なのかもしれない。そっちについては何も言わんがね、彼女のほうは——いいや、信じられん。彼女のように一本気な人間は、探したってそう見つかるもんじゃない」

ヴァーノンは頰を膨らませ、低く呻いた。

「それが聞きたかったのですよ」ウェイドは言った。「あなたの意見がね」

「では、それが私の意見だ。そして、アクロイドがきみらに話したことすべてに、私は同じ意見をもっとるよ。やつがジョージ・メイソンを中傷するようなことを言ったとしたら、それも含めてな。ほかに何か？」

「ご自身の行動に関する証言に、後ほど署名していただきたいのですが」ウェイドが言った。

「うへっ！」

「それで終了です」

「あの道化は、自分の馬鹿話に署名したのかね？」

「まだです」

「まだか。やつのことだ、署名するに決まっとるがね」ヴァーノンは苦々しげに言い、それからアレンと握手した。「きみがいてよかったよ、アレンさん。さて、他郷の我が家に帰るとするか。あそこのベッドはどうもでこぼこしていてね、一晩中、そりで坂を滑り降りている気分だ。マットレスには、女将が焼いたアップルパイが詰まっているのかもしらん。毎日山ほど残っているからな。おお、神よ、マタイよ、マルコよ、ルカよ、ヨハネよ、私のベッドを祝福したまえ！　では、おやすみ。おやすみ、ウェイド警部」

「お泊まりはどこですか？」

「ウェンダーバイだよ、警部。あそこはサービスの悪い宿《ジャックス・カム・ホーム》の見本として最高だ」

「とても居心地のいい宿だと聞いていますがね」ウェイドは地元の弁護を始めた。「女将は——」

〈ああ、きみは女将の娘の恋人に違いない。でなければ、二つめのパイを食べたりはしない〉

驚いたことに、ヴァーノンは低音で苦しげに歌いだした。

〈パイ、パイ、パイ、パイ。でなければ、二つめのパイを食べたりはしない〉

彼はぴくりと眉を上げ、コートの襟を立て、帽子をひょいと斜めにかぶり、そして悠々と去っていった。

「頭がどうかしていますな」ウェイドはあきれていた。

アレンは椅子の背に体をあずけ、大笑いした。

「いやいや、最高ですよ、警部。彼こそ、昔ながらの本物の役者です。あまりに見事で、信じられないくらいです」

「故人の死を悼んでいたと思ったら、二分後には馬鹿をやっているのがですか？　ホテルだって、ほかの場所に引けは取らんですよ」ウェイドは不満そうだった。「だいたい、ジャックス・カム・ホームってのは何なんですか？」

「たしか、女主人がぞんざいで気が利かないことを表す、業界用語だったと思います」

「頭がどうかしていますよ」ウェイドはもう一度言った。「キャス、坊ちゃんを連れてきてくれ。パーマー青年だ」

キャスが出ていくと、ウェイドは立ち上がり、オフィスじゅうをのしのしと歩きはじめた。

「冷えるな」彼は言った。

部屋は寒いうえに、むっと息苦しかった。暖炉の火はすでに消え、小さな電気ヒーターだけでは、ドアの下や建て付けの悪い窓からじわじわと吹き込んでくる冷たい夜風に太刀打ちできるはずもない。そのうえ煙草の煙と、埃とニスのなんともいえない臭いがこもっていた。窓の外では、眠りについた町のどこかで、時計が二時を告げた。

「こんな時間か！」アレンは思わず言った。

「今夜はこのへんでやめますか？」ウェイドが訊いた。

「いえ、いえ」

「それならよかった。ここまでの話を総合して、主任警部は誰が怪しいとお考えですか？まあ、表面上ということですが」

「犯人とは思えない人たちを、除外していったほうが早いと思いますが」アレンは言った。

「では、それでいきましょう」

アレンはすぐには答えなかった。すると、ウェイドが自分で話しはじめた。

「ここに彼らの名前がありますから、無関係だと思われるところからチェックしていきましょう。まずミス・マックスです。動機もなくチャンスもない。いま出ていった、いかれ頭のブランドン・ヴァーノンも同じです。舞台監督のガスコインも、いまのところはシロですな。あのおかしな小男、セント・ジョン・アクロイド――ヴァーノンによれば本名はビッグズということでしたな――彼はおせっかいな男ではありますが、殺人犯には見えませんでした。それに、彼の行動はすっかり把握できています。次はゲイネス嬢ですが、もしも彼女がリヴァーシッジと交際していて、彼の役者生命をマイヤーが握っていることを知ったとしたら、まあ動機にはなりますな。しかし私には、あの愚かしい小娘が錘を取り付けたり、こんな手の込んだ仕掛けを考え出したりするとはとても思えんのですよ。警部はどう思われますか？」

「想像するのさえ難しいですね」アレンも同感だった。

「ええ。このあとは微妙な領域に入ってきます。ハンブルドン。ヘイリー・ハンブルドンについて考えてみましょう。彼はミス・ダクレスにぞっこんだった。それを否定する証言はありませんでした。どうやら、もう長いこと彼女に惚れ込んでいたようですな。アクロイドの証言が正しいとすれば、彼女はマイヤーが死んだら彼と結婚するが、そうでなければ結婚しないと言ったことになります。動機はありですな。さて、チャンスがあったかどうか。一回め、彼には簀の子に上がって、錘を取り外すことが可能でした。彼は楽屋に戻って化粧を取っていたと言っていますが、衣装方を断ったあと、ステージに戻って簀の子に上がり、仕掛けをいじることもできました。事件のあとですが、彼はダクレスと一緒に楽屋まで行きました。最初、彼女は一人になりたいと言い、彼を呼んだのはしばらくあとになってからです。彼はそのあいだに、錘を戻してきたのかもしれません。どうですか?」

「そのとおりです」アレンは言った。

「次はキャロリン・ダクレスです。動機はハンブルドンと同じ、犯行の機会も同じです。彼女がパーティーの会場に現れたのは一番最後でしたし、事件のあとは、一人にしてほしいと言って衣装方を追い出しています。彼女にあの仕掛けが考案できたかどうかはわかりませんが——」

「一つ忘れてならないのは」アレンが口を挟んだ。「あのシャンパンの余興が、彼女には秘密にしてあったということです」

「うーむ、そうでした。どうかして嗅ぎつけたのでなければ、知らなかった。まあ、彼女に関してはこんなところですな。次はジョージ・メイソンですが、まず動機として、遺産となるものが残っていれば、彼には大金が転がり込むことになっています。パーティーの前、彼はこの部屋にいました。楽屋口の守衛は、メイソンが自分のところに走ってきて、招待客への対応に関する注意を与えたあと、またオフィスに戻っていったことを覚えていました。テ・ポキハもここで彼に会っています。あなたが着いたとき、彼はちょうどオフィスから出てきたところだった。この時間帯に彼が舞台裏へ行くには、守衛の前を通らねばなりませんし、人目にもついたはずです」

「客席の前の方から舞台の額縁《プロセニアム》を抜けるような扉はないのですか?」

「え? いえいえ、ありません。ですから、どうやって舞台裏に行くことができたのか、わからんのですよ。事件のあと、彼はテ・ポキハと一緒にオフィスに戻ってきていますし、私もここの前を通りかかったときに、彼を見かけました。テ・ポキハが彼を残してオフィスを出た時間は確かめておくべきだと思いますが、あまり見込みはなさそうです」

「たしかに、不可能に見えますね」

「残念ながら」ウェイドも認めた。「次はコートニー・ブロードヘッドです。金を盗んだのが彼で、マイヤーがそれを知っていたとすると、彼には動機があります。あるいは、マイヤーから借りたことにしようと思ったとしても、やはり動機になります。列車での事件は――」

「列車での殺人未遂は」アレンが言った。「金が盗まれたことをミス・ゲイネスが発見する前に起こった、それを忘れてはなりません」

「ちくしょう、そうでした。だとすると、説明がつきませんな。リヴァーシッジにいきましょう。金を盗んだのが彼で、マイヤーがそれを知っており、さらに、マイヤーが知っていることに彼が気づいていたとすれば、動機としては充分でしょう。チャンスがあったか。二回とも、彼は最後にステージを離れていますね。犯行は可能でした。こんなところですね。警部はどう思われますか?」

「いや、まったく同感ですよ」アレンは言った。「ところで、パーマー坊ちゃんはずいぶん遅いですね」

彼がそう言いおわる前に、中庭でいきなり大きな音がした。アスファルトを駆ける大きな靴音、驚いたような唸り声、何かがガチャンとぶつかる音、続いて激しい罵声。

アレンは走り出し、ドアを跳ね開けて中庭に出た。空に浮かんだ満月が、冷え冷えとした屋根と濡れた舗装道路を、そしてキャス巡査部長の後ろ姿を照らしだしていた。頭と肩は陰に隠れていたが、驚いたことに、巡査部長は自転車置き場になっている小屋の壁に、自分の頭を思い切り打ちつけているように見える。さらに、彼は後ろに向かって何かを激しく蹴っており、足が上がるたびにブーツの下から飛び散る土埃と砂利が、その光景をいっそう異様なものにしていた。

「これは、これは」後ろからきたウェイドが言った。「どういうことだ!」

「彼を捕まえてください!」こもったような奇妙な声が聞こえ、キャスの動きがいっそう激しくなった。「あのぼうず……追いかけて……くそっ! こいつをどうにかしてください!

出してください！」

アレンとウェイドは、狂ったように暴れているキャスの元へ走った。ウェイドが懐中電灯を取り出し、その光で、二人は巡査部長を苦しめているものをようやく理解した。彼の頭と大きな肩が、自転車小屋の壁と、近接した建物の壁との間に、楔のようにはまっていたのだ。ヘルメットは顔のほうにずり落ちて、まるで蠟燭消しのように見えるし、太い腕は両脇に押しつけられたまま、まったく動かすことができない。前に進むことも、後戻りすることもできず、彼は泣きそうな顔をしていた。

「出してください」彼はぶっきらぼうに言った。「いや、私のことは放っておいて、やつを追いかけてください。やつを……！　くそっ！　出してくれ！」

「誰を追えって？」ウェイドが訊いた。「きみはそこで、何をやっているんだね、キャス？」

「私のことはどうでもいいですよ、ウェイド警部。あのクソぼうずが、この小屋の裏を通って逃げたので追ったのですが、狭すぎてこんなことに。今頃は、かなり遠くまで行っているかもしれません！」

「まったく、困ったやつだな」ウェイドは怒ったように言った。「ほら！」

彼はキャスのベルトをつかみ、アレンを振り返った。

「手を貸していただけますかな？」

アレンは後ろで体を二つに折り、声を殺して笑いこけていた。しかしなんとか落ち着きを取り戻すと、捕らわれの巡査部長を近くで観察し、それから木造の自転車小屋の中を物色して長い木材を見つけてきた。ウェイドと二人でそれを両方の壁の間に押し込むと、隙間が少し広がって、汗だくのキャスをどうにか引っ張り出すことができた。アレンはすぐさまその隙間を通り抜け、小屋の裏側にまわりこんだ。そこで彼が見つけたのは、劇場の裏の方に延びるもう一本の小道だった。彼はガタのきたフェンスと小道具部屋の壁との間にあるその小道を真っ直ぐに進んだ。道は劇場の裏手まで続いており、閉まっている裏口の前を通り、狭い裏通りに突き当たっていた。アレンはそこで立ち止まった。楽屋口の方角から、取り乱した警官のどちらかが吹く呼び子の音が聞こえてきた。すると何秒もしないうちに、ひと気のない裏通りの向こう端に警官の姿が現れた。アレンが大声で呼ぶと、その警官は走ってやってきた。

「何があったんですか？　呼び子は誰が？」

「ウェイド警部とキャス巡査部長です」アレンは答えた。「彼らは劇場の中庭にいます。ところで、イブニングドレス姿の若者が数分前に通りませんでしたか？」

「ええ、あっちの角で見かけました。彼がどうかしたのですか？」

「逃げたのです。どちらへいきましたか？」

「ミドルトン・ホテルの方です。ちょっと待ってください、どちらへいらっしゃるのですか？　そこを動かないでください」

「ウェイド警部に聞いてください」アレンは言い、警官をさっとかわすと、もう通りを駆けだしていた。

走って出た先は、町の大通りだった。向こうにミドルトン・ホテルの見慣れた建物が見える。

三分後、彼は夜勤のポーターと話していた。

「ゴードン・パーマーさんは帰ってきましたか?」

「ええ。先ほどお戻りになって、真っ直ぐお部屋へ行かれましたよ。五十一号室です。何かあったのですか?」アレンの胸元が乱れているのを見て、ポーターが尋ねた。

「いや、なんでもない。私も彼に倣おう」

呆然と立っているポーターを残し、アレンは階段を駆け上がった。五十一号室は二階にあった。ドアをノックしたが、返事はなく、彼は部屋に入って明かりをつけた。

パーマーはベッドの端に腰かけていた。服装は先ほどのままで、手にはタンブラーを持っていた。

「こんな暗いところで飲んでいるのかい?」アレンは言った。

ゴードンは一、二度口をひらきかけたが、言葉は出てこなかった。

「きみはほんとうに救いようのない馬鹿だ。刑務所へ入りたいのか?」

「とっととうせろよ」

「用が済み次第出ていくさ。酒臭いな。それに吐きそうな顔をしているぞ。よく聞くんだ。すで耳にしていると思うが、私はロンドン警視庁の刑事だ。今回の事件の捜査にも携わっている。私に課せられた仕事の一つは、きみのお父上に手紙を書くことだ。私がその手紙に何を書くかは、すべてきみと私とのこれからの会話にかかっているが、今夜は時間も遅いし、我々にもきみと話している暇はない。一晩やるから、理性的な態度とはどういうものか、この部屋でじっくりと考えてみるんだな。ドアには外から鍵をかける。窓から地面までは十五メートルだ。では朝に会おう」

# 第15章　午前六時　第一幕

アレンはベッドに入りたかった。汗まみれですっかりくたびれているうえ、引きつるような鈍い痛みが、大手術後の、まだまだ労わらねばならない体であることを思い出させた。彼は自分の部屋に行き、顔を洗い、グレーフランネルのズボンとセーターにすばやく着替えて一階に下りた。

夜勤のポーターは訝るような、咎めるような顔で彼を見た。

「またお出かけですか?」

「ええ。まだまだ吠えなければならないんですよ」

「何とおっしゃいました?」

「すぐにわかりますよ」アレンは言った。「寒さも吹き飛びます」

劇場に戻ると、ウェイドとキャスがジェフリー・ウエストンをオフィスに呼んでいた。キャスは大きく裂けた制服と薄汚れた顔のまま、座って記録を取っていた。先ほどの騒ぎで調子が狂ったらしく、彼の胃は可哀相なほどグウグウと鳴っており、大きな音がするたびに、彼は憮然とした顔で宙をにらんでいた。ウェイドは苛立っているように見え、ウエストンはぼんやりとしている。オフィスの中には言いようのない気詰まりな雰囲気と、ひどくむっとする臭いが漂っていた。

「ご報告したほうがいいと思いまして、戻ってきました」アレンは言った。「おたくの坊ちゃんは、今夜いっぱい部屋に閉じ込めることにしましたよ、ウエストンさん」

「では、彼はホテルに戻ったのですね」ウエストンは冷ややかだった。「ほら、私が言ったとおりでしょう」

「そうですな」とウェイド。

「裏通りで会った巡査が、私の行き先を説明してくれたと思いますが」アレンが言った。

「ええ、聞きました。あなたが誰であるか説明したら、とても驚いていましたよ。じつは彼にあなたの後を追わせたんです。ミドルトン・ホテルに入っていったのを確認して、彼は引き上げました。ちょうどいまウエストンさんに、パーマーくんがなぜ逃げたのか、心当たりをうかがっているところです」ウェイドはウエストンの後ろでじりじりと行ったり来たりしながら、落ち着かない様子で彼をちらちらと眺め、何か言いたげにアレンにしかめ面をしてみせた。

アレンにとって、ジェフリー・ウエストンほど表情に乏しい顔は初めてだった。究極の標準顔というのか、ハンサムでも醜男でもなく、これといった特徴もなく、目立った個性もない。この顔を、後で鮮明に思い出すのは不可能だろう。顔である、という以外に何もないのだから。

「それで、彼はなぜ逃げたと思いますか、ウエストンさん？」アレンは訊いた。

「馬鹿だからですよ」

「たしかに。際限なしの馬鹿です。しかし、馬鹿にも動機はあるものです。彼はなぜ逃げたのでしょう？　何を恐れたのでしょう？」

「嫌なことがあると、すぐに逃げるんですよ」ウエストンは意外なほどはっきりと言った。「よちよち歩きの頃からです。学校も、三ヶ所すべてだめでした。根性がないんです」

「衣装部屋では厚顔無恥ぶりも露わに、コートニー・ブロードヘッドを泥棒呼ばわりしていましたね」

「けしかけられたんですよ」とウエストン。

「リヴァーシッジに？」

「そのとおりです」

「ブロードヘッドに関するその話を、あなたは信じますか？」

「興味ありませんね」

「それについて、パーマーくんと話しましたか？」

「ええ」

「いつ？」

「衣装部屋で、あなたが出ていってからです」

「穏やかに話したのでしょうね」

「そうです」

「何と言ったのですか？」アレンは執拗に訊きながら、心の中では、〈貝さん、貝さん、そのお口をひらいておくれ〉とつぶやいていた。

「名誉毀損でぶち込まれたいのか、と言いました」

「素晴らしい。彼は怯えていましたか?」

「ええ」

「彼はこれ以上質問されるのが嫌で逃げたのだと思いますか?」

「ええ」

「わかってみれば」アレンは明るく言った。「単純なものです」

ウエストンは自分のブーツを見つめていた。

「ところで」アレンは続けた。「余興にシャンパンが用意されていたことは、お聞きになっていましたよね?」

「まったく知りませんでした」

「パーマーくんも?」

「そうです」

「なくなったティキのことで、何かご存じありませんか?」

「残念ながら」

「そうですか」アレンは言った。「それだけです。警部からは何かありませんか?」

「いいえ、ありません」ウェイドは答え、それから念を押すように付け加えた。「パーマーくんには、明朝、話をうかがいます」

「終わりですか?」ウエストンは立ち上がった。

「ええ、ありがとうございました」

「では私はこれで。おやすみなさい」

ウエストンは出ていった。一同が口をひらいたのは、彼の足音が遠くへ消えてからのことだった。

「それにしても喰えん男だ」ウェイドが言った。「くそっ!」

「核心に迫ったとは言いかねますね」

「まったく、牡蠣《かき》並みの口の堅さですよ! とにかく、これで全員です」

「そうですね」アレンはほっとした。

そう言いながらも彼らは、天邪鬼ともいえるほどの強情さで、決して快適とはいえないオフィスに居残り、話を続けた。目はどんどん冴え、アイディアは鋭さを増し、思考は鮮明になっていった。アレンは長々と語り、ほかの二人は熱心に耳を傾けた。と、アレンが途中でいきなり口をつぐみ、身震いした。気力が萎み、彼らは自分たちが疲れきっていることに気がついた。

ウェイドは書類を片づけはじめた。

「今夜はこのへんでお開きにしましょう。この件はとりあえず、明日まで棚上げにします。死因審問もありますし。いやはや、大変ですな」

アレンは何気なく奥の壁の方へ行き、ドアの横にかけてあった埃だらけの絵を覗きこむと、表面のガラスをハンカチで拭った。

「劇場の見取り図ですね」彼は言った。「よくできているし、これは使えそうだ。簡単に書き写しましょう。すぐに終わりますよ」

彼は机から便箋を取り出し、手早く作業を進めた。

「さあ、できた。楽屋口、フットライト、楽屋廊下がここ。上手から簀の子に上がる鉄ばしごがこのあたり、舞台奥のがここ。ここに裏口がありますね。さっき、パーマーの坊ちゃんを追いかけていったときに見かけました。明るくなってから調べてみる必要があるでしょう。こちらが劇場正面。一階の特別席、二階の桟敷席。やはりプロセニウムに抜け道はなしと。このオフィスがここですね。切符売り場側のドア。中庭側のドア。自転車置き場は描かれていませんが、このオフィスのすぐ裏手になりますね。小屋はこのあたりまで張り出していて、中庭の幅は、小屋を過ぎたところから広がっている。ここに荷箱。それから、これは倉庫かな、そしてもう一つの小屋がここ。坊ちゃんの逃走路がここ」

「記録したほうがいいですか？」ウェイドが大あくびをしながら訊いた。

「キャスにとってはそれだけの価値があるでしょう」アレンは微笑んだ。「きみの肩幅はどのくらいだね、キャス？」

「六十センチです」キャスは答えてから、特大のゲップに体を振るわせ、塞いだ声で、「失礼」と謝った。

「では、壁と壁の隙間は、それよりも狭いわけだな」アレンはつぶやいた。「パーマーの坊ちゃんは素人です。どうしてあんなことが起こったのでしょう？」

「最初はおとなしくついてきたんです」キャスが怒ったように説明を始めた途端、彼の腹がこれ以上ない大きな音で鳴りはじめ、話は遮られてしまった。「――おとなしかったんですが、途中でいきなり金切り声で叫びはじめまして、あの隙間をウサギのように逃げていったんです。私はどうも猪突猛進型の人間でして、彼を追って、深く考えずにその隙間めがけて突進していきました。最初の十センチくらいまではよかったのですが、そのあとは身動きができなくなったというわけです」

「そういうことですか」アレンは言った。

「はい。まいりました。それに前屈みになっていたせいで、手も足も踏ん張れなくて」彼は大きなゲップをした。「失礼。どうも胃の調子が。ずっと前屈みになっていたもんですから」

「わざわざ説明されなくてもわかる」ウェイドは冷たく言った。「見たときは、どこの間抜け野郎かと思ったぞ。ヘルメットを忘れるな。書類を集めて、署まで持っていってくれ。私はこの戸締まりをする」

「はい、警部」

「図は写しおわりましたか、アレンさん?」

「ええ、ありがとうございました」

オフィスから出たアレンは、自転車小屋の前を通って楽屋口の方へぶらぶらと歩いた。そこにはパッカー巡査部長がいた。

「やあ、パッカーくん、朝までここかい?」

パッカーはすぐに気がついた。

「これは警部。あと三十分で交代です」

「それはいいタイミングだ。寒いからな」

「冷えますね。山の方は雪ですよ」

「雪か！」アレンは思わず声を上げ、自分が新しい世界にいることを急に思い出した。今夜の出来事が心からするりと抜け落ち、些細なことのように思えてくる。彼は眠りについている町を眺めた。町の向こうには雪を頂いた山々があり、柔らかな響きをもつ不思議な名前のついた丘が連なっている。

「きみは田舎育ちなのかい？」アレンはパッカーに訊いた。

「はい。マッケンジー・カントリーのオマラマ出身です。南島《サウス・アイランド》の、羊で有名な山岳地域です。プカキ湖の奥の」

「聞いたことがある。峠越えの道を行くのではなかったかね？」

「そのとおりです。北からだとバークス峠、南からだとリンディス峠です。マッケンジーでは、この時期でも夜はものすごく冷えます。でも、一日じゅう晴れているんですよ」

「それはぜひ行ってみたいものだ」アレンは言った。ふいに、自分がいま置かれている立場がどうにも厭わしくなってきた。わざわざ地球半周分の海を渡ってここまで来たのは、うんざりするような汚い犯罪にかかわるためではない。自分はなんて馬鹿だったのだろう、と彼は思った。せっかく新しい国に休暇にやってきたのではないか。頭を切り替えるだけで、ロンドンに帰ってしまえば当分味わうことのできない、愉快で刺激的な体験をいくらでも堪能できるのに。

オフィスのドアがひらいて、ウェイドとキャスが出てきた。

「そちらですか、主任警部?」キャスが声をかけてきた。

「こっちだ! おやすみ《グッドナイト》、パッカー。と言うよりも、よい朝《グッドモーニング》をと言うべきかな」

「はい、警部。もうすぐ明るくなります。よい朝《グッドモーニング》を」

アレンはウェイドたちと合流し、劇場をあとにして町の大通りに出た。

アスファルトの地面に、靴音が冷たく響く。どこか遠くで、犬の鳴き声がした。さらに遠くで、一羽のニワトリが時をつくり、その声はこだましながら次第に消えていった。月はまだ出ていたが、闇はすでに薄れはじめ、街頭の光もどこか力なく見える。

二つめの角で、ウェイドとキャスは足を止めた。

「私たちはここで曲がります」ウェイドが言った。「もう三十分ほどで夜が明けます。もしご迷惑でなかったら、明日にでもホテルにうかがいたいのですが」

「どうぞ」アレンは快く言った。

「ご一緒できて、大変光栄でした」

「こちらこそ、お会いできてよかったですよ、警部。そしてきみもだ、キャス」

キャスは敬礼した。二人は滑稽なほど真面目な顔でアレンと握手を交わすと、重い足取りで去っていった。

道はホテルに向かって登っていた。坂の上に目をやると、すでに明るく澄んだ空が顔をのぞかせており、それはアレンが見ている前で、その明るさをどんどん増していった。坂のてっぺんと空との間には、遥か遠くにそびえる山の頂が見える。その流れるような輪郭が白みかけた空にくっきりと浮かび、山腹にはアレンが見たこともないような清々しい青色が広がっていた。パッカーが言っていたように、その山の頂は白く、アレンの頬をかすかに撫でる冷んやりとした風は、その遥か遠い斜面から吹いてくるのだった。アレンはホテルの前でしばし立ち止まり、その山の稜線が空に描く美しい曲線を驚嘆の目で眺めた。まるで美しい体の輪郭を見ているようだ、とアレンは思った。美しい形はすべて凸型なのだ。普通、曲線といえば内側に向いたものを考えるが、〈美〉を追求するならば、それは外側にカーブした曲線でなければならない。そう考えているうちに、山の頂には淡い薔薇色が溢れるように広がっていた。その光景には芝居がかった派手さはないものの、あまりに鮮やかな美しさには、痛みさえ感じるほどだった。突然の絶景がもたらしたその痛みと動揺に、アレンはそれ以上その場に立って、押し寄せるように山腹を下る暖気や、とてつもない変貌を遂げる空の様を見届けることができなかった。彼はベルを押してポーターを呼び、部屋に戻った。

　ホテルや街中にあるいくつもの時計が一斉に六時を知らせたのは、アレンがちょうどベッドにもぐりこんだときだった。最後の鐘が鳴ったとき、彼の頭の中では、次から次へと時をつくる雄鶏たちの声がぼんやりと響いていた。そして眠りに落ちる彼の耳に届いたのは、その朝一番の小鳥のさえずりだった。

# 第16章　幕間《まくあい》

アレン主任警部からロンドン警視庁犯罪捜査課フォックス警部への手紙からの抜粋。

――そういうわけで、フォックス、これがちょっとした難問であることは、きみも認めてくれるだろう。きみが頭を振っている姿が、目に浮かぶようだよ。なんて馬鹿ことをやっているんだと思うのはよくわかる。さっさと供述書に署名して、退場申し上げればいいじゃないかとね。じつは自分でも驚いているんだが、ひょっとすると私は仕事が好きなのかもしれない――驚くべき発見だが、そうとしか考えられない。この手紙が着くずっと前に、きみは私からの電報を受け取り、私はきみからの返信を読むことになるだろう。もちろん、新しい遺書が出てこないかぎり、金の流れから考えて、もっとも強い動機があるのはジョージ・メイソンだ。しかし、これまでに得られた証言によると、簣の子に上がってふたたび錘をつける作業は、彼には不可能だ。きみにはすでに事件全体について話したし、条件をこの明白な一点に絞った、私なりの説もおおまかに説明した。メイソンは事件の直後は私と一緒にいて、それからテ・ポキハとともにオフィスに行った。テ・ポキハに電話で訊いたところ、彼は警察が到着した音が聞こえるまで、メイソンと一緒にオフィスにいたそうだ。それからメイソンを残してステージへ戻った。さらに疑いようのないことに、警察の到着後、中庭に出た守衛の男が、オフィスでウイスキーをすすっているメイソンを見つけて話をしたそうだ。メイソンはこの男と別れたあと、真っ直ぐに衣装部屋に向かったが、この時点で、錘はすでに戻されていた。私がこのポイントについて詳しく説明したのは、ウェイド警部が何とかして彼のこのアリバイを崩そうとしているからだ。できなくても私は満足だがね。そしてあの気味の悪いティキのことだが、きみにも見せてやりたかったよ。意地の悪い目つきをした小さな醜い像で、短い手足を縮めて首を傾げている。胎児を模したものであるのは間違いない。そいつはいま、吸い取り紙のとなりから横目でこっちを見ているのだよ。警察はこいつの指紋を調べたが、窒息しそうなほど指紋にまみれていたそうだ。とにかく、錘を戻した犯人が、こいつを簀の子の床に落としていったと考えるのが妥当だろう。メイソンは除外だ。可能性があるのはハンブルドン、キャロリン・ダクレス、リヴァーシッジ、アクロイド、そしてあのヴァレリー・ゲイネス嬢だ。この五人は、二回の犯行時間帯にこっそりと簀の子に行ってくることができた。フォックス、きみには気の毒だが、ひどく退屈させるのを承知で、この二回の犯行時間帯に関するタイムテーブルを同封するよ。我らが友人、スーザン・マックスも含め、全員の分を書いておいた。わかるだろうが、アリバイのない人物には、名前の欄に印をつけてある。XAは最初の時間に、XBは二回めの時間にアリバイがないことを示している。XXは二回ともアリバイがないということだ（きみはギネスのほうが好きだろうがね）（通常よりもアルコール度数が高めのエールビールをXXと呼ぶ）。証言から推定される動機も書いておいた。

| | 芝居の終了後からパーティーが始まる前まで。簀の子に上がり(一回め)、錘を外し、滑車をずらした。十時三十分から十一時頃のあいだ。 | 殺人が起こったあと。簀の子に上がり（二回め)、錘をつけ、滑車を戻した。十一時十五分から十一時三十分頃。 | 動　機 |
|---|---|---|---|
| スーザン・マックス | キャロリン・ダクレスの衣装方と一緒に、自分の楽屋にいた。 | キャロリン・ダクレスの楽屋へ行ったあと、キャロリンの衣装方とともに自分の楽屋へ戻る。その後、再度キャロリンの楽屋へ行き、私が行ったときもまだそこにいた。その後、衣装部屋に移動。 | 不明。 |
| コートニー・ブロードヘッド<br>XB | ブランドン・ヴァーノンとともに楽屋へ。 | 一人で楽屋へ。楽屋にはヴァーノンがいた。一杯飲んでから衣装部屋へ。 | （リヴァーシッジに入れ知恵された）パーマーによれば、彼はヴァレリー・ゲイネスの金を盗み、それをマイヤーから借りた金だと偽り、その発覚を恐れてマイヤーを殺した。 |
| ブランドン・ヴァーノン<br>XB | コートニー・ブロードヘッドとともに楽屋へ。 | 一人で楽屋へ。そこでブロードヘッドとリヴァーシッジの二人と合流し、衣装部屋へ。 | 不明。 |
| フランキー・リヴァーシッジ<br>XX | 最後にステージを離れ、楽屋へ。ステージ上でヴァレリー・ゲイネスと話す。 | 最後にステージを離れた。廊下の入口でヴァレリー・ゲイネスと話してから楽屋へ。その後、衣装部屋へ。 | ヴァレリー・ゲイネスは、彼女の金を盗んだのは彼だと言っている。もしマイヤーがそれに気づいており、さらに、リヴァーシッジがそれを知っていた場合、リヴァーシッジは自分の立場と名声を守るためにマイヤーを殺したかもしれない。 |
| ジョージ・メイソン<br>?XA | オフィスにいた。守衛と話し、守衛は彼がオフィスに戻るのを見届けている。私は中庭で彼と出会い、ステージまで同行した。 | 私たちと一緒にステージにいた。ポキハとともにオフィスへ。オフィスで守衛と話してから衣装部屋へ。 | 遺産。 |
| ジョージ・ガスコイン<br>? | スタッフとともに、ステージで作業をしていた。 | ステージにいた。 | 不明。 |

| | | | |
|---|---|---|---|
| ヴァレリー・ゲイネス<br>XX | リヴァーシッジと話してから、ステージを離れて楽屋へ。 | 今度もリヴァーシッジと話してから、ステージを離れて楽屋へ。その後、衣装部屋へ。 | 自分の金を盗んだ人物をかばうためとしか考えられない。その人物がリヴァーシッジであれば、可能性はある。 |
| セント・ジョン・アクロイド<br>?X?X | 一人で楽屋にいたが、ときどき別の部屋の役者たちに大声で話しかけていたと本人は言っている。 | 同上。その後、衣装部屋へ。 | 不明。ブランドン・ヴァーノンによれば、アクロイドはキャロリン・ダクレスに言い寄ったが拒否されたという。彼がダクレスとハンブルドンを恨んでいるのはあきらか。 |
| ヘイリー・ハンブルドン<br>XX | 衣装方を追い出して、一人で楽屋にいた。その後、衣装部屋へ。 | キャロリン・ダクレスを彼女の楽屋まで送り、いったん自分の楽屋に戻ってから、ふたたびキャロリンの楽屋へ行ったと本人は言っている。その後、ステージまで私を迎えに来て、キャロリンの楽屋へ同行。ブランディーを取りに楽屋を出た。戻ってきて、その後、衣装部屋へ。 | キャロリン・ダクレスと恋仲だという。マイヤーが死んだら結婚してくれるかとキャロリンに迫り、キャロリンがそれを承諾したのを立ち聞きしたというアクロイドの証言あり。 |
| キャロリン・ダクレス（マイヤー夫人）<br>XX | 衣装方をスーザン・マックスの元へやり、自分は一人で楽屋にいた。 | ハンブルドンに付き添われて楽屋へ。衣装方は追い出されてスーザンの元へ。戻ってきた衣装方に頼んでスーザンを呼び、戻ってきたハンブルドンに頼んで私を呼んだ。 | 遺産の受け取り人ではあるが、彼女のギャラはもともと非常に高額である。アクロイドによれば、彼女はカトリック教徒であることを理由に、離婚を拒んだという。離婚を非とする彼女が、殺人を是とするとは考えにくい。（ハンブルドンが犯人である場合、彼をかばう可能性はある） |
| ゴードン・パーマー | ほかの客たちと一緒に劇場に入り、パーティーに参加。キャロリン・ダクレスの楽屋を訪問しようとして止められ、一悶着となった。 | ほかの面々と一緒に衣装部屋へ。 | なし。強いて言えば、幼い恋心か。 |
| ジェフリー・ウエストン | ずっとパーマーのそばにいた。 | パーマーと同じ。 | なし。 |

列車での未遂事件だが(あれが殺人未遂であり、ラグビー選手の悪ふざけでないとしてだが)、私としては、あれを盗難事件と結びつけようとすると――ウェイド警部はそうしたいようなのだが――とんだ落とし穴に陥りかねないと思っている。犯行が行なわれたとき、ミス・ゲイネスはまだ、自分の金が盗まれたことに気づいていなかった。もしもマイヤーが盗みの現場を目撃して、それを犯人に直接話していたとしたら、なぜ発覚する前に戻させなかったのか? あるいは逆に、なぜそのことを公表しなかったのか? 彼はそのどちらもしなかったのに、泥棒はなぜマイヤーを殺そうとしたのか? キャス巡査部長の説は、泥棒はマイヤーに犯行を目撃されたことに気づいていたが、マイヤーはそのことに気づいておらず、泥棒はマイヤーが何か行動を起こす前に始末してしまおうと思ったが失敗し、劇場まで来てようやく成功したというものだ。しかしこの説だと、そもそもマイヤーはなぜ、いつまでも行動を起こさなかったのかという疑問が残る。警察はいま、少しでも事件のヒントになる情報があればということで、列車の乗客を探して調べているが、盗難事件はやはり本筋とは関係ないというのが私の意見だ。きっとどこかの神様が、問題を複雑にしていったのだろう。しかし、いったいどこの神様が、あの緑色のティキをこのパズルの中に入れていったのだろうか? 近くの博物館でマオリの神像をいくつか見てきたのだが、顔を粗暴に歪めた胎児の像でね、舌を突き出し、目はぎらぎらと光っていて、ずいぶんと好奇心をそそられたよ。太古のニュージーランドの匂い――原生林を思わせる暗く湿った匂い――が感じられるのかもしれないな。じつは事件が起こる前に、車を借りて、ここより北側にある、原生林がそのまま保存されている地域へ行ってきた。途中にマオリ族の村——こっちでは集落《パ》と呼ばれている——がいくつもあった。家屋のほとんどは、現代風の造りだったがね。マオリの人たちもたいていは西洋風の服を着ていて、年寄りたちのなかに、ときどき民族的な装飾を施している人がいるくらいだった。彼らは、自分にとって居心地のよい仲間を見つけるのがうまいし、とても陽気だ。彼らのなかの、貴族階級というのがこれまたすごい。テ・ポキハはオックスフォード大学出身で、ハンサムで、礼儀正しく、じつに堂々としている。彼とは夕食の約束をしていて、マオリの掟などについて聞かせてもらうことになっている。ティキが人の手から手へまわされたことや、マイヤーがふざけたことはもう書いたが、あのとき、彼の審美眼のなさはほとんど犯罪だと思ったよ。それにくらべて、テ・ポキハの態度は冷静で立派だった。そうだ、こういう解釈も面白いのではないかね——テ・ポキハがティキを侮辱したマイヤーを殺し、復讐の証としてティキを置いていった。ウェイドなら、『馬鹿馬鹿しい』と一笑に付すだろう。地元の警察はとても親切だよ。今日は午前中に警視が来ることになっている。最初は少し構えた感じだったし、とくにウェイドからは警戒心のようなものを感じた。『ニュージーランド式の歓迎はいかがですか?』という雰囲気と、『おれたちを同等に扱ってくれるなら、おれたちもそうしよう。ただし、高慢ちきに振舞われるのは真っ平ごめんだ』という雰囲気が、奇妙に混じり合っていてね。彼らはとてもいい連中だし、警察官としても優秀だ。誤って彼らの神経を逆撫でしないようにしなければ。つねに意識して愛想よくしていなければならないのは、いささか疲れるがね。方言には多少戸惑っているが、働いている普通の人たち——鉄道のポーターやタクシーの運転手なんかは(とくに年配の人は)、同世代のイギリス人よりもずっときれいな英語を話しているよ。お上品な方々はアクセントの違いを気にするかもしれないが、そいつがどうしたってんで？　どうも、とりとめのない話になってしまった。芝居小屋の調査を楽しんでもらえたのだったら嬉しいよ。それにリヴァーシッジの調査もね。きみにとっては楽ちんな仕事だったろう。

私の体調はずいぶんよくなっているから、捜査に首を突っ込んでいるからといって、がみがみと叱らないでくれ。責任のない立場で捜査に加わってみると、これがけっこう面白いのだよ。憶測でも山勘でも、何でもありだからね。

時間があったら手紙をくれよ。

友人へ
ロデリック・アレン

アレンは手紙に封をして住所を書き、それからロビーの時計に目をやった。十時。もう一度ゴードン・パーマーの様子を見てきたほうがいいだろう。九時に一度行ったときには、彼は飲んだくれた様子でぐっすりと眠り込んでいた。アレンはエレベーターで二階に上がった。エレベーターボーイがまじまじと見ていることから察するに、彼が刑事であることは、もはや秘密ではないようだった。彼はゴードンの部屋へ行き、ドアをノックして中に入った。

ゴードンはまだベッドの中にいたが、目は覚めており、ひどい顔をして、相当具合が悪そうだった。

「おはよう」アレンは言った。「最悪の気分かな?」

「死にそうです」ゴードンはそう言って、アレンのほうを横目で見た。そして唇を湿らせてから、おずおずと切り出した。「そのう、夕べはすみませんでした。鍵を返してもらえますか? 起きて身支度を整えたいんです」

「鍵なら、もう一時間も前から外してある。気がつかなかったのか?」

「本当を言うと、頭がふらふらして、ベッドから出られなかったんです」

「酔いつぶれて眠ってしまったのだろう?」

ゴードンは答えなかった。

「きみはいくつだ?」

「十七歳です」

「なんだって!」アレンは思わず声を上げた。「自分がこのまま年を取ったら、どんな大人になるか考えてみるんだな。ひ弱な老いぼれじじいか? だとしても、私には関係ないがね」

ゴードンは微笑むように顔を歪めた。

「ただ」アレンは片方の眉を上げ、顔をしかめながら続けた。「きみは心底堕落したようには見えない。そのニキビ面は、いまにも吐きそうな顔色だが——寝不足とアルコールのせいだな——胃と肺と神経を少し動かしてやれば、ずいぶん気分がよくなるだろう」

「ありがとう、ございます」

「無礼だと思うか? 私はきみよりも二十五歳も年上だ。四十二歳のおじさんは、無礼なことを言っても許されるのだよ。とくに、そのおじさんが警察官の場合はな。ところで、きみは警察と揉め事を起こしたいのかね？」

「望んでいるわけでは」ゴードンの言葉には、かすかなユーモアが混じっていた。

「では、いったいなんだって逃げたりしたんだ？　きみのせいで、キャス巡査部長は体型まで変わってしまったぞ。いまではムネタカバトみたいな格好をしている」

「まさか、そうなんですか？　そりゃ、ヤバい！」

「そりゃ、ヤバい！」アレンは真似をした。「ぶち込まれることになったら、きみもヤバいんじゃないか？」

ゴードンは不安になったようだった。

「なあ、なぜ逃げたんだ？　逃げなければならない理由でもあったのか？」

「そんな。ただ怖じ気づいただけですよ」ゴードンはさらりと言った。

「何に？　コートニー・ブロードヘッドの件で、自分の立場がまずいと？　警察の前で、きみが主張する説をもう一度言わされると思ったのか？」

「ぼくの説じゃありません」

「私たちもそういう結論に達した。リヴァーシッジがきみに、くだらない考えを吹き込んだのだろう？　やっぱり。そう思ったよ。それを私たちに見抜かれると思ったのか？」

「はい」

「なるほど。それできみは、その厄介ごとを先延ばしにしようとして逃げたわけだな？」

「あの部屋で待っているうちに、耐えられなくなったんです。何時間も何時間も。それに寒くて」

ゴードンは目をまん丸に見開いており、まるで怯えた中学生のようだった。「初めて見たんです——死んだ人間を」

アレンは同情の混じった目で彼を見つめ、ややあってから言った。「そうか。ひどい光景だったからな。それで怖くなった？」

ゴードンはうなずいた。「少し」

「それは気の毒だったな」アレンは言った。「時間がたてば忘れるさ。説教をするつもりはないが、酒に頼るのはよくないぞ。ますます嫌な気分になる。では、きみがキャスくんから逃げたのは、衣装部屋で待っているあいだに神経が参ってしまったからだというわけだな？」

「部屋は静まり返っていて、外では、あのステージでは、あれが冷たく、硬く——」

「そんなことを考えていたのか！」アレンは声を上げた。「遺体はとっくの昔に運び出されていたのに、きみも馬鹿だな。さて、話を戻そう。事件現場から離れるとき、リヴァーシッジはきみに何を言った？」

「フランキーが？」

「そうだ。衣装部屋に行く前に、楽屋廊下でだ」

「ええと——そういえば——前に話したことを覚えているかとか、そんなことを言っていました」

「前に話したこと？」

「コートニーと金のことです」

「いいか、よく考えて、正直に答えてくれ。これは重要なことだ。金を盗ったのはブロードヘッドかもしれないと言い出したのは誰だ？　きみか、それともリヴァーシッジか？」

「もちろん彼です」ゴードンは即答した。

「なるほど」

アレンはベッドの端に腰かけ、もう一度ゴードンを観察した。この少年、相当に世間擦れしているのかと思ったら、案外そうでもないらしい。素焼きの若者に、薄っぺらな釉薬がかかっているだけ。だがその釉薬にも、今回の事件のショックでひびが入りはじめている。ひょっとすると、推理小説に影響されているのかもしれない……。そう思って、アレンは唐突に訊いた。

「私がやっているような仕事に、興味があるのか？」

「前は。漠然とですけど」

「今回の事件に対するきみの反応には、私も当惑させられたよ。夕べはずいぶん威勢がよくて、得意そうに話していたじゃないか。ブロードヘッドへの攻撃といったら、まるで容赦がなかった」

「考える時間がなかったんです。あのときは、現実感がなくて。何もかもが、現実じゃないような感じで、なんだか興奮していたんです」

「そう思ったよ。きみはきっとショックのせいで、跳ね返った弾丸みたいに、スピードがついたまま計算外の方向に飛んでいったのだろう」

「たぶん」ゴードンは心理分析されるのが嬉しいらしく、少し元気になってきた。「ええ、そんな感じで――」

「よくある反応だ」アレンは言った。「きみの場合、こういうことだったのではないかな。一人の男がきみの目の前で殺された。きみはミス・ゲイネスのようにわめきたてたり、ミスター・メイソンのように具合が悪くなったりする代わりに、気がつけば非現実的な興奮状態の中を漂っていた。まるで酔っ払ったような気分だったのだろう。そんなきみの頭の中にいきなり浮かんできたのは、コートニー・ブロードヘッドのことだった。きみは前にリヴァーシッジと話したことを思い出し、そのうえ、まるでその思いつきを後押しするかのように、廊下でリヴァーシッジに、あの話を覚えているかと言われた。そして興奮状態のまま、ある考えに強く囚われていった。ここで一発事件を解決して、男を上げてやろうじゃないかという考えだ。残念ながら、実際の捜査でこれがうまくいく例は、小説の中ほど多くないのだがね。それはともかく、きみは行動が怪しいといってブロードヘッド本人に詰め寄り、動揺した彼は抑制を失った行為に出たわけだ。きみのしたことは、思春期の若者に見られる行動パターンの典型だよ。それはそれで興味深い。お山の大将的幻想の投影というのかな――心理分析で何と呼ぶのかは忘れてしまったがね」

ゴードンは顔を真っ赤にして、何も言わなかった。

「そして」アレンは続けた。「例のいざこざのあと、きみは失速して現実に戻った。考える時間はたっぷりあった。きみ自身も言っていたな。ほかのメンバーが一人また一人と出ていって、やがてきみとウエストンだけがパッカーの監視下に残され、きみは不安になりはじめたと。そして迎えが来たときには、その不安ははち切れそうなほど膨らんでいた。それで逃げた。しかし、きみが逃げた理由はそれだけではない気が、どうしてもしてしまうんだがね。たとえば、今回の事件に新しい光を当てるような何かを、思い出したんじゃないかとね」

アレンは少年を観察しながら思った。これだけ顔色が変わるとは、まるでカメレオンだ。もう少し血の気が失せたら、気絶するかもしれないぞ。

「どういう意味ですか?」ゴードンが訊いた。

「図星のようだな。きみは何かを思い出した。話してくれないか?」

「何のことを言っているのか、わかりません」

「そうかね? 難しいことではないと思うが。まあいい。この話はしばらく横に置いて、型どおりの質問をいくつかしよう。きみは芝居が終わってすぐ、劇場の正面側からステージに行ったんだね?」

「はい」

「途中、誰かの楽屋に寄らなかった?」

「いいえ。キャロリンのところへ行きたかったけど、テッド・ガスコインがあんまり強情なので、やめました」

「よろしい。惨劇が起こったあと、警察が来るまで従兄と一緒にどこかで待機していてくれ、と私は指示した。ずっと彼といたのか？」

「二人で衣装部屋に行きました。というか、ジェフに連れていかれました」

「よろしい。では、あのティキのことだ。私が衣装部屋でミス・ダクレスに尋ねたとき、きみは何を言おうとしたんだね？」

「何も」

「私の考えを言ってもいいかな？　私がミス・ダクレスに、ティキはどこですかと聞いたとき、彼女はほとんど無意識にドレスの胸元に手をやった。あれは女性が、かつてボディスと呼ばれていたものの中に何かを隠しているときによくやる仕草だ。きみはその仕草を目にしたあと、ややあってから驚いたような声を上げ、その理由を訊かれても説明しなかった。なぜなら、誕生パーティーのことを思い出したからだ。あのとき、ミス・ダクレスがボディスの中にティキを滑り込ませたのをきみは見ていた」

「どうしてそんなことが言えるんですか？　ぼ、ぼくだって、はっきり見たわけじゃない。ただ――」

「そのあとすぐに彼女はバッグの中を調べて、そういえばテーブルの上に置いたあと、どうしたか覚えていないと言った」

「深い意味なんてないですよ」ゴードンは興奮して言った。「うっかり忘れただけです。あんな事件が起きたあとなんですから、無理もないです。彼女は嘘をついたんじゃありません。忘れていたんですよ。だって、彼女が胸に手をやらなかったら、ぼくだって思い出さなかった

「──」

「私はきみが見たのかどうか知りたかっただけだよ」

「もし見たとして、それがどうかしたんですか？」

「べつに何も。さて、そろそろきみを解放するとしよう。昼までにはまだ間がある。身支度を整えて、アスピリンを二錠と砂糖抜きのコーヒーを飲んだら、さっさと警察署まで行ってくることだ。昨夜の蛮行に対するきみの謝罪を、ウェイド警部は喜んで受け入れてくれるはずだ。逃走による公務執行妨害に対する刑罰は忘れてしまったが、まあ、軽い釜茹でくらいは覚悟しておくんだな。『ミカド』（ギルバート＆サリバン作の軽歌劇）は嫌いかもしれんがね」

「あのう、ぼくはどうなるんでしょう？」

「きみがいま私に話したように、署でも素直に供述すれば、私がなんとか執り成してやる。しかし、きみの態度如何では──」

アレンは大げさに顔をしかめ、部屋を出ていった。

# 第17章　場面転換

アレンがロビーに戻ると、ウェイドが待っていた。アレンは彼を自室に招き、ゴードンとの話をかいつまんで説明した。

「彼には、すべてを自分の口から警部に話すように言いました」

「それにしても、なぜ彼が逃げたのか、私にはいまだにわからんですよ」ウェイドは言った。

「一つには、事件について考えているうちに、想像がどんどん恐ろしい方向にいってしまったのでしょう。彼の神経は、哀れなくらい悲惨な状態ですよ。もう一つ、ティキの話を持ち出すと、彼はひどくうろたえていました」

「ほう。それはまたなぜですか？」

アレンは一瞬言いよどんだ。顔には珍しくためらいの色が浮かんでいる。彼はすぐに口をひらいたが、その声は妙に刺々しかった。

「なぜかって？　キャロリン・ダクレスが嘘をついているのを知っていたからです。夕べ、私がティキのことを尋ねたとき、彼女は胸に手をやりました。ドレスの下にある硬く小さなティキが、その指に触れるはずだった。それから彼女は、テーブルの上に置いたきり触っていないと言い、バッグの中も調べました。彼女の行動のうち嘘でなかったのは、無意識に動かした手だけでした。あなたにお話ししましたよね、パーマー青年が何かを言いかけて口をつぐんだと。今朝、私は彼に鎌をかけてみました。すると彼は、ミス・ダクレスがティキをドレスの胸元に入れるところを見たと認めたも同然でした」

「しかし、彼はなぜ口をつぐんだのでしょう？　我々があれを発見したことは知らないはずですよね？」

「ええ、知りません。彼はミス・ダクレスに幼い恋心を抱いているのですよ。彼は私と同じように嘘に気がついて、彼女をかばったのです」

「こうなると、ミス・キャロリン・ダクレス・マイヤーの事情聴取が何よりも優先ですな。何か出てくるかもしれませんよ。彼女には簞の子に上がる時間があった。犯行が可能だったわけですから」

「ええ。そこでウェイド警部、ご迷惑を承知でお願いがあります。私に彼女と話をさせていただけないでしょうか？　そのう、こんなお願いをするのには、相応の理由があるのです。少なくとも――」アレンは歪んだ笑みを浮かべた。「私は相応の理由だと思っています。つまり、私に対してなら、彼女はあまり警戒せずに話してくれると思うのです。彼女は――知り合いですから」

「いやいや、ぜひそうしてください」ウェイドは大歓迎するように言ったが、その裏には悔しさが隠されている可能性もあった。「ありがたいくらいで、まったく問題はありません。彼女があなたを友人と思っていることを考えると、おっしゃったように、あなたのほうが多くの情報を引き出せるはずです」

「ありがとう」アレンは礼を言いながらも、冴えない様子だった。

「私は署に戻りますよ。パーマーを向こうによこしてください――ここで会うよりもいいでしょう。うちの警視も、まもなく来ると思います」

「その前に、一杯どうですか?」アレンが誘った。

「私もそう言おうと思っていたところでした。お付き合い願えるのでしたら――」

二人はバーへ行き、グラスを交えた。

ウェイドが帰ると、アレンはホテルのそこかしこから自分の一挙一動を見つめる視線を避けるため、広げた新聞を盾にしてニクソン警視の到着を待った。ニクソンは、品位とユーモアのセンスを兼ね備えた好人物だった。ウェイドのように大げさに好意を示さなくとも、温かい人柄は充分に伝わり、アレンは彼がおおいに気に入った。ニクソンはアレンの助言を心から歓迎し、協力を望んでいるようだった。二人は事件について熱心に意見を交わした。気がついたときには十一時半になっており、ニクソンは思わず長居したことに驚きの声を上げた。彼は地元の警察署と署員を自由に使ってほしいとアレンに申し出るとともに、明日の夕食をご一緒にというアレンの提案を受け入れた。

ニクソンを見送ったアレンは、不快な仕事に取り組むべく、書き物机に向かった。ロビーでは九人の客が新聞の陰に隠れていたが、そのうち六人は臆面もなく新聞を畳んでアレンに注目し、二人は新聞の端から盗み見るように覗いていた。そして最後の一人――老婦人だった――はイスラム女性のヴェールのように、顔の下半分を覆う位置までそろそろと新聞を下ろし、その上から瞬きもせずに見つめていた。アレン自身は、目の前にある白紙の便箋をしばらくにらんでいたが、やがて手早く書きはじめた。

〈よろしかったら、一時間ほど郊外へドライブしませんか？　ホテルに籠もっているよりも、少しはましでしょう。

彼は筆を止めて顔をしかめ、さらに続けた。

私が刑事だからという理由でお断りになりませんように。ロデリック・アレン〉

手紙をキャロリンの部屋に届けてもらうために呼び鈴を押そうとして、彼はふいに解放感を覚えた。注意を惹くものが新たに出現したらしく、九人の無作法な客たちがざわつきだしたのだ。ガラスの衝立て越しに見えたのは、階段を下りてくるハンブルドンの姿だった。アレンは挨拶をしにいった。

「おはようございます、アレンさん。もう何時間も前から起きていらっしゃったのでしょうね」

「それほどでもありませんよ」

「うちの人間が下りてきましたか？」

「まだ誰にもお会いしていません」

「穴の中に逃げ込んでいるとみえる」ハンブルドンはぼやいた。「まるでウサギだな。しかし、そろそろ出てこなければならないでしょう。正午に劇場に集まるようにと、メイソンから言われていますから」

「劇場は封鎖されていると思いますが、ご存じですか？」アレンは言った。

「なぜですか？　ああ、そうか、警察ですね。なるほど。では、このホテルのどこかということになるのでしょう」

エレベーターが到着し、メイソンが降りてきた。

「おはよう、ヘイリー。おはよう、アレンさん」

「おはよう、ジョージ。集合場所は？」

「ここの喫煙室を借りられることになった。まいったよ、ヘイリー。劇場を封鎖されちまった。信じられるか？　劇場から締め出されるなんて！」

彼らは青い顔を見合わせた。

「この仕事を三十年やってきたが、こんな目に遭ったのは初めてだ」メイソンは言った。「まったく、アルフが聞いたら何と思ったことか！　自分たちの劇場から締め出されるなんて。きみも腹が立つだろう？」

「ほんとうに困りましたね」

「夕べは眠れたかね？」

「いいえ、あまり。あなたは？」

「おかしなものでね、夕べは何ヶ月かぶりに、消化不良に悩まされずにすんだよ——ほんとうに何ヶ月かぶりだ。横になってアルフのことを考えていたんだが、腹はゴロリともいわなかった」メイソンは真顔でアレンとハンブルドンを見た。「これを皮肉というのだろうな」

「集合場所の変更を、どうやってみんなに伝えるのですか？」ハンブルドンが訊いた。

「ガスコインに頼んだよ。彼がやってくれている」

「キャロリンも出席したほうがいいですか？」

「彼女に会ったのか？　様子はどうだ？」

「今朝はまだ」

メイソンは驚いた顔をした。

「では、急いで行って伝えてくれないか。もしも気分が優れなければ、無理に参加することはないと」

「わかりました」ハンブルドンは答えた。

「この手紙を彼女に渡してもらえませんか？」アレンが口を挟んだ。「ちょっとホテルから出て、新鮮な空気を吸いに行きませんかというお誘いです——まあ、彼女が説明するでしょう。お願いします」

「ええ、わかりました」ハンブルドンは横目でちらりとアレンを見てから、エレベーターに向かって歩きだした。

「厄介な状況ですね、メイソンさん」アレンは言った。

「厄介！　厄介どころではないですぞ。この先、どうなることやら。次の公演は決まっておるんです。ウェリントンに先乗りした宣伝係が手を尽くしてくれたおかげで、切符は完売です。六日後には向こうで幕を開けなけりゃならないのに、警察が私らを解放してくれるかどうかなんて、わかったもんじゃない。もし解放してくれたとしても、キャロリンが演じられるかどうか。彼女なしでは——」

「彼女の代役は？」

「ゲイネスです。驚きましたか！　最悪だ！　ゲイネスの役は、オーストラリアの小娘に演ってもらわなきゃなりません。もちろん、キャロリンが出てくれるなら——」

「こんな事件のあとですよ！　彼女はひどいショックを受けているはずです」

「この世界では、事情が違いましてね」メイソンが言った。「昔から、ずっとそうなんですよ。舞台を中止するわけにはいかない。べつに薄情なわけではありません。しかし——アルフが私の立場でも、同じように思ったでしょう。舞台を中止するわけにはいかない。昔から、そういう世界なんです」

「いままではそうだったかもしれません。しかし——」

「舞台がなければとっくに入院していただろうという役者を、私は何人も見てきました。私も舞台裏で生まれたんです。私の母が最後のカーテンコールに応えたのは、その二十分前だったそうですよ。ちょうど時代劇だったので、大きく膨らんだスカートをはいていましてね。奇妙かもしれませんが、私らにとってはそれが普通なんです」

「なるほど」ふと、懐かしさにも似た気分が、アレンの中に湧いてきた。舞台に対する強い思い入れと親近感。セピア色の昔話に触発されたのだろう。『道化師』（レオンカヴァルロ作の歌劇。旅一座の座長が浮気妻への嫉妬から悲劇を引き起こす）以来、劇団の内幕もので散々使い古されてきたテーマ。芝居を続けなければ！

「もちろん」メイソンは話しつづけていた。「キャロリンの考えは違うかもしれない。そのへんのところは、私にもわかりませんがね。ただ、世間は嫌がるかもしれません。そのうえ、もしもそれが——団員の誰かだとしたら。どの役者が殺人犯だろうと、観客の誰もが思うはずですよ。そうじゃないですか？」

「たしかに、ある程度の憶測は飛び交うでしょうね」

「それはファームにとって、望ましい宣伝とは言えません」メイソンは不機嫌な声を出した。「品位が傷つく」

控え目に言うことで、かえって印象を強める表現法のこの見事な実例に、アレンはこう答えるしかなかった。「まったくそのとおりです」

メイソンは愚痴をこぼしつづけていた。「どっちを向いても、厄介で金のかかることばかりですよ。葬式もある。葬式は、おそらく明日でしょう。そして死因審問だ。新聞はいろいろと書きたてるでしょうな。新聞か！　ああ、アルフ！　宣伝をやらせたら、彼は天才的でしたよ。ああ、まったく弱りました——おっと、ではまた、後ほどお目にかかりましょう。捜査を手伝われるのでしょう？　あなたが刑事さんだったとは、妙なもんですな。アルフは知っていたそうだが。アレンさん、どうか犯人を捕まえてください」

「そうできればと思っています。一杯飲みますか？」

「私ですか？　この胃にとっちゃ、酒はダイナマイトです。お誘いには感謝しますよ。では後ほど」

メイソンは塞ぎこんだ様子で去っていった。

アレンがロビーに残っていると、まもなく、ハンブルドンがエレベーターで降りてきた。

「キャロリンも外出したいということでした。お礼を言うべきなのでしょうね、アレンさん。彼女は十分ほどで下りてくると思います」

「では、すぐに車を手配しましょう。ここで待たされるのは嫌でしょうからね」

「この見物人たちのなかでですか？　真っ平でしょうね！」

アレンは電話ブースへ行き、ガレージに電話した。車はすぐに回してもらえるという。ブースから出てくると、ハンブルドンが待っていた。

「彼女を誘ってくれるなんて、ほんとうにありがたいことです」

「こちらこそ、とても楽しみですよ」

「彼女はひどく動揺していまして」ハンブルドンは声を落とし、フロント係にちらりと目をやった。フロント係は、ロビーで何やらやっているポーターの様子を、カウンターから不安げにのぞき込んでいた。ポーターは身をかがめ、アレンとハンブルドンから半径二メートルの距離を保ちつつ、熱心にカーペットを調べている。紛失した貴重な宝石を探しているようにも見える。

「ポーター」アレンは声をかけた。

「ご用ですか?」

「この半クラウンで頼まれてくれないか?」アレンは銀貨を見せた。「手配した車がまもなく到着するはずだから、通りに出て見ていてほしいのだよ。私が出かけたら、宝探しの続きに戻るといい」

「ありがとうございます」ポーターは当惑の表情で、回転ドアから出ていった。アレンが満足した様子でフロント係に視線を移すと、フロント係はそ知らぬ顔で目をそらし、楊枝で歯をせせった。

「こちらへ」アレンはハンブルドンを促した。「ここなら、ロビーにいる連中からどんなに見えても、声が聞こえることはありません。話の続きを——」

「彼女は、自分で気づいている以上に大きなショックを受けています。ですから私としては、今日一日はベッドの中で過ごしたほうがいいと思わずにはいられないのです」

「くよくよと考えながらですか?」

「それはどこにいても同じでしょう。アレンさん、私は彼女が心配なのですよ。あまりにも明るいし、あまりにも毅然としていて——不自然なのです。ですから、そのう、アルフの話はしないでいただきたいのです。できれば、この悲惨な事件にかかわる話は避けてください。相手が誰であれ、彼女はそれについて話せる状態ではありません。夕べはあのろくでもない連中が、彼女をそりゃあ長い時間引き止めて、アルフのことをしつこく訊いていました。警察としては、できるだけ情報を集めたいのでしょうし、私も犯人が捕まることを、心から願っています。しかし——昨日の今日で、ふたたび彼女を苦しめないでほしいのです。その話をすると、彼女はひどく感情的になってしまう。私は、あなたなら信頼できると思っています。そうですよね？」

「それは——」アレンは曖昧に答えた。「私は信頼できる人間ですよ。おっと、ミス・ダクレスが来ました」

キャロリンがエレベーターから降りてきた。

前に見たことのある黒いドレスを身につけ、黒い帽子を目深にかぶっている。顔にはいつものように入念な化粧が施されているが、その下の顔色はひどく青いに違いないとアレンは思った。目のまわりには、隈もできている。少し老けて見えるキャロリンに、アレンは深い同情を覚えた。こいつはちょっとまずい。彼はそう思いながら、彼女の方へ歩いていった。気がつけば、新聞をヴェール代わりにした老婦人は大胆にも、板ガラスをはめ込んだ衝立の側まで出てきていた。ロビーにいた客のうちの三人は、急いで玄関ホールへ向かった。

「おはようございます」キャロリンが言った。「お誘いに感謝しますわ」

「こちらこそ光栄です。車はあちらです」

アレンとハンブルドンは、両側から彼女を挟むようにして外へ出た。ガレージから来た整備士と話しこんでいたポーターが、さっとドアを開ける。歩道には大勢の人がいた。

「ありがとう」アレンは整備士に礼を言った。「自分で運転するよ。三時頃にもう一度来てくれないか？　さあ、こちらです、ミス・ダクレス」

「ずいぶんと忙《せわ》しいのね、二人とも」ハンブルドンが急いでドアを閉めたのを見てキャロリンは少し戸惑ったようだったが、歩道にたむろしている集団に気がつくと、「そういうこと」とつぶやいた。

「行ってらっしゃい」ハンブルドンが言った。「楽しんできてくださいよ」

「行ってくるわ、ヘイリー」

車は発進した。

「新聞はどこもかしこも、この記事でいっぱいなのでしょうね」キャロリンが言った。

「どこもかしこも、というわけではありません。この国では、一面にはそうした記事を載せないようです」

「そう断言するのは、夕刊が出るまで待ったほうがいいわね」

「それでも、彼らはかなりの良識を示してくれると思いますよ。さて、あの山並みの麓まで行くというのはどうですか？　道は整備されているそうですし、ホテルのスタッフに頼んで、車に昼食を積んでもらいました」

「私が来ると確信していたの？」

「いえいえ」アレンはさらりと言った。「そう願っていただけです。以前にこの道を、かなり先まで行ったことがあるのですよ。気がつかないかもしれませんが、ずっと上り勾配なのです。その先の山道も、かなりエキサイティングですよ」

「無理に話す必要はありませんわ」

「無理に？　こう見えても、けっこう話し好きなのですよ。話すことが、仕事の一部でもありますしね」

「それでしたら」キャロリンは大きな声で言った。「続けていただいてけっこうですわ。ねえ、アレンさん、わかっていますのよ。この高価で気の利いたお膳立ては、私を尋問するためのものなのですわね？」

「あなたはそう考えると思っていました」

「わざわざこれだけのセットを用意してくださったことに、お礼を言わなければなりませんわね。あの山並みは、ほんとうに見事だこと。気高く、堂々としていて、そう思いません？」

「朝の六時に見るべきでしたよ」

「ルース・ドレイパー（米国の女優）のようなことをおっしゃるのね。いいえ、この山は、いまこのときが一番美しいのよ。たとえ、つまらない小住宅が、目立つ場所にいくつも建っていたとしても」

「いや、やはり早朝のほうが素晴らしかった。あまりの美しさに、私は一分と見つづけていることができませんでしたよ」

「〈目が眩む〉かしら？（英国の劇作家ジョン・ウェブスター著『マルフィ公爵夫人』の一節）」

「そんなところです。ああいう古い作品はやらないのですか？　『メイドの悲劇』なんかは？」

「あまりにも率直な言い回しが、シェイクスピア好きのお客様には不人気ですし、切符売り場にとっても、安心な出し物とはいえませんから。一度、『ミラメント』はどうかしらと考えたことがありましたのよ。でもあの人が——」彼女は一瞬口ごもった。「アルフィーが、難しいだろうって」

「それは残念です」

二人はしばらく無言で車を走らせた。路面電車のレールは終わり、建物もずいぶんまばらになってきた。

「このあたりが郊外のはずれになります」アレンは言った。「このあと、小さな村が一つ二つあって、その先は田園地帯ですよ」

「それで、どのあたりで」キャロリンは尋ねた。「今日の本題に入るのしら？　険しい山道で私の口を割らせるおつもり？　ヘアピンカーブで動揺させたあと、崖っぷちに車を停めて、私が理性を取り戻す前に、いきなり質問を繰り出すおつもりかしら？」

「なぜそんなことをしなければならないのですか？　私の子供じみた質問が、そんなに厄介だとは思いませんが」

「刑事さんというのは、人の不名誉な過去をほじくり返して、目の前に突きつけるものだと思っていましたわ」

「あなたの過去は、そんなに不名誉なのですか?」

「ほら、やっぱり」

アレンは微笑み、車内にはふたたび長い沈黙が流れた。キャロリンがあまりにも毅然としているというハンブルドンの言葉は正しかった、とアレンは思った。きっぱりとした明るさは痛々しいほどで、声はうわずり、会話はぎこちなかったが、沈黙もひどく気詰まりだった。これはしばらく待つしかないだろう。

「私の過去に」キャロリンが突然話しはじめた。「べつに恥ずべきことはありませんわ。女優は派手な生活を送っていると思っている方も多いようですけど、私の場合、そんなことはまったくありませんのよ。牧師館の舞台からスタートして、ストック劇団に入って、それからレパートリー劇団に移って、そしてロンドンに出たのです。舞台装置の操作だってやりましたわ。小さな劇団では、役者も裏方の手伝いをしなければなりませんのよ。台詞を言いながら、自分で幕を下ろすなんてこともあるくらいですわ」

「裏方の手伝い? まさか、背景を運んだり、そんなことまでするわけではありませんよね?」

「いいえ、しますわよ。箱型セットだって組み立てましたし、留め金をさっと外して背景幕を落としたり、何だってやりました。ああ、懐かしい。ほんとうに懐かしいわ!」

車は曲がりくねった山道に差しかかっていた。このあたりまで来ると、建物は一切見当たらず、くっきりとした緑の丘が穏やかな曲線を描いている。キャロリンが話している最中に車はカーブを曲がり、すると緑の曲線の向こうに現れたのは、澄み切った空に厳然とそびえる一峰の山だった。カーブの続く道を疾走する二人に、連なる丘と高くそびえる山は、それとわからないほどゆっくりしたリズムで近づいてくるようだった。やがて細い橋と、岩がちな広い河原を流れる急な川が見えた。

「ここで休憩しましょう」アレンが言った。

「そうですわね」

アレンは河床に下りるでこぼこ道を進み、蜂蜜の香りの漂う白い花をいっぱいにつけたマヌカの木陰に車を停めた。

車外に出ると、革とガソリンの匂いに代わって、雪の気配を含んだ新鮮な空気が二人を出迎えた。顔を上げてすっくと立つキャロリンの姿は、着ている優雅なドレスとは不釣合いに見えた。

「清々しい香りだわ」

太陽に温められた河床の平たい岩からはゆらゆらと陽炎が立ち昇り、せせらぎの音が心地よく響いていた。二人は石を渡って進み、弾力のある苔の上を歩き、枯れた草むらを越え、緑の草が生えた川べりに出た。あたりには棘のある潅木が茂っており、ずっと上流の方は鬱蒼とした林になっていた。

「昔はこのあたりも深い森だったのでしょう」アレンは言った。「山のいたるところに焼け残った切り株があります」

林の中から、一羽の鳥の声が聞こえた。二人が知っているどんな鳥よりも低いその声は、水音に混じり、ゆっくりとした調子で、遠くから涼しげに響いてきた。キャロリンは足を止めて聞き入った。彼女が深く感動していることに、アレンははっと気がついた。彼女の目は潤んでいた。

「車からランチのバスケットを取ってきますよ」彼は言った。「座るのに適当な場所があったら、この敷物を使ってください」

アレンが戻ってみると、彼女はずいぶん上流の方まで行き、川岸近くの日陰に座っていた。身じろぎ一つしないその姿から、彼女の気分を推し量るのは難しかった。何を考えているのだろう？　そちらへ歩きながらアレンは思った。彼女は頭に手をやり、黒いロンドン帽を取った。そして振り向くと、アレンに手を振った。そばに行ったアレンは、彼女がいままで泣いていたことに気がついた。

「さて」アレンは言った。「ランチはいかがですか？　野外用の湯沸かしを借りてきたのですよ——あなたはきっと本物のお茶にこだわるだろうと思いまして。しかし旅行気分でないのなら、白ワインもありますよ。とにかく、焚き火をしましょう。いい香りがしますからね。私が小枝とマッチ三箱を使ってアウトドアの達人ぶりを発揮しているあいだに、バスケットからランチを出していただけますか？」

彼女は答えることができなかった。アレンにはわかっていた。表向きの、陽気でとらえどころがなく魅力的なキャロリンが、とうとう彼女を見捨てたのだ。そして素の彼女だけが、アレンとともに残された。

アレンはいったん後ろを向いたが、彼女の声に思わず振り返った。

「あなたは信じないでしょうけれど」彼女は言っていた。「誰も信じないでしょうけれど——私はアルフィーが大好きだったのです」

# 第18章　対話劇

アレンはすぐには答えなかった。彼は考えていた。半ば偶然とはいえ、自分はいま、普段は表れることのないキャロリンの内面に迫りかけている。まるで、表面にある気まぐれで陽気で魅力的な部分が透明になり、中身が——全部ではないが、少なくともその一部が——透けて見えるようだ。これはやはり、不幸な経験をした彼女を慣れた環境から引き離し、空気がきれいで、山の中を流れる川の音や低いサイレンのような鳥の声が聞こえる場所に連れてきたからこそなのだろう。

「信じられますよ。彼のことが好きなのだろうと思っていましたから」

アレンは乾いた流木を折りはじめた。

「恋愛感情はありませんでした」キャロリンは続けた。「おでぶのアルフィー！　彼はロマンティックな夫ではありませんでしたが、とても優しくて理解があったのです。私が楽しんでいるとか退屈しているとか、そんなことは考えたことのない人でした。私が退屈するなんて、あり得ないと思っていたのですわ。私も気を使わずにすんだのです」

アレンは二つの平たい石の間に小枝を並べ、捻った紙をその下に押し込んだ。

「わかりますよ。気取らなくていい相手というのでしょうかね。とても居心地がいいものです。私にもそのような相手がいます」

「奥様ね！　でも、知りませんでしたわ――」

アレンはしゃがみこんで笑った。「いいえ、いいえ。フォックスという警部のことです。図体は大きいし、動きは鈍いし、ずけずけと物を言うのですが、まったく悪気がない男でしてね。ロンドン警視庁の同僚である彼には、見栄を張る必要がまるでないのですよ。さて、火が点くかどうか、試してみましょう。あなたがやってみてください。私は湯沸かしに水を汲んできます」

アレンは川へ下りていき、大きな石の上に乗って、流れに逆らうように湯沸かしを沈めた。凍るような水の冷たさと流れの速さ、そして水音の大きさが五官を満たす。まるで無数の唇が、岩の間から小声で一斉にささやいているような気がした。アレンは愉快な気分でいっぱいになった湯沸かしを引き上げ、キャロリンのいる土手に戻った。焚き火からは細い煙が立ち昇り、つんといい香りがした。

「点いた――燃えているわ！」キャロリンは叫んだ。「いい匂いじゃありません？」

彼女はアレンを見上げた。その目はまだ涙で曇っており、髪はほつれ、ひらいた唇は震えている。アレンには、彼女が美しく見えた。

「焚き火があるだけで」彼女は言った。「ずいぶん心が和むものね」

アレンは湯沸かしを石の上に載せ、火を大きくした。二人は焚き火から離れて、煙草に火を点けた。

「安心しましたよ」アレンは言った。「じつは心配していたのです。あなたが自然に魅入られてしまうのではと。取り越し苦労でした」

「いっそ、そのほうがよかったかもしれません。アレンさん、質問があるのでしたら、いま訊いていただけませんか？　終わらせてしまいたいのです」

しかしアレンは空腹を理由にして、ランチが終わるまで質問を始めようとはしなかった。二人は白ワインを飲みながらランチを食べ、食事が終わると、アレンは先ほどの湯沸かしを使ってお茶を入れた。お茶は煙臭かったものの、予想外のおいしさだった。彼は思っていた。これから直面する状況を疎ましく思っているのは、彼女だろうか、それとも自分だろうか？　彼女はアレンを手伝って食器をバスケットに戻すと、彼の方を向いていきなり言った。

「さあ、事情聴取をお願いします」

刑事になってこのかた、アレンが捜査を進めることにためらいを感じたのは、おそらくこのときが初めてだっただろう。ここまで慎重にお膳立てをしたのは、まさに彼女のこうした態度を期待してのことだった。キャロリンはいま、盾となる環境から引き離されて弱っており、そのうえアレンに対して親しみを感じている——。

彼は片手をポケットに突っ込み、小さな箱を取りだすと、蓋を取って、二人の間に置いた。

「最初の質問は、これについてです。触ってもかまいませんよ。指紋はすでに採ってありますから」

箱の中には、緑色の小さなティキが入っていた。

「まあ！」それは思わず口をついて出た叫びにしか聞こえなかった。最初はただただ驚いていた彼女が、やがて声をひそめて言った。「これは私のティキですわ——見つけてくださったのね。とても嬉しいわ」そしてわずかな間のあとに、尋ねた。「どこにあったのですか？」

「それにお答えする前に、お訊きしたいのです。テーブルに着く前に、ティキをどうしましたか？」

「前にお話ししましたわよね。たしかテーブルの上に置いた気がするけれど、覚えていません」

「あなたがドレスの中に忍ばせたことを知っていると言ったら？」

沈黙が流れた。焚き火が爆ぜ、川の水音に混じって、鳥の声が聞こえた。

「そうかもしれません。覚えていませんわ」

「これは、簀の子の床に落ちていたのです」

彼女はそれを予想していた。驚いた表情と、困惑を示す手の仕草は、見事なものだった。

「でも、わかりませんわ。簀の子に？　どうしてそんなところに？」

「あなたのドレスから落ちたのだと思いますよ」

この怯えた顔ときたら！　背筋も凍る悪夢のような恐怖に、彼女はいまにも飲み込まれてしまいそうだった。

「ど、どういうことか、わかりませんわ」

「わかっているはずです。答えを拒否してもいいのですよ。そのほうが賢明だと思うなら」

アレンは少し待ってから続けた。「次の質問はこうです。惨劇が起こる前に、あなたは簀の子へ上がりましたか？」

「前！」安堵のあまり、彼女の口から不用意な言葉が飛び出した。彼女は慌てて、「いいえ、上がっていません」と言い直したが、すでに遅かった。

「後では上がったのですね？　おっと、いけません！」アレンは声を上げた。「取り繕うのはやめたほうがいい。嘘はいけません。そんなことをすれば、あなただけでなく、彼の立場も悪くなるだけです」

「どういう意味ですの？　私にはわかりませんわ」

「わからないですと！　マイヤー氏が亡くなったら結婚してくれるか、とハンブルドンがあなたに訊いたのは、あの朝、あの楽屋が初めてですか？」

「誰がそんなことを？　いつの朝ですの？」

「あなたたちがミドルトンに着いた朝ですよ。あなたたちの会話は、立ち聞きされていました。お願いです、答えてください。私がこんなことを言うのは、言い逃れは事態を悪化させるだけだということをよく知っているからです。あなたが強情を張りつづければ、あなたにもハンブルドンにも、取り返しのつかない傷がついてしまうかもしれません」アレンは膝を抱える自分のすらりとした手を見つめた。「私が罠をかけていると思うかもしれません。怖がらせて、白状させようとしていると。たしかにそれもあるかもしれない。しかし、あなたを助けたいというのも本心なのです。信じていただけますか？」

「わからないわ、わからない」

「あなたとハンブルドンの会話に関しては、地元の警察も知っています。ティキが見つかった場所もわかっています。パーティーが終わったときに、あなたがそれを身に着けていたことがわかるのも、時間の問題です。あなたがこれ以上言い逃れを続ければ、彼らはますますあなたを疑うと思いますよ」

「私が何をしたというの！」

「昨夜あなたは、このように行動したのだと私は思っています。事件のあと、あなたは自分の楽屋へ戻った。最初はショックが大きくて、冷静に考えることなどできなかったでしょう。しかし、しばらくしてあなたは考えはじめた。あなたを楽屋まで送ったのはハンブルドンでした。彼がそのとき何を言ったかは、あとで訊きましょう。あなた以外の人たちと同じように、彼もまたシャンパン・ボトルの件と、それが降りてくる仕組みを知っていました。彼が何と言ったにせよ、あなたは一人になりたいといって彼を遠ざけました。あなたの頭にはハンブルドンに対する疑念が、彼がこの事故を起こしたのではないかという疑念が浮かんだのだろうと私は思っています。事故なんかではありえない、悪質な細工がされたのだとガスコインが繰り返し言っていたのを、ステージから離れるあなたは聞いていた。あなたは舞台裏にも詳しいと言っていましたね。実際に裏方を手伝ったことが何度もあると。そこであなたは簀の子に上がり、自分の目で確かめようと思ったのではないか、私はそう考えました。みんなは楽屋にいましたし、ステージに残っていたメイソンとガスコイン、そしてテ・ポキハと私は、セットの壁の陰にいた。おそらくあなたはまだショック状態で、冷静な判断などできなかったのでしょう。恐ろしい疑念に突き動かされるまま、危険も顧みずに、舞台の裏手にまわってはしごを登り、簀の子に上がった」

アレンはここで言葉を切り、彼女を観察した。うつむいたまま顔を背け、敷物の縁飾りを指でいじくっている。

「違っていたら、おっしゃってください」アレンは言った。「あなたは簀の子に上がり、滑車に引っかかっていたロープの先端を見た。簀の子の床に転がっていた錘につまずいたかもしれません。大道具に関する知識をもつあなたは、何が行なわれたのかを瞬時に理解した。釣り合い錘が外され、ボトルは何の制約も受けずに落ちていったのだと」

ウールの縁飾りがちぎれた。

「このとき、私たちは全員、ステージの袖に移動していました。あなたはこれを事故に見せかけようという分別のない考えを起こして、ロープのリングに錘を吊るした。錘を取ろうとして前屈みになったときに、ティキがドレスから転がり出て床に落ち、すぐあとに行った私がそれを拾ったのです。間違っていますか？」

「私は――お答えしないほうがいいと思います」

「あなたが決めることです。ただ、お断りしておくと、私はこの仮説を地元警察にも話さなければなりません。あなたに先に話したことで、私は職務を逸脱したのかもしれません。あなたは夕べ、友人なのかと訊きましたよね？　私は、あなたが信頼してくれるなら、お力になりましょうと答えました。私が真実を話してほしいと強く言うのは、あなたを友人だと――一番ぴったりするのは、やはりこの言葉でしょう――思っているからです。すべての真実を、そして真実だけを話してください」

「警察は、何一つ証明できませんわ」彼女は激しい口調で言った。「錘は最初からずっとついていた、それではおかしいのですか？　あれが事故ではおかしいのですか？　錘が軽すぎたなら――」

「錘が軽すぎることを、なぜ知っているのですか？」

彼女は息を詰まらせながら、すすり泣きをはじめた。

「ごまかしは利かないものです」アレンは穏やかに言った。「では、自分がつけた錘が、軽すぎることは知っていたわけですね？　非常に手際がよく、非常に賢い仕事でした。それにしても、なぜご存じだったのですか？　仕掛けのことは、あなたには秘密だったはずですから――」

アレンは急に話をやめた。そして彼女の横に肘をつき、そっぽを向いている彼女の顔をまじまじと眺めた。

「なるほど、知っていたのですね」彼は静かに言った。

キャロリンはまるで凍えているかのように震えていた。アレンは彼女の手にそっと触れたが、そこに個人的な感情はなかった。

「哀れな人だ」

するとキャロリンはその手にすがり、激しく泣いた。

「私はなんて馬鹿だったのか——あんなことをするんじゃ——私のせいで、彼がいっそう疑われることになるなんて——何もしないほうがましだったなんて。あなたは、私が何か知っていると思うでしょうね。でも、何も知らないのです。彼は無実ですわ。ショックのあまり、私はおかしくなっていたのです——疑ったこと自体、どうかしていました。あんなこと、彼にはできっこありません。私を信じてください。彼ではありません。私がどうかしていたから——」

「ハンブルドンを特別に疑っているわけではありませんよ」

「本当ですか？　本当に？　本当に？」

「ええ」

「私がへまをやらなかったら、彼は疑われなかったのではないですか？　私のせいで——」

「そんなことはありません。あなたが念の入った細工をしたせいで、事件は多少複雑にはなりましたがね」

「私を信じてください。ああ、どうしたらわかっていただけるのか——」

「ハンブルドンが無実なのでしたら、私の質問に答えてください。そうすれば、事態はずいぶんよくなるはずです。やれやれ、少し落ち着いたようですね。さあ、化粧を直して。十分したら私は戻ってきます。それから残りの話を終わらせてしまいましょう」

　アレンはひょいと立ち上がり、それ以上何も言わずに、上流の方へ歩きだした。奥には小さな峡谷があり、茂みが川べりまで延びていた。彼は土手を少し登って、林の中に足を踏み入れた。そこには、背の高い木が生い茂る林がそのままに残っていた。密生した緑の下生えと、そこに柱のように立つ巨木の幹、モザイクのように折り重なる濃緑の樹冠。くすんだ黄緑色の葉は木生シダ。足元にも同じような色のシダが茂っている。さまざまな緑色がどこまでも綾を成す、どこか素朴で原始的な光景。林の中は薄暗く、冷んやりとして、聞こえる音といえば、川を目指してちょろちょろと流れる水の音だけだった。あたりには、濡れた苔の匂いと、冷たく湿った大地の匂い、そして樹幹から染み出している樹液の甘い匂いが漂っており、つんと刺激のあるその香りが爽やかで心地よい。いきなり、ごく近いところで鳥が鳴いた。姿の見えないその鳥は、ベルのような素っ頓狂な声でアレンを驚かせたあと、喉を震わせて短調のメロディーを奏ではじめた。朗々としたその歌声には、どこか人の声を思わせる響きがあった。

つかの間の歌声は、おどけた早口のつぶやきで終わった。羽音がして、もう一度声が聞こえたかと思ったら、それに答えるように、森の奥から別の一羽の声がした。そしてあたりは静まり返り、聞こえるのは流れる水の音だけになった。

アレンはその場に立ち尽くしていた。ふいに、自分が不合理きわまりないことをしているように思えてきた。犯罪捜査について考え、嘘が露見して取り乱した女性に回復する時間を与えるために、わざわざこんなところまで来るとは。考えてみれば、馬鹿馬鹿しいほど不釣合いな図だ。現代風の詩人なら、〈処女林に立つ警察官〉とでも言ったかもしれない。紺色のシャツを着てフェルト帽をかぶり、なめし皮のブーツを履いてくるべきだった。極めつけに、あの愛くるしい鳥の声に応えて呼び子を吹けば完璧だ。どこかの前衛芸術家なら、さらに装飾を加えてくれるだろう。さて、彼女にはもう五分ほど考える時間をやろう。さっきの呪文が効いていれば、洗いざらい白状するはずだ。パイプを取ろうとしてポケットに手を入れると、ティキの入った箱が指先に触れた。うずくまった姿勢の小さな怪物を取り出してみる。ここがおまえにふさわしい場所だ。おまえは麻の紐に結ばれて、テ・ポキハのような濃い褐色の肌に飾られるべきなのだ。黒いレースの下で、心臓を波打たせている生っ白い肌ではなく。そもそもが間違っていた。この醜いやつめ！　おまえには汗ばんだ褐色の胸が似合うのだ。褐色の指が、そして生い茂った森に住む褐色の未開人が。おまえはいろいろなものを見てきたはずだ。血なまぐさい出来事も、昨夜が初めてではあるまい。そして今回は白人《パケハ》殺しにかかわったというわけか。お前がどういう意味を持つか、もっと知っておくべきだったよ。

　アレンはパイプに火を点け、大木の幹に寄りかかった。あたりの静けさは、一つの大きな人格のようにも感じられた。まるで、この圧倒的な静寂によって自分の存在を誇示しているようにも見える。たしかに温かみには欠けるが、敵意をもっているわけでもない、とアレンは思った。彼はある木こりの話を思い出した。木こりは製材所に雇われ、伐採する木を選ぶために、森の奥深くに連れていかれた。彼はそこに一週間とどまって仕事をする予定だったが、森の静けさに耐えられず、三日で戻ってきたという。

　こんなことを考えているほうが、アルフレッド・マイヤーの殺害について考えるよりもずっと楽だ、と思いながら、心はふたたびマオリ人が闊歩する森へと戻りかけた。と、そのとき、小枝の折れる音とせわしない足音が聞こえ、アレンはぎょっとした。

　それはキャロリンだった。彼女は華奢な靴と優雅な黒いドレスで、深い下生えのなかをよろけながら進んでくる。アレンには気づいていないようだったが、その表情には黙って陰から見ていてはいけないと思わせる雰囲気があった。

「おーい！」アレンは叫んだ。「こっちですよ」

彼女は振り返り、またよろけながら彼の方へ来た。

「あなたがこちらへ来るのが見えましたの。一人でいるのに耐えられなくて。間違いありません——あなたがおっしゃったこと、どれも全部。すべてお話ししますが、でも、ヘイリーは無実です。何もかもお話しします」

# 第19章　キャロリン、舞台の中央へ

焚き火の燃えさしはいい香りがした。二人はそのそばに座り、キャロリンは語りはじめた。河床に照りつける太陽はまぶしかったが、春もまだ早いこの時期ということもあり、不快なほど暑くなることはなかった。彼女が話しはじめてまもなく、三匹の犬を連れた男が、渓谷を下ってきた。フェルト帽を目深にかぶり、ジャケットを肩に引っかけ、シャツのボタンは緩めてあった。羊飼いのような長い杖を持ち、程よく力の抜けたしなやかな歩き方は、かなり長い時間歩いてきたものの、たいして疲れは感じていないといったふうだった。晒したように白い川原の砂利とは対照的に、男の顔と腕は真っ赤だった。彼は軽く頭を傾げて、「こんにちは《グッダイ》」と挨拶した。犬たちは震える舌から唾液をたらしながら、アレンたちには見向きもせずに通りすぎていった。

彼は私たちを、恋人どうしだと誤解しているに違いない、とアレンは思った。ロマンティックな場面を邪魔してしまったかなと心配しているのだ。

「――それで私は怖くなったのです」男が声の届かないところまで去ると、キャロリンは続けた。「あの朝、つまり昨日の朝ですけれど、じつはちょっとした言い争いをしたのです。あれが昨日——私の誕生日のことだなんて、信じられませんわ。ホテルの部屋に、ヘイリーが贈り物を持ってきました。そして、私が何か言ったのをきっかけに、彼がまた口説きはじめたのです。アルフィーはちょうど出かけたところで、部屋には私たちしかいませんでした。あの人はパーティーのことでとても興奮していて、出かける前に私にキスをしたときも、頭はそのことでいっぱいのようで、それがヘイリーには腹立たしかったのだと思います。彼は怒って言いはじめました。もう我慢も限界だと。何度も聞かされてきたことの繰り返しでしたが、あのときはいつになく激しい調子だったのです。私が自分の気持ちを、もっとうまく説明できていたらよかったのです。彼が言ったことをそのままお話ししていいものかどうか。お話しすれば、私がなぜこれほどにヘイリーの無実を確信しているのか、あなたは不思議に思うかもしれませんもの。あなたはきっと、私が口先だけで彼の無実を主張していると、なぜなら、私に残された道はそれしかないからだと思うでしょう」

「そう言わずに、話してみてください」アレンは促した。

「その前に、私自身のことをお話しすべきですわね。昨日の朝、ヘイリーが帰ってから、夜までのことと、それから、私があのシャンパンの仕掛けを、ある程度知っていたということを。ほんとうに、あの人ったら！」彼女の声はわずかに震え、口元には笑みらしきものが浮かんだ。「あの人は秘密にしようとして、一生懸命でしたのよ。でも、どうみても不自然なんですもの。何か計画しているのだわ、と思いました。そして昨日の朝、劇場に行って楽屋口から覗くと、ステージはまさにそのサプライズのリハーサルの真っ最中だったんですの。あの人とジョージとテッドとヘイリー、そして裏方も何人かいました。あの――あのすごいのは――そう、シャンパンの瓶ですわね――それは、上から吊るされていたのだと思いますが、見えませんでした。ロープの端には錘がついていました。二つついていたのですが、アルフィーが、『これじゃあ、重すぎる。一つ外そう』と言って。私は何のことかわからないまま、そこに立って見ていました。彼らは私に気づいていませんでしたのよ。そしてテッドが片方の錘を外すと、もう一つのほうがいきなり飛び上がったんです。彼らは大慌てで錘に飛びついて、何とかつかまえましたが、あの光景ときたら可笑しかったですわ――みんな、ほんとうに慌てていて。アルフィーもひどい言葉で毒づいていて、私はあとで叱ってやろうと思いながら、引きつづき見ていました。しばらくして、彼らはちょうどいい重さのものを見つけました――大きな錘一つです。第一幕では錘を三つ使うのですが、船のマストと煙突を下ろすために使うのは小さい錘で、大きいのは橋の誘導に使います。見分けるために、違う色が塗ってあるんですの。使わないときには、簀の子の上に置いてあります。彼らのそんな話も、自然に耳に入ってきました。こう言うと、彼らがずいぶん長く話していたように聞こえるかもしれませんが、実際にはわずかなあいだだったと思います。彼、つまり、うちの主人が振り向いて、私を見つけたんですの。私は訊きました。『いったい何をしているの？』と。あの人が懸命にはぐらかそうとしたので、これは自分に関係のあることだとわかりましたが、その素振りは見せませんでした――あの人ががっかりしたでしょうから」

彼女は黙り込み、唇を強く結んだ。そして手を口元にやると、手の平を押しつけるように口を覆った。

「落ち着いて」アレンは言った。

「ええ。テーブルに結び付けられた紐を見たとき、錘で何かやっていた、あれと関係あるに違いないと思いました。そのあと——そのあと、あんなことに！　アレンさん、あのときの私は、頭がどうかしていたと思うんです。私には三つのことしか見えませんでした。その三つは、まるで悪夢の中のシーンのように、恐ろしく鮮明に見えたのです。昨日の朝、怒り、興奮していたヘイリー、錘をつけている現場にいたヘイリー、そして事故の光景——あの最後の場面です。私はヘイリーを楽屋から追い払い、スージーにも出ていってもらうと、部屋を抜け出してステージに行きました。テッドが何度も繰り返していました。『誰かが仕掛けに細工をしたに違いない』と。彼はきっと、あなたに向かって話していたのでしょう。私は、いますぐこの目で確かめなければと思いました。頭は冴えていました。でもあれは、興奮で冴えていただけなのですね。私はステージの裏にまわり込み、靴を脱いではしごを上がりました。一番上の簀の子に着いてすぐに、フックから錘が外されているのがわかりました。昼間、軽い錘が飛び上がった様子が頭に浮かんで、そして考えたのです。錘をつけておけば、事故に見えるだろうって。第一幕が終わったあとの、あの慌ただしさのなかで、大きな錘をつけるはずが、間違って小さな錘をつけてしまったように見えるだろうって。下のステージには誰もいませんでした。チャンスだわ、と思ったとき、上手側のはしごを誰かが登ってくる音がしました。ヘイリーがステージから捌けてすぐでしたから、きっとヘイリーだったのだと思います。私はその場にじっとしていましたが、たとえそれが誰であっても――」

「私です」アレンは言った。

「あなた？　まあ、私ったら、なんて馬鹿なのかしら！　ヘイリーだと思い込んでいたなんて。あなたが簀の子に上がらずに下りていったあと、私は這うようにして進みました。ステージが見えました。テッドが刑事さんたちを出迎えに行って、彼らが話している声も聞こえました。ステージの上には誰もいませんでした。私はフックに、空の瓶よりもずっと軽い錘をかけて、そして下りました。テッドはステージに戻って、刑事さんたちと話しつづけていました。舞台の袖にいるあなたも見えましたわ。私は書き割りの裏をこっそりと抜けて楽屋通路に出ました。楽屋に戻るとヘイリーがいて、私を待っていたと言うので、私もあなたを探していたのよと言って、そしてスーザンを呼んできてほしいと頼みました。それからあなたを呼びにいってもらったのです」

「なるほど。つじつまは合います。それで、どうして考えが変わったのですか？　ハンブルドンが無実だと思うようになったのは、なぜですか？」

「あなたは奇妙に思うかもしれませんが――夕べホテルに戻ってから、彼が言ったのです。『キャロリン、アルフレッドは殺されたんだ。これは事故なんかじゃない。誰かが錘をすり替えたんだ』って。それからしばらくは二人とも無言だったのですが、やがて彼が言いました。『彼が死ぬと今朝からわかっていたなら、私はきみのことを考えていたと思う――きみが私のところに来てくれるかもしれないと。しかし、いま頭に浮かぶのは彼のことだけだ』その言葉を聞いた途端、頭の中がパッと晴れたような、そんな気がしたのです。うまく説明できませんが、彼はまったくの無実だと、すんなりと理解できたのです。一度でも彼を疑ったことを、恥ずかしく思いましたわ。彼は少しのあいだ私の部屋にいて、アルフィーのことや、出会って間もない頃の話をしていきました。そして帰りがけに言ったのです」ここで彼女はじれったそうにかぶりを振った。「『キャロリン、私はもちろんきみを愛している。でもいまは、彼を傷つけるようなことをしなくてよかったと思っている』って」

長い沈黙が流れた。キャロリンは物思いにふけっているようだった。すっかり落ち着きを取り戻した彼女を見て、さっき一人でいたときに、話すべきことを頭の中で慎重に整理したのだろうとアレンは思った。彼女が身体的にも、そして精神的にも疲れきっていることにアレンは気づいた。

「そろそろ戻りましょうか?」彼は静かに言った。

「その前に教えてください。私がヘイリーの無実をどれほど確信しているか、わかっていただけたでしょうか?　私の話は、何かの役に立ちますか?」

「ええ、とても参考になりました。あなたは、自分が真実だと思っていることを話してくださった、それはよくわかっています」

「では——あなたはどうお考えですの?」

「私が刑事だということを忘れないでください。あなたのお話には、非常に重要な意味があります。しかし私としては、パーティーの前のアリバイを、ぜひとも確認しておきたいのです」

「ヘイリーの?」

「ハンブルドン、もちろんです」

アレンは彼女を見た。自分のことはどうでもいいのだろうか? 自分の立場がわかっていないのか、それとも、よく考えたうえの作戦なのだろうか?

「ヘイリーは楽屋にいましたわ」キャロリンは言った。「私の楽屋のとなりです。彼が衣装方に、もう行っていいと言っているのが聞こえました。いいえ、ちょっと待って。どうだったかしら。夕べ、刑事さんたちに訊かれたときには、ほかのことが気になってしまって、よく思い出せなかったんですの。ええと、彼がボブに——衣装方です——行っていいと言ったのは、ちょうど私も自分の衣装方のミーナに、あとは一人で大丈夫よと言ったときでしたわ。彼女は衣装を脱ぐのを手伝ってくれて、それから出ていったのですが、廊下でボブと話している声が聞こえましたので、早く支度をなさいと叫びました。彼女はスージーの部屋へ行ったと思います。それから——そうそう、壁の向こうのヘイリーに声をかけたら、返事がありました。彼はちゃんと返事をしたんです」

「あなたは何と言ったのですか?」

「たしか——ええと、何だったかしら! そうだわ、私は、『ヘイリー、いま思い出したんだけれど、私、ウッズさんの一家をパーティーにお招きしたことを、誰にも伝えていなかったわ。どうしましょう!』と言ったんです。すると彼の声がしました。『ウッズじゃなく、フォレストですよ』って。いつも名前を間違えてしまうんですの。フォレスト一家のことを誰かに伝えてきてほしいと頼むと、彼は化粧を落としたらすぐに行ってくると答えました。襟にドーランがついてしまったから、シャツを着替えなければとも言っていました。お互いに、叫ぶように大声で話していましたから、誰かが聞いていたかもしれません。ヘイリーのとなりは、誰の楽屋ですか？」

「あとで確認します。話を続けてください。それからどうしました？」

彼女は両手で頭を抱えた。

「それからですか？　待ってください。ボブが外の廊下で口笛を吹いていました。廊下だからかまわないわね、と思った記憶があります」

「どういう意味ですか？」

「楽屋で口笛を吹くのは、不吉だといわれていますの。ボブはたぶん、ステージの入り口近くに立っていたのだと思いますわ。裏方の人間に、ときどき声をかけていましたから。パーティーのためにめかし込むつもりがまるでないのね、と思った覚えがあります。なかなか面白い子で、もう何年も前から働いてくれていますのよ」

「なるほど、わかりました」アレンは素早く言った。「続けてください。覚えていることをすべて話してください。私としては、全体をはっきりと把握したいのです。あなたとハンブルドンは、それぞれ楽屋で化粧を落としていた。ボブは楽屋の外、ステージから廊下に入ってすぐのところにいて、あなたは彼が裏方たちと話しているのを聞いた。時間はどのくらいですか？　わかりますか？」

彼女は驚いた顔でアレンを見た。

「覚えていません。でもなぜ――あ、そういえば――ああ！」途端に、哀れなほど嬉しそうな表情が彼女の顔に広がった。

「そうよ、そうよ。ヘイリーが楽屋から出てきたとき、ボブはまだ廊下にいましたわ。ヘイリーが彼に、どうしてみんなと一緒にステージに上がらないんだというようなことを言っているのが聞こえました。ボブが、『邪魔をしたくないんですよ。おれがいるような場所じゃありませんから』と言うと、ヘイリーが、『馬鹿な、きみらは全員招待されているんだぞ。ついてこいよ。一緒にステージに上がろう』って。ヘイリーらしいわ。彼はいつもスタッフに気を配って、親切にしているんです。でも、気の小さなボブは尻込みしてしまって、ミーナを待っているからとか、そんなことを言って、そのあともそこにいました。ですから、おわかりでしょう？　もしもヘイリーがあのときよりも前に楽屋を出たり、どこかから戻ってきたりすれば、ボブに見られていたはずですわ。そして実際に楽屋を出たときには、一緒に行こうとボブを誘ったのです。簀の子に上がろうと思っていたら、そんなことはしませんわよね。ああ、どうしてもっと早くに思い出さなかったのかしら。ほんとうにもう！」

「たしかに、もっと早ければよかったのですが、気にすることはありません。ボブはどのくらいそこにいましたか？」

「ほかにも何人かが廊下を通りしな、彼に声をかけていましたが、何人だったかは覚えていません。ヘイリーが楽屋から出る前でした。でも、そんなことはどうでもいいわ。問題はヘイリーよ。もしも簀の子に上がろうと思っていたのなら、ボブに一緒に行こうだなんて言うはずがありませんわ。それに、あの時間では遅すぎました。もし細工をするなら、もっと早くに行かなければならないし、でもそれではボブに見られてしまいます」

「あなたが楽屋から出たとき、ボブはまだいましたか?」

「いいえ。ヘイリーとジョージと——そしてアルフィーが迎えにきて、私たちは廊下で会いました」

「一つ教えてください」アレンは言った。「あなたはなぜ、そんなに遅くまで楽屋にいたのですか?」

微かではあったものの、お得意のいたずらっぽい表情がキャロリンの顔に戻った。その表情は、列車でのあの夜、片目で彼を見ていたキャロリンの姿を思い出させた。

「最後に登場したかったからですわ」彼女は言った。「あれは私のためのパーティーでしたから」

「では、わざと遅れて現れたと?」

「もちろんですわ。ボブが早くいなくなってくれればいいのにと思っていました。そのうちミーナの声が聞こえて、二人は廊下で立ち話をしていました。私は全員に——一人残らず——ステージに集まっていてほしかったのです」彼女はアレンをじっと見つめた。「大げさに登場するために待っているなんて、いま考えれば馬鹿げたことですが、でも、私は女優キャロリン・ダクレスなのです。あなたには、理解できないことでしょうね」

「いいえ、いいえ、わかりますとも」アレンは急に腹立たしい気分になった。「しかし、あなたもおめでたい人だ。私が証明したいのは、あなた自身のアリバイなのですよ」

「私の?」彼女ははっと息を呑み、それから穏やかな声で言った。「そうですわね。忘れていましたわ。私自身も疑われる立場ですのにね」

「疑わずにすむように、願っていますよ。戻ったら、すぐにボブに会う必要がありそうです。さあ、立って。帰りましょう」

アレンは立ち上がり、彼女に両手を差し伸べた。

キャロリンはその手を取って、すんなりと立ち上がった。二人は少しのあいだ、まるで恋人どうしのように、手を握ったまま向かい合っていた。彼女の手は、アレンの手をしっかりとつかんでいた。

ちくしょう! 彼女は魅力的だぞ。

キャロリンが口をひらいた。「私が願っているのは一つだけですのよ、アレンさん。あなたが早く私たちの無実を信じてくれること。そうすれば、私は心から悲しむことができるでしょう」

「わかりますよ」

「おかしなものですね。なぜだか、この窮地から脱する方法を、あの人がきっと教えてくれるような気がずっとしているのです。頭では理解していても、心ではまだ受け入れられない。陳腐な台詞に聞こえるでしょうけれど、ほかにぴったりした言葉が見つからないのです」

「そうでしょう。わかります」彼女はまだ手を握っていた。

「こんなときなのに――つまり、ひどいショックを受けたあとなのに、人はどういうわけか、案外素直に心の内を話せるものなのですね。とても奇妙な感じですけれど、私は心から、あなたを友人だと思っています」

「私もですよ」アレンは答えた。

彼女は穏やかで屈託のない笑顔を見せ、手を引っ込めた。

「では行きましょう。大切な人たちが待っています」

アレンが敷物とバスケットを持ち、二人は車まで一緒に歩いた。川べりから離れるにつれて、せせらぎの音は小さくなっていった。太陽は丘の稜線に近づき、ほどなく、この小さな谷にも夕暮れが影を落とすはずだった。キャロリンは立ち止まり、振り返った。

「素敵な場所ね」彼女は言った。「いろいろあったけれど、ここを思い出すときは楽しい気分になれそうだわ。人の抱えているつらさにも苦しさにも、まるでお構いなしという感じで」

「そのとおりです」アレンは言った。「この奥深い土地にとって、私たちは侵入者なのですよ。でも、ちょっとは歓迎してくれていると思いませんか?」

「そうね。ほっとするわ、ほんとうに」

「ずいぶん疲れているのではないですか?」

「ええ、たぶん」

「夕べは一睡も?」

「ええ」

二人は温まった革とガソリンの匂いのする車に乗り込み、大きく揺れながらでこぼこ道を上がり、道路に出た。

帰り道は二人とも無言だった。アレンは考えていた。彼女の言葉を信じよう。彼女の話に嘘があるとは思えない。それに私に対する気持ちも、まさに彼女が口にしたとおりなのだろう――友情のようなものは感じているが、それ以上ではないと。あのとき彼女は、私が強烈に惹かれていることに気づいていなかったのだろうか？　それとも、自分の魅力を意図的に利用していたのだろうか？　彼女はハンブルドンを愛しているのだろうか？　おそらく……。

彼は気持ちを切り替えて、事件のことを考えた。ボブが廊下にいたという話が本当で、さらにボブがしっかりしたやつなら、思っていたよりも正確に役者たちの行動を把握できることになる。ホテルに戻り次第、劇場の見取り図を再確認しよう。楽屋からステージに行く唯一の道があの廊下であることには、ほぼ確信があった。ということは、楽屋を出てステージ裏のはしごに登った人間は、あの狭い廊下に立っていたボブの前を通らざるを得なかったはずだ。あとはボブが、そこに立っていた時間を覚えていてくれさえすれば！

車は、先ほど谷で出会った男を追い越した。毛並みが悪く、骨と皮ばかりに見える馬に乗っており、道端の草むらをゆっくりと歩く馬のまわりでは、三匹の牧羊犬が荒い息をしながら走りまわっていた。男は今度も二人に向かって軽く頭を傾げ、通りすぎるときには手を挙げた。

九十九折りの山道は続いた。途中、いまにも壊れそうなベランダに集っているマオリ人の一団に出会った。彼らはにこにこ笑って手を振った。追い越した車は数台、対向車はもう少し多かった。建物どうしの間隔が次第に狭くなり、やがて最後の峠にたどり着くと、そこからは平らなミドルトンの町が見えた。

「最後の一周です」沈黙を破ってアレンが言った。

キャロリンは答えなかった。見ると、彼女はまるで中国製の首振り人形のようにがっくりと頭を垂れ、車の動きに合わせて何度もうなずいていた。ぐっすりと眠っているのだ。次のカーブで、彼女の体はアレンの方に傾いてきた。アレンは曖昧に顔をしかめ、左手を伸ばして、彼女の頭を自分の肩にもたせかけた。車がホテルの前に到着するまで、彼女は目を覚まさなかった。

# 第20章　リヴァーシッジ退場、ボブ・パーソンズ登場（口笛を吹きながら）

キャロリンをエレベーターに乗せると、アレンは書き物用の部屋をちらりと見た。イギリスに手紙を出すべきか、それとも、ウェイドを訪ねて、キャロリンの事情聴取について報告するべきだろうか？　決めかねたまま部屋の入り口まで行くと、ジョージ・メイソンの姿が目に入った。机に向かい、仕事に打ち込んでいる。アレンは近づいていき、彼のとなりの机に座った。

「ああ、これはどうも」メイソンはおざなりに挨拶した。「お出かけでしたか？」

そして返事を待たずに、自分が置かれている苦境について、いきなりまくし立てはじめた。

「もう、どうしていいかわかりませんよ、アレンさん。困り果てるとはこのことです。先乗りしている人間に、どう指示していいのか――準備を進めたらいいのか、それともすべてをキャンセルしたほうがいいのか。そのうえ、イギリスのほうの仕事も片づけなければならんのです。こんなに情報がないのでは、頭がおかしくなってしまう。警察は、いったい私たちをいつまで足止めするつもりなのでしょう？」

「事件の解明が、少しずつ進んでいるところです」アレンは答えた。「地元警察は、非常に有能ですから」

「こんなときに仕事のことで悩むのは、ほんとうに嫌なことですが――まあ、仕方がありません。忌まわしい事件なのですから。みんながお互いを疑っていますよ。遠回しに言ったところで変わりません。結局は誰かがやったのですからね。我慢ならないのは、この宙ぶらりんの状況なんです」

「わかっています」アレンは言った。「ところで、メイソンさん、私が捜査に参加していることはご存じですよね？」

「ええ、喜んでいますよ」

「じつは、内々にお訊きしたいことが一つあるのです」メイソンは警戒したようだった。「答えたくなければ、それでもかまいません。しかし、もし話していただければ、とてもありがたいのです」

「訊くのはかまいません」

「そうですね。マイヤー氏は、ミス・ゲイネスの金を盗んだ犯人を知っていたのですか？」

メイソンは、消化不良のフクロウのような顔でアレンを見つめた。

「じつをいうと、知っていました」ややあってから、彼は口をひらいた。

「あなたは知っていますか？」

「アルフレッドから聞きました」メイソンはいらついた様子だった。「どうしたものかと、相談を受けたのですよ。公演の初っ端からこれですから、まったく厄介なことです」

「ええ。名前を教えていただけませんか？」

メイソンは不満げながらも鋭い視線をアレンに向けた。

「聞いてどうするおつもりですか？　まさか、泥棒と殺人事件を結び付けようとしているわけではないでしょうな？」

「関係がなければいいと、個人的には思っています」

「そんな！」メイソンはゆっくりと言った。「私には——信じられない」

「誰が金を盗ったか、わかったのはいつですか？」

「まいりましたね——彼は目撃したんですよ」

「なんですって！　では、では、私がその犯人を言い当てましょう。名前を一つ言います。一つだけです。もし間違っていたら、それでおしまい。それ以上質問しないと約束します」

「いいでしょう」メイソンはずいぶんほっとしたようだった。

「リヴァーシッジですか？」

長い沈黙があった。

「まいりましたね」メイソンは繰り返した。「私はまた、ブロードヘッドの名前が出るのかと思っていましたよ。パーマーの坊ちゃんが、あんなことを言ったあとですからね」

「どういう経緯《いきさつ》で目撃を？」

「事件が起きたのは、船の中でした——最後の夜です。アルフレッドは特別室へ行こうとして廊下を歩いていました。途中でヴァレリーの部屋の前を通りかかったところ、中で人の動く気配がしたのだそうです。ヴァレリーとはたったいま、喫煙室で会ったばかりだったし、客室係が部屋に入るような時間でもない。そのとき、彼は部屋の明かりがついていないことに気がついた――ご存じのように、部屋には厚いガラスの入った明かり取りの窓がありましたから。懐中電灯のような、ちらちらする光も見えたそうです。どうしたものかと思いながらそこに立っていると、かちりと音がして、ドアがひらいたそうですよ。向かい側は紳士用の手洗いで、入り口にはカーテンがかかっていたんで、アルフレッドはその中に飛び込んで、様子を見たというわけです。彼は、客室係が悪い気を起こしたのだろうと思っていたそうです。とにかく、しばらくするとヴァレリーの部屋のドアが大きくひらいて、そこから忍び足で出てきたのがリヴァーシッジだった、そういうことですよ。フランスの道化芝居の一場面みたいだった、とアルフは言っていました。もちろん、目的も同じだと思ったわけです」

メイソンは顔をしかめ、考え込むように鼻をさすった。

「続けてください」アレンが促す。

「ここからが、かなり奇妙に聞こえる話でしてね。この世界で三十年やってきた人間は、普通そんなことは考えませんよ。しかし、アルフレッドはとにかく厳格な男でしたから、自分の劇団で不正が起こるなんて、我慢できなかったのです。変わっていると思われるでしょうが」メイソンは申し訳なさそうに言った。「彼はそういう男だったのです。そんなわけで、彼はカーテンの裏から姿を現して、面と向かってリヴァーシッジと対峙したそうです。アルフレッドは前に立ちはだかってリヴァーシッジを睨みつけ、何と言ってやろうかと――若くて素敵なお嬢さんは大事にしてやらなきゃならんとかなんとか――考えていたら、リヴァーシッジが言ったそうですよ。自分はヴァレリーをからかうために、アップルパイ・ベッド（シーツを折り曲げて、足が伸ばせないように悪戯したベッド）を作っていたんだってね。彼の顔はシーツのように真っ白で、両手はポケットの中でした。アルフレッドが黙っていると、リヴァーシッジは鼻で笑うようにして去ったそうです。そこで、我らがアルフレッドは何をしたと思いますか？」

「ベッドがアップルパイになっているかどうか、確かめたのでしょうか？」

「まさにそのとおりですよ」メイソンは目を丸くした。「しかし、予想は外れました。たしかにアップルパイではなかったのですが、部屋はきれいに片付いていて、荒らされた様子はなかったそうです。アルフレッドは釈然としないまま自分の客室に戻り、頭を絞った結果、リヴァーシッジはあそこでヴァレリーを待っていたが、何かの理由で気が変わったのだろうということで納得したのです。彼はしばらく静観して、目に余るようであれば、ヴァレリーに一言二言、苦言を呈するつもりでした。それで一件落着かと思ったら、盗難事件が発覚したわけです。結論は一つしかありませんでした」

「彼がそれをあなたに話したのはいつですか？」

「ここに着いて、最初の夜でしたよ。リヴァーシッジと腹を割って話してみると言っていましたし、実際そうしたに違いありません。しかし、何でまた盗みなんか。やつはポーカーでも、相当勝っていたんですよ。あれじゃあ、たんなる悪党だ。それはともかく、アルフレッドは盗まれたのと同額をヴァレリーに払ってやって、リヴァーシッジの出演料からその分を差し引くと言っていました。そしてもちろん、代役のできるまともな俳優がオーストラリアから来れば、リヴァーシッジはクビになるはずでした。由緒ある劇団の名前に傷がつかないように、アルフレッドはこの一件を、マスコミに漏れないように処理するつもりでいました。私も賛成して、それで一件落着だったんですよ。アレンさん、私の知っていることはすべてお話ししましたが、できることなら、いまの話はあなたの胸の中だけにとどめておいてほしいのです。劇団は――」

「お気持ちはわかります。事件に関連がなければ、公表は控えましょう」アレンは即座に答え、メイソンの話を聞きながら書いたメモに、一言、二言付け加えた。

「もう一つだけうかがいたいのですが」アレンは言った。「マイヤー氏がアップルパイの話に誤魔化されなかったことを、リヴァーシッジは知っていたのでしょうか？　マイヤー氏はどのような印象をお持ちだったのでしょう？」

「リヴァーシッジは彼の顔を見るなり真っ青になって、ひどく落ち着かない様子だったそうです。アルフレッドは怒りというよりも、悲しみを込めて彼を見つめたのでしょうな。アルフレッドは、リヴァーシッジの話を信じている素振りなど見せなかったと思いますよ。フランキーの顔がすべてを物語っていた、と言っていました」

「わかりました」アレンはおもむろに言った。「さて、メイソンさん。私はこのメモをウェイド警部に渡さなければなりません。しかし、できるだけ事を公にしないように頼んでみます。事件との関連は、おそらくないでしょうから」

「ご親切、いたみいりますよ。殺人事件で充分に騒がれているのですから、盗難事件が加わったところで、どうということはないのかもしれませんがね」メイソンはそう言って、両手に顔をうずめた。

「もうぐったりですよ」彼は言った。「胸には灼熱の砲弾が入っているみたいだし、胃には半トンのおがくずが詰まっているみたいでね」

「治療は？」

「ハーリー街（ロンドンにある、一流の医師たちが多数開業していることで有名な通り）の医者の半分に診てもらいましたよ。そうだ、テ・ポキハ先生なら、何かわかるかもしれないな。土着民のなかには――行くのですか？」

「ええ、警察署に行くと約束していましてね。ほんとうにありがとうございました、メイソンさん」

アレンは坂の上にある警察署まで歩いた。署にはウェイド警部とニクソン警視がおり、アレンはキャロリンとメイソンから聞いた話をすべて報告した。ウェイドは最初キャロリンを疑っていたが、リヴァーシッジの話を聞くと目の色が変わった。

「いままでに集まった情報のなかでも、こいつは断然有望ですな」彼は言った。「マイヤーが自分を疑っていると思っていたとすれば、彼には列車に乗る前から動機があったことになる。それだけでも令状が取れそうだ。ねえ、警視」

「あなたはどう思われますか、アレンさん」ニクソンは尋ねた。

「私の考えは、少し保留させてもらいましょう」アレンは答えた。「よかったら私がリヴァーシッジに会って、あの気取った男に、醜い心の内を吐露させることができるか、試してみましょう。それとも、ニクソン警視、あなたがご自分で話されますか？」

「いえ、いえ」ニクソンは即座に言った。「私たちは同席させてもらうだけで充分です。なあ、ウェイド警部」

「まったくです。私はシングルトン爺さんから、もう一度話を聞きたいと思っています。あの守衛の爺さんですよ。彼はつねに酔っ払っているのですが、一日のうちでもこの時間なら、まだほろ酔い程度だそうですから」

「いまリヴァーシッジに電話して、ここへ呼び出すというのはどうですか?」ニクソンが提案した。「パーティーといこうじゃありませんか」

「それは面白そうだ!」アレンは険しい顔で言った。「ええ、そうしましょう」

ニクソンはホテルに電話をしてリヴァーシッジと話した。彼はいますぐに来るという。アレンとニクソンは、彼が来るまでの時間を、百貨店について和やかに意見を交わして過ごした。

リヴァーシッジが到着した。その姿は、信じられないほど老けて見えた。

「こちらがリヴァーシッジさんです、ニクソン警視」アレンは紹介した。

「こんにちは」リヴァーシッジはもったいぶって挨拶した。

「こんにちは、リヴァーシッジさん」ニクソンが言った。「おかけください。アレンさんがこの事件の捜査に参加してくださっているのはご存じですね。彼からあなたに、いくつか質問があるのですよ」

「疲れ知らずのアレンどの!」リヴァーシッジは優雅に腰かけながら言った。「それでアレンどの、ご用はいったいなんでしょう? いまだに、明かりが消えたときにA氏がB氏に何と言っていたかで悩んでいるのですか？」

「ええ、まあ」アレンは答えた。「それが私の仕事ですからね。ベッドをアップルパイにしたら、その上に寝るしかないだろうとか、いや、場合によっては横だろうかとか」

「申し訳ありませんが、私には深遠すぎてよくわかりませんね」リヴァーシッジは言ったものの、顔は質の悪い羊皮紙のような色に変わっていた。

「アップルパイ・ベッドを作ったことはないのですか、リヴァーシッジさん？」

「なんですか、これは！　こんな悪ふざけに付き合うために来たわけじゃありません」

「悪ふざけはお嫌いですか？」

「ええ」

「ミス・ゲイネスの金を盗ったのは、悪ふざけですか？」

「何のことをおっしゃっているのか、まったくわかりません」

「入手した情報から、あの金を盗んだのはあなたであることが判明したのですよ。ちょっと待ってください、リヴァーシッジさん。私があなたの立場でしたら、それを否定するなどという面倒なことはしません。警察が握っている証拠を考えると、否定すれば事態がさらに悪化するのはあきらかですからね」アレンは手帳とペンを取り出した。「ミス・ゲイネスの金を盗みましたか？　それとも盗んでいませんか？」

「お答えできません」

「なるほど。この状況から考えると、非常に賢明です。ではもう一つお話ししましょう。ミドルトンに到着した日、あなたがマイヤー氏と話し合いをしたあとで、マイヤー氏はメイソン氏とも話し合っていました。劇団が抱える問題についてです」

「メイソンはいったい――」リヴァーシッジは言いかけてやめた。

「いったい何をしゃべったのかと？　マイヤー氏が彼に話したことを、かいつまんで説明してくれただけです」

「あれは全部、冗談だったんですよ。それをマイヤーが誤解して。ちょっと、聞いてください、ええと、ニクソンさん――」

「あなたと話しているのは、アレンさんですよ」ニクソンは穏やかに言った。

「ええ、でも――わかりました」彼はしぶしぶアレンの方を向いた。「こういうことなんです。信じてくださいよ、本当のことなんですから。ヴァレリーが金を無造作に置きっ放しにしていたので、私は、盗まれるぞといって注意しました。でも彼女は笑うだけでした。あの夜、彼女はそこから札を何枚か取り出して、ポーカーの借金を払いました。そのあと私は彼女の客室に戻り、札入れから金を抜いて、代わりに――そのう、トイレットペーパーを詰めました。彼女にもっと気をつけろと言うための、冗談だったんですよ。それだけです。本当に。本当ですよ」

「なぜそのことを、マイヤー氏に言わなかったのですか？」

「言おうとしましたが、彼が聞いてくれなかったんです」リヴァーシッジは唇を湿した。「彼にはユーモアのセンスがなかったんです」

「それは残念です。パーマーを焚きつけて、ブロードヘッドが犯人だと言わせたのはなぜですか？」

「そんなつもりは――そんなつもりはなかったんです。彼が勝手に誤解したんですよ。全部冗談だったのに。わかりませんか？　全部冗談だったんです」

「私もユーモアのセンスを持ち合わせていないのでね」アレンは言った。「しかし陪審員たちは、涙が出るほど笑ってくれると思いますよ」

「陪審員！　そんな――」

「リヴァーシッジさん」アレンは平然と続けた。「今回の事件の死因審問が、明日ひらかれます。メイソン氏はもちろん証人として呼ばれるでしょう。ご存じとは思いますが――」

「死因審問のことなんて、何も知りません」リヴァーシッジは慌てて口を挟んだ。

「では、興味深い体験となるでしょうね。もしもこの盗難事件について供述する意思があり――もちろん真実を話すのが前提ですが――今回の殺人事件と直接的な関連がないことがわかれば――」

「殺人ですって！　そんな、私は誓って――」

「――何もかもを白日の下に晒す必要はないと判断する可能性もありますが、このまま死因審問まで問題を長引かせた場合には――」

「供述します」リヴァーシッジは言い、その場で供述を始め、署名をして、逃げるように帰っていった。

「いい薬になりましたね」リヴァーシッジが出ていったあとで、ニクソンが感心したように言った。

「やはり、令状を取るのに充分なネタが揃っていると思うのですが」ウェイドが口をひらいた。「動機、機会――すべてが揃っています。マイヤーが、世間に公表してやるといって、彼を脅した可能性だってありますし」

「そうかもしれません」アレンは言った。「あなたの言うとおりです、ウェイド警部。しかし、私はやはり、ハンブルドンの衣装方のボブ・パーソンズに会ってみたいと思います。彼の証言が非常に有用であるような気がしてならないのですよ。リヴァーシッジと決めてかかる前に、聞いておくべきだと思うのです」

「リヴァーシッジが、自分の罪をブロードヘッドに着せるためにをそそのかしたとしたら」ニクソンが言った。「やつはそこいらにいる根っからの悪党よりも、さらに性質《たち》が悪いですよ」

「まさにそれです」アレンも同意見だった。「しかし、それでも――」

「わかりました。ではパーソンズに会ってきてください」ニクソンは言った。「ウェイドが住所を知っています」

ウェイドは住所を書き出した。

パーソンズの宿泊先は、劇場近くの下宿だった。アレンはすぐに向かった。そして竹と葉蘭が雰囲気を醸しだす部屋で、ハンブルドンの衣装方と話をすることになった。

ボブ・パーソンズはほっそりとした小柄な人物で、話すと、憂いを帯びた顔に、網の目のような皺が寄った。額もまた皺だらけで、それはぎゅっと絞ったまま乾いてしまい、アイロンをかけなければどうにもならない衣類を思わせた。薄い髪にはこれといった特徴はなく、口は大きく、目は生き生きと輝いていた。彼に好感を覚えたアレンは、単刀直入に切り出した。

「お邪魔してすみません、パーソンズさん。お聞きになっているかもしれませんが、私は地元の警察と協力して、今回の事件の捜査に当たっています。そこで、あなたにいくつかうかがいたいことがあるのですよ。あなたの証言が、とても重要な手がかりになるかもしれないのです」

「おかけください」

「ありがとうございます。昨夜、あなたはパーティー用に身支度するように言われて、ハンブルドンさんの楽屋から出てきました。それからの行動について、できるだけ正確に教えてほしいのです」

「あたしの行動ですか?」

「ええ」

「廊下に行きましたよ。ほかのスタッフが働いているのを、眺めていたんですよ」

「気分転換ですか? スタッフというのは裏方たちのことですね?」

「そうです。入り口に立って、若者たちが残業している姿を見とりましてね」

「入り口からだと、ステージのほぼ全体が見えましたよね?」

「はいはい」

「何時だったかわかりますか?」

「十時二十五分でした」

「驚いたな。どうしてそんなに正確に？」

「芝居の時間を計るのは、いつものことなんですよ。進行具合を知りたいもんですから。昨日は十時二十五分に幕が下りて、あたしは楽屋へ直行しました。ハンブルドンさんもすぐに来て、楽屋から出てくれと言われましてね。あたしは、『きれいなシャツを着たほうがいいですよ』と言ったんです。『ドーランがあっちこっちについちまっている』とね。彼は、『ああ、自分でやるから大丈夫だ。きみもきれいなシャツに着替えて、ネクタイでもしたらどうだ？』と言って、それから時間を訊かれたので、十時二十五分ですと答えて、それから楽屋を出ました」

「廊下にはどのくらいいましたか？」

ボブは顔をしかめて考えた。無数の皺がまるで迷路のように見える。

「たしかあそこでは、煙草を一本巻いて、それを吸って、それからもう一本巻いた覚えがあるな」

「口笛を吹きながら？」

「それです。あたしは口笛の名手なんですよ。四十年前に親父に仕込まれましてね。親父はボードビルの芸人でした。ピップ・パーソンズというんですよ。親父はあたしを、ちびっ子天才芸人にしたくて練習させたんです。食事のたびに口笛を吹かせてね。日によっては、朝から晩までですよ。『さあ、吹いて』親父は言ったもんです。『ただし、一ヶ所だけ練習しちゃならない場所がある。それは楽屋だ』ってね。あたしにとって口笛は習慣になっちまっていて、この仕事に就いたときには、忘れるのに苦労しましたよ。覚えたときよりも、ずっと早く忘れなきゃならないんですから。縁起が悪いということで、この業界、口笛を吹く人間は仕事にありつけませんからね。衣装方の仕事を始めた頃は、いったん外に出されて、厄除けのためにドアをノックしてまた入ってくるなんてことが、しょっちゅうありましたね」

「なるほど。ミス・ダクレスも、その迷信の話をしていました」

「ミス・ダクレスは、そういうのをとても気にしますからね。だからいつも、楽屋の外で練習しているんですよ。煙草を巻きながら、『金メッキのかごの鳥《ア・バード・イン・ア・ギルディッド・ケージ》』を一回、通しでね。夕べはそれに、ファルセットのアンコール付きでした。それが終わってから、煙草に火を点けたんです」

「〈かごの鳥〉の演奏時間は、どのくらいですか？」

「さあ、はっきりとはわかりません」

「よかったら、いまここで一回吹いてもらえませんか？」

「お安い御用ですよ」

アレンはストップウォッチを取り出した。ボブは、雷に打たれて苦悶の表情を浮かべている二頭の馬を描いた絵に視線を据え、湿らせた唇を尖らせた。と、そこから、高音の美しいルーラード（演奏法の一つで難技）が流れてきた。

「音合わせですよ。必ずやるので、これも時間に入れておいてください」彼の目が焦点を失ったと思ったら、いきなりロマンティックなビクトリア調のバラードが流れはじめた。甘く切ないメロディー、長く引っぱった音、上品なトリル。彼はさびの部分をオクターブ高い音階で繰り返し、人間の聴覚の上限を超えるような高音で締めくくった。

「三分」アレンは言った。「ありがとう、見事な口笛でした」

「昔はすごく人気があったんですよ」

「そうでしょうね。演奏が終わるまでに煙草を巻きおわって、火を点けたのでしたね？」

「そうです」

「それもやってみてもらえませんか？」

ボブはポケットから古びたブリキの容器を取り出し、中から手巻きの煙草をつまみ上げた。

「いつも何本か持っていまして」彼はそう言って、煙草に火を点けた。

アレンはもう一度時計を見た。

「今度は、あなたの前を通って楽屋からステージに行った人たちを思い出してください」

ボブはきょとんとした顔でアレンを見た。

「なるほど、そういうことですか。もしもおかしい点があったら言ってください」

「わかりました」

「幕が下りたあと、最初に廊下に出たときには、まだ何人かがステージに残っていました。ハンブルドンさんはいつも楽屋に直行するんです。道化のアクロイドが最初に通って、それから、〈見事なもんだろう〉の爺さんがブロードヘッドと一緒に通っていきましたよ」

「ヴァーノンさんのことですか？」

「ええ。スタッフのあいだでは、本人の口癖を真似して、〈見事なもんだろう〉と呼ばれていましてね。最後にリヴァーシッジさんとゲイネスさんが通りました。この二人は、ステージの上でしばらくしゃべっていて——話までは聞こえませんでした——それからあたしの前を通ってそれぞれの楽屋に入っていきました。曲はちょうど、さびの繰り返しのところでしたよ」ボブは考え込むように、口をもぐもぐさせた。「そう、それで全員が楽屋におさまったわけです」

「パーソンズさん、あなたは理想的な証人だ。次は、彼らが出てきたときの様子です」

「ちょいと待ってくださいな、いま考えますから。焦らないで。思い出してきました。ああ、そうだ」ボブは目を閉じて、煙草を強く吸い込んだ。「四人が最初に来ました。道化のアクロイドと、ヴァーノンさん、ブロードヘッド、それにリヴァーシッジさんです。四人一緒にやってきて、あたしをからかっていきました。燕尾服も着ていないし白いネクタイもしていないし、いったいどうしたんだってね。アクロイドがあんまりおかしいので、思わず叫びだしそうになりました。まったく下品な役者ですよ」

「アクロイドさんが嫌いなのですか?」

「屋上広告を出すほどではありませんがね。ご立派な役者たちに衣装を着せて給料を稼いではいますが、あたしたちだって人間なんですよ。あの男は、そのへんのことを考えたことがないんでしょうな。彼の本性は、もうずっと前からわかっているんです。うちの旦那も知っていますよ。うちの旦那は紳士ですからね」

「ハンブルドンさんですか?」

「ええ。あの人はほんとうに誠実な人ですよ。ジョン・アクロイドの正体を知り尽くしていましてね。座長もわかっとりましたよ」

ボブは紙巻き煙草にふたたび火を点け、意味ありげにアレンを見た。

「どういうことですか？」

「古い話ですがね、クリテリオン劇場に出ていたある晩、アクロイドは酔っ払って正体をなくしたんです。やつはウイスキーが好きで、水なんかで割ったりしたら機嫌が悪くなるんですよ。あの夜も相当飲んだあとで、ミス・ダクレスの楽屋に押しかけたんでさ。ろくにノックもしないで、おかしなまねをしようとしたんです。いやいや、みっともない光景でしたよ。彼女には出ていけと罵られるし、駆けつけたハンブルドンさんには馬鹿者呼ばわりされるし、騒ぎを聞きつけてやってきた座長にもこっぴどく叱られるし。いや笑ったのなんのって。やつが出てきたとき、あたしは廊下にいたんですが、そのときの顔ときたら！　まるで紅を塗ったように真っ赤でした。いやあ、笑った。次の日に詫びを入れていましたがね、出し物が違えば、クビになっていたところっすよ。重要な役をやっていたうえに、代役がパッとしなかったもんだから助かったんです。興行はそのまま続きましたが、あれ以来、アクロイドは自分の立場をわきまえるようになりましたよ。まあ、それはそれで、どこまで話しましたっけ？　ああ、思い出した。ブロードヘッドと見事な爺さんと、リヴァーシッジとアクロイド、この四人は一緒に来ました。通りがかりにあたしをからかって、アクロイドは楽屋口の方へ行ったようでしたが、すぐに戻ってきました。そしてほかの三人と一緒にステージに上がって、上手側の入り口からセットに入っていきました。あたしがそこにいるあいだ、彼らは戻ってきませんでしたよ」

「間違いありませんか？」

「はい、誓って間違いありません。なぜかっていうと、彼らがガスコインさんに、あたしをからかってきた話をしているのが聞こえたんですよ。あいつは引っ込み思案で、パーティーにも出られないって。面白い冗談ですよね」

ボブは気の毒なほど顔を真っ赤にして、口をつぐんだ。

「勝手なことをいう連中ですね」アレンは言った。

「とにかく、まあ、そういうことなんです」ボブは彼らについて、それ以上言わなかった。

「次に来たのは、ミス・ヴァレリー・ゲイネスでした。彼女はいつものようにリヴァーシッジの姿を探していました。きっとステージから声が聞こえたんでしょう。セットのドアめがけて、脇目も振らずに進んでいきましたよ。ちょうど、招待した客たちが入ってきはじめたところで、あなたが座長と一緒にいるのも見ましたよ。パーマーの坊やなんかも来ていましたね。ガスコインさんが、セットのドアのところで客たちを迎えていました。しばらくして、ミス・マックスが楽屋から出てきて、彼女と少し立ち話をしました。いつもみんなに、温かい言葉をかけてくれる人なんすよ。それからミーナが来て、あたしが服を着替えていなかったもんですから、なんだかんだと小言を言いはじめましてね。ミーナはそういう女なんですよ。仕方がないので、頃合いを見計らって行くよと言うと、ミーナは自分の支度に戻っていきました」

ボブは一息ついた。

「ではそのあと、パーティーに行ったのですか？」

「いいえ！　気まずいと思いまして。それが本当のところです。裏方の連中は、もうステージに上がっていましたでしょう？　ステージの模様替えをやっとりましたから。でなければ、彼らのなかに紛れることができたんですがね。気取った雰囲気で、どうも苦手なんですよ。下手側にもう一つドアがあったら、さりげなく入り込めたんでしょうが、あいにくドアは一つだったもんで。それでどうもその気になれなくて、煙草をもう一本巻いたんです」

彼は恥ずかしそうにアレンをちらりと見た。

「わかりますよ。あとから登場するのは、気が引けるものですよね？」

「そうなんです。それから少しして、うちの旦那が――ハンブルドンさんです――が出てきました。『やあ、ボブ。何かを待っているのかい？』と訊いたあと、あたしがくだらないことで躊躇しているのに気づいたようで、『ついてこいよ。一緒にステージに上がろう』と言うんですよ。ほんとうにいい人です。でも、まさか、彼と一緒には行けませんよ。それはまずいでしょう？　それで、ミーナを待っていると言ったら、彼はにっこりと笑って、軽い冗談を飛ばすと、ステージに上がっていきました。セットの入り口には、まだガスコインさんが立っていましてね、うちの旦那はにこにことこっちを見ながら、彼に何か話したあと、セットの中に入っていったんです。するとガスコインさんが入り口のドアを閉めて、こっちへ来ました。『みんな、あんたとミーナを待っているぞ』と言われたとき、ちょうどミーナが来たもんで、煙草を消して、一緒にステージに行きました。誰もあたしたちには気づきませんでね。その二瞬くらいあとに、ミス・ダクレスが現れました。そして、あなたがあの異教の神の像を彼女に渡したあと、全員がテーブルについて、そして――そのあとのことは、あなたもご存じのとおりです」

「そうですね。その、一瞬というのは、どのくらいの長さですか？」

「え？　ああ！　そうですねえ。あたしたちが入っていったのは、ちょうど、みなさんが口々に、ミス・ダクレスはどこへ行ったんだと訊いているときでした。ハンブルドンさんと座長とメイソンさんが、入り口にいた私とミーナの前を通って彼女を迎えにいって、まもなく戻ってきましたよ」

アレンはさりげなく椅子から身を乗り出した。

「ということは――ボブ、これは重要、とても重要なことなのですよ――ミス・ダクレスが楽屋を出てから、迎えにいった三人とともに登場するまでにどのくらいの時間があったか、あなたならわかりますよね？」

「時間というほどの時間なんてありません。ほんの少しですよ。ハンブルドンさんたちは、きっと廊下で彼女と会ったんでしょう」

「なんと！　幕のあと、ミス・ダクレスがステージから真っ直ぐ楽屋に戻って、パーティーに登場するまで一歩も外へ出なかったというのは、絶対に間違いないですか？」

「ええ、誓って間違いありません。言いませんでしたっけ、あたしは――」

「ええ、ええ、わかっています。素晴らしい、申し分ありませんよ。ハンブルドンさんはどうでしょう?」

「同じです。大丈夫、あなたが何を知りたいかは、心得ているつもりです。座長が降りてきたあとに、簀の子に登った人物を知りたい、つまりはそこなんでしょう?」

「そうです」

「それなら、ミス・ダクレスでもハンブルドンさんでもありません。不可能ですよ。二人はカーテンコールのあと、真っ直ぐ楽屋に戻ってきました。あたしが証人です。そしてパーティーに行くまで、楽屋から一歩も外へ出ませんでしたし、ステージに行く途中で寄り道もしませんでした。聖書にだって誓えますし、判事の前で証言したってかまやしませんよ。それでは足りませんか?」

「いいえ、申し分ありません。あなたの前を通らずに、楽屋から外へ出る道はありませんか?」

「ご心配なく。そんな道は金輪際ありゃしません。消防署の調査が入ったら大変だな、ありゃあ。楽屋は廊下に面して二方向に並んでいましてね、主役の二人の楽屋とミス・マックスの楽屋は手前の廊下に面しています。突き当たりは衣装部屋で、それを直角に曲がると、左がほかの役者の楽屋です」

「そうですね」

「つまり、道化のアクロイドの楽屋は、二人の主役とミス・マックスの楽屋の、ちょうど裏つかわにあたりましてね。人のことをいろいろと嗅ぎまわるのが好きなアクロイドには、あの板壁はもってこいですよ。わたしが彼の楽屋に行ったのは、この町に着いて最初の日だけでしたがね、やつはテーブルの上に立って、耳を壁にぴったりとくっつけていました。目をつぶって、となりの部屋にいるミス・ダクレスとうちの旦那の会話に耳を澄ましているんですよ。あたしが来たことには気づかなかったようです。あたしはやつの楽屋を出て、大きな声でミス・ダクレスに、まもなく出番ですよと伝えました。彼女はすぐに楽屋から出てきましたよ。まったく、あのアクロイドときたら！」

アクロイドが同じ出来事について話していたのを思い出して、アレンは可笑しくなった。

「奥の廊下の突き当たりにも、出入り口はないのですか？」

「ありません。小さな窓はありますがね、埃とクモの巣で、すっかり塞がっとりますよ」

「人が通れる大きさですか？」

「細くてちっちゃければ、無理やりいけるかもしれませんね」

「あとで確認する必要がありますね。感謝しますよ、ボブ。誰もパーソンズさんとは呼ばないようですね」

「そうなんですよ。名字があることを、ときどき忘れちまうほどで。お帰りですか？」

「ええ、そろそろ。今日は時間も遅いので、一杯お誘いするわけにもいきませんが、もしよかったら――」

「お気遣いありがとうございます。でも、あたしはなんにもいりません。うちの旦那にかかわることでしたら、そして旦那の役に立つことでしたら、あたしは喜んで協力いたしますよ」

「もちろん役に立ちます。しかし、それでは私の気がすみませんよ、ボブ。あなたが私を嫌っていないことを示すためだと思ってください」

「そうおっしゃるんでしたら――ええ、ありがたいことです。おやすみなさい。犯人が捕まることを祈っていますよ。彼は立派な人でした――亡くなった座長です。頭をぺしゃんこにしてやろうなんて、考える人間の気がしれませんよ。たとえ酒のうえのことだったにしても、解雇されても仕方がないところじゃないですか。あたしは言っていたんですよ――」

アレンは取り留めのない昔話にしばらく耳を傾け、それから帰途に就いた。劇場でウェイドと会う約束をしており、行ってみると、ウェイドはすでに着いて待っていた。

「衣装方はどうでしたか？」

「思わぬ大収穫でしたよ」

アレンはいま聞いた話を、かいつまんで説明した。

「これは驚きですな！」ウェイドが言った。「きわめて耳寄りな証言です。男の印象はどうですか？　信頼できそうですかな？」

「そう思います。彼は近いうちに絶滅するタイプの男ですね――小柄で、ひどくやせていて、言葉はこてこてのロンドン訛《コックニー》りなんですよ。忠誠心が強くて、マイペースで、自分の意見をどうしても曲げないところがある。彼がアクロイドについて話すのを、ぜひ聞くべきですね。証言の裏を取るのは難しくないと思いますよ。煙草を一本吸うのにかかる時間を測ってきました――十六分です。途中で何度も、火を点け直さなければなりませんでしたからね。口笛の曲は三分ですから、煙草を吸いおわったときの時刻は、十時四十五分という計算になります。彼は煙草をもう一本巻いて火を点けましたが、パーティーに参加するときに消していますから、プラス三分というところでしょうか。すると、彼が廊下を離れたのは、十時四十八分ということになります。パーティーの参加者たちが、ミス・ダクレスはどこかと訊いたとき、マイヤー氏は時計を見て、『十分前――そろそろ登場してもいい頃合いだが』と言い、その約二分後に彼女が現れました。ボブ・パーソンズがずっと廊下にいたとすると、彼女に犯行は不可能です」

「パーソンズが、彼女のために、あるいはハンブルドンのために、アリバイをでっち上げているのでなければ、ですな」

「もちろん、供述の裏は取るべきでしょう。しかし、渦中の人物たちが彼と話したことを覚えていれば、それはそれで充分だと思いますよ。個人的には、好ましい印象を受けました」

ウェイドは真面目くさった顔でアレンを見つめていたが、やがて乱暴に毒づいた。

「おいおい、ウェイド警部、いったいどうしたんですか?」

「ちくしょう!」ウェイドは言った。「もし彼の供述がすべて本当なら――それが何を意味するか、わからないんですか?」

「ああ、捜査は一挙に振り出しに戻るということですね。困りましたね。もちろん、その小窓を使ったというのであれば、話は別ですが――」

「その小窓を見てきましょう。まったく! たしかに、犯行が不可能な人間を消していけばとは言いましたが、これじゃああんまりですよ。リヴァーシッジもだめですか?」

「ありえませんね」アレンは答えた。

「リヴァーシッジ――何もかもが彼の犯行を示しているように見えたのに。それだけじゃない。リヴァーシッジもブロードヘッドも、奥方もハンブルドンもだめ。メイソンにも鉄のアリバイがあるときている。行きましょう、アレンさん。とにかく、その小窓を調べてみましょう」

# 第21章　小道具

しかし、楽屋廊下の突き当たりの小窓は、ボブが言っていたとおりの——埃とクモの巣で覆われた——状態だった。ウェイドは驚きと不満の入り混じった顔でアレンを見た。

「完全な手詰まりというところですね」アレンはにっこりとした。

「ここを出たら、すぐにボブ・パーソンズに会ってきますよ」ウェイドは言った。「誰かに買収されているのなら、朝までかかったって吐かせてやる」

「たしかに可能性はありますが」アレンは言った。「ちょっと考えてみてください。リヴァーシッジが犯人だとしましょう。彼は錘を外す計画を立てます。幕が下りたあと、人目につかないように舞台裏のはしごへ行くのはそう難しいことではないのに、彼はそうせずに、またすぐに出てこなければならないことを承知のうえで、いったん楽屋に戻ります。しっかりと明かりのついた狭い廊下に出れば、誰に見られるかわからないにもかかわらずです。とにかく、危険を承知で楽屋から出てみると、通り道にはパーソンズがいます。このままでは、自分がステージ裏へ行くところをパーソンズに見られてしまう。彼をどうにかしなければ。リヴァーシッジはパーソンズの買収にすべてを賭けることに——するでしょうか？　私はそうは思いません。

そして、ミス・ダクレスにも同じことが言えます。ほかの役者もです。パーソンズに会えば、彼が買収されやすいタイプの男ではないことが、すぐにわかるでしょう。供述の裏はぜひ取ってください。しかし、私は彼が真実を話していると思っています。さて、劇場の裏側を見にいきましょう」

「劇場の裏側ですか?」

「ええ。パーマーを追いかけて裏にまわったときに、ちょっと面白いものを見つけたのですよ。ステージを横切っていきましょう」

彼らは廊下を戻ってステージへ行った。作業用の照明のスイッチを入れると、上のほうにある二つの黄色い電球が弱々しく灯り、箱型セットに侘しげな光を投げかけた。現場は事件当時のままだった。セットの入り口のドアはひらいており、そこから見える白いテーブルクロスや、テーブルから離れた椅子、割れたガラスの塊、枯れた花、そしてテーブルに横たわる巨大なボトルが、当時の様子を雄弁に物語っていた。

「もう片づけても大丈夫です」ウェイドが言った。「今日、我々が、くまなく調べましたから」

「セットの裏へ行ってみましょう」

二人は手探りで進んだ。ステージは古い膠《にかわ》と塗料のにおいがした。アレンは懐中電灯を点けて、ウェイドを後方の壁へ導いた。

「裏側から簀の子へ上がるはしごがこれです。犯行に使われたと、私は確信しています。指紋は採りましたか?」

「はい。いまのところ、めぼしいものは見つかっていません。裏方たちが何度も上り下りしていますからね」

「そうでしょう。さあ、ここを見てください」

後ろの壁の、はしごの少し左側に、ドアがあった。

「前に劇場の見取り図でこれを見つけて」アレンは言った。「ここから出入りした可能性があるだろうかという話をしました――たとえばメイソンが」

「そうでした。しかし、メイソンに関していえば、それはなさそうですな。彼がここから入ってくるには、劇場の前にいる観客たちのあいだを通り、建物をぐるっとまわらなければなりません。そして簀の子に上がって錘を外し、下りてきて、また全速力で建物をまわって正面に戻らなければならないのです」

「少なくとも十分はかかるし、気が狂ったように走っているところを、歩道にいる人たちに見られる危険があるわけですよね」アレンは言った。「だめだ、実行不可能です。このドアは、夕べ見つけたのです。おたくの巡査に不審者だと思われた、あのときですよ。懐中電灯はありますか?　よく調べてみましょう」

彼らは二本の懐中電灯を使い、そのドアを入念に調べた。

「エール錠（シリンダー錠の商標）ですね。鍵は内側から差さっています」アレンが言った。

「我々も、昨夜の捜査でこのドアを見つけました。見過ごしていたわけではありません」

「そうでしょうとも。それで、どう思いましたか?」

「内側から鍵がかかっているところからみて、ここが侵入口として使われた可能性はまずないでしょう。それに、ステージ側に来る以外に楽屋から出る方法がないことを考えると、逃走経路として使うこともできなかったはずです」

「たしかに、役者たちには無理です」

「まだメイソンを疑っているのですか？　それが不可能なんです。こんなことを言うのは非常に不本意ですが、やはりあり得ません。我々も一分、一秒まで徹底的に検討しました。芝居が終わったときに彼がオフィスにいたことは、切符売り場の複数のスタッフの証言であきらかです。その後、彼は楽屋口に走っていって、守衛のシングルトンに、招待していない客は入れるなと指示しています。シングルトンは彼がオフィスに戻ったのを見ているだけでなく、一、二分後には自分もオフィスに行って、彼と話しています。次にテ・ポキハがオフィスに顔を出し、それから約二分後には、あなた自身が、楽屋口へ行く途中のメイソンとドクターに会っています」

「ドクターは一緒ではありませんでしたよ。私とメイソンがステージに着いたとき、ドクターはすでにそこにいました」

「まあ、メイソンの行動に違いはないわけで」

「そのとおりです。鍵の指紋は調べましたか？」

「さあ、どうだったか」

「捜査は始まったばかりですし」アレンは独り言のように言った。「あなたもやることがたくさんある。よかったら、いまやってみましょう」

アレンはコートのポケットから、指紋検出用の噴霧器とチョークの袋を取り出し、懐中電灯の光の下で、鍵の指紋を調べた。

「ありません。汚れ一つついていません」

「それはおかしい」ウェイドは面倒くさそうに言った。「このドアはかなり頻繁に使われているはずです」

「埃もついていません」アレンは言った。「きれいに拭き取られているということでしょう」

ウェイドは口の中でもごもごと何か言った。アレンは鍵を回し、ドアを開けた。外は狭くみすぼらしい庭で、ブリキ製の低いフェンスと壊れかけた門があった。

「パーマーの坊ちゃんを追いかけて出てきたのがここでした」アレンは説明した。「そこの通りで巡査と出くわしたのです。このドアは、ずいぶん滑らかに動きますね」

彼は蝶番を懐中電灯で照らした。

「ちゃんと油が差してあります。感心なスタッフがいるようだ——どうしました?」

「アレンさん、あなたはいったい、何をしようとしているのですか?」

「私たちはこのドアに注目すべきだと思うのですよ、ウェイド警部。ここが済んだら、オフィスへ行って建物の見取り図を確認しましょう。私の考えている、ありそうもない仮説についてお話ししますよ」

アレンはしゃがみこんで、ドアの敷居をじっと見つめた。

「めぼしいものはありませんね。月も明るかったし、こんなものでしょう。蝶番に油を差した人物がわかれば、手がかりになるかもしれません。調べてもらえますか？　それから、守衛の男――シングルトンでしたか？　招待客のなかに、二回入っていった人物はいなかったか訊いてほしいのです。いいえ、メイソンではなく、彼以外の人物です」

「二回入った？」

「ええ。楽屋口から入り、ここから出て、また楽屋口から入ったということです。まあ、たいして重要なことではないのですがね」

「しかし、招待客には動機がありません」ウェイドはひどく気乗りがしないようだった。

「わかっているかぎりではそうです。しかし、どこかから、突飛な手がかりが出てこないともかぎりません。たとえば、パーマーの坊ちゃんが恋心のあまり――こじつけですがね」

「それじゃあ――」

「それにガスコイン。彼は楽屋へは行かず、ステージに残っていました。彼を調べましたか？」

「そりゃあ徹底的に。ステージの上を歩き回っていたせいで、あなたが鉄壁のアリバイと呼ぶようなものは出てきませんでしたが、裏方たちによると、彼はセットからは出ていないようですし、客が入ってきてからはずっと、入り口で彼らを迎えていたそうです。動機はありません。わかっているかぎりですが」

「それに、彼にはこのドアを使うチャンスがなかった」

「その、入って、出て、また入っての話ですね。どうなんでしょう、アレンさん？　可能なのでしょうか？」

「誰かを例にして、考えてみましょう。パーマーの坊ちゃんか、それともドクター・テ・ポキハがいいですか？」

「どちらでも」

「パーティーに来たパーマーの坊ちゃんは、シングルトンのところで名前を言って中に入ります。しかし会場であるステージの上には行かず、舞台裏にまわってはしごを登るのです。彼は鍾を取り外し、下りてきて、このドアから出ると、走って正面に戻り、ふたたび入場してパーティーに参加するというわけです」

「シングルトンは気づいたはずですよ。押しかけ客を入れるなと、メイソンがわざわざ指示していたくらいですから、彼も警戒していたでしょう。彼は招待客のリストを持っていて、一人一人印をつけていたそうです」

「なるほど、それは大きな障害ですね」アレンは言った。「私が自分で訊きましょう」

「わかりましたよ。我々が訊きます。もう一つの障害は、故人がこの町を訪れたのは今回が初めてだったということです。したがって、ほとんどの客には動機がまったくありません。そうだ、メイソンはどうですか？　あなたと一緒に中に入ってから、彼にはこのドアを使う機会がありましたか？」

「残念ながら、ありませんでしたね。彼は私と一緒にステージに上がりましたし、彼がミス・ダクレスを呼びに行くまで、ずっと一緒にいましたから」

「いずれにしても、イブニング姿で劇場のまわりを疾走するなんて、そんな危険は冒さないでしょうな。もし誰かに見られたら、頭が変だと思われます」

「彼が人目につくところを走ったとは思いませんよ、ウェイド警部」

「どういうことですか?」

「パーマーが通った隙間を逆側から通って、中庭に出ればいいのです」

「これは驚いた。ええ、なるほど、そのとおりです。しかし、そのためには自転車置き場の裏の通り道を、あらかじめ知っていなければなりませんよね? パーマー青年はどうやら、あとで通るつもりでチェックしていたようですな。彼が逃げた一件が関連しておるのですか?」

「関係ないですね、おそらく」

「ああ、まいった!」ウェイドは不愉快そうに言った。「なんて事件だ! 何もかもが普通じゃない。ミス・ダクレスの件もです。こんな話、聞いたことがありますか? 犯人でもない男をかばうために錘をつけなおすなんて」

「彼女のおかげで、少なくとも、殺人のあとの各人の行動を調べ上げる必要はなくなったわけです」

「彼女の立場はかなりまずいですな。現場を荒らしたわけですし」ウェイドはぶつぶつ言っていた。「おそらく、非常に不愉快な思いをすることになるでしょう」

「そうならなければいいのですが」アレンは言った。「彼女のためなら、私はニュージーランド警察を買収しにかかるかもしれませんよ」

ウェイドは訝しげにアレンを見つめたが、ふざけているのだと思ったらしく、いきなりゲラゲラと笑いだした。

「またまた、ご冗談を！」

二人は談笑しながら、楽屋口の警備についていたパッカー巡査部長の前を通り、オフィスへ向かった。夕方の薄明かりの中で、オフィスはいつにも増して、暗くどんよりとして見えた。アルフレッド・マイヤーの古びた机の上には、すでに埃が積もり、暖炉には昨夜の燃えかすが残っていた。ウェイドはランプのスイッチを入れ、アレンは壁にかかった見取り図に近づいていった。

「古い見取り図を見直しているのですか？」

「ええ。今回の事件に関して、まあ仮説のようなものを考えてみたのですよ」アレンはいつもの控えめな調子で言った。「頭の整理もかねて、簡単に説明したいのですが、聞いてもらえますか？　容疑者のなかから、除外者をかなり大雑把に決めた結果ですから、教会の入り口くらい大きな穴があるかもしれませんが、まあ仕方がないと思ってください」

「わかりました。お聞きしましょう」

「話は昨夜、芝居の幕が下りる五分前にさかのぼります」

ウェイドは立ったままのアレンを見上げた。彼は両手をポケットに突っ込み、見取り図をじっと見ていた。

「おかけになったらどうですか？　そんなに見ていると、夢の中にまで出てきますよ」

「それでもかまいません。私の仮説は、すべてこの見取り図に基づいているのです。こちらへ来てください。理由をお話しします」

ウェイドは立ち上がり、彼の横に並んだ。アレンは長い指で図を示し、説明しはじめた。

# 第22章　ティキ、四度めの登場

アレンがホテルに戻ると、ドクター・テ・ポキハが待っていた。

「お忘れですか？　今日は夕食をご一緒するお約束ですよ、アレンさん」

「こんばんは、ドクター。いいえ、覚えてはいたのですが、もうこんな時間だったとは気がつかなくて。すみません。長くお待たせしたのでなければいいのですが」

「いま来たばかりですよ。ご心配なく。時間はたっぷりあります」

「では、ちょっと上がって着替えてきても――？」

「どうぞ。ディナージャケットは要りませんよ。私と二人だけですから」

「わかりました。五分で戻ってきます」

アレンは言葉どおりの時間で戻ってきた。二人はカクテルを飲み、それからテ・ポキハの車で出かけた。

「ルアペフ火山方面へ向かう、北東の道を行きます」テ・ポキハが言った。「山岳地帯や地熱地帯のことは、すでに散々聞かされたでしょうね。ニュージーランド人は外国から来た人たちに、こうした自然の素晴らしさについて、押しつけがましく感じるほど熱心に話すきらいがあるのですよ。聞かされたほうは、褒めないわけにもいきません」

「それをぜひ、マオリ人の口から聞かせてほしいと思いますよ」

「本当ですか？　本物のマオリということですか？　マオリの真似をした白人ではなく？」

「ええ」

「マオリもまた、ニュージーランドにおいては新参者なのですよ。私たちがここに住みついたのは、ほんの三十世代ほど前のことです。私たちは持ち込んだ自前の文化を、この土地に適合させてきました。宗教もそうですし、科学――科学と呼ぶことが許されるならですが――もそうです」

アレンは彼の堂々とした顔を眺めた。肌の色はマオリ人のなかでは比較的白く、鼻筋が通っていて、唇もそれほど厚くない。ギリシャ人かエジプト人といってもおかしくない顔立ちだった。貴族的な雰囲気を漂わせ、声にも仕草にも、荒っぽさやぎこちなさはまったくない。落ち着き払った話しぶりや慎重な物言いが、いかにも彼らしく感じられ、もったいぶっている、あるいは気取っているという印象はまるでなかった。

「どこから来たのですか？」アレンは尋ねた。

「ポリネシアです。その前は、イースター島に住んでいたようです。おそらく、東南アジアまでさかのぼることができるでしょう。祭司《トフンガ》や呪医《ランギティラ》によれば、最初はアッシリアだったそうですが、白人の人類学者による調査は、そこまで進んではいません。そうした伝承は、誰もが学べるものではなく、教育を受けた高貴な階級の者だけが、自分たちの民族の歴史を知ることを許されたのです。それらは口承で伝えられ、ときには彫刻や象形文字も使われました。私の場合、祖父がさまざまなものを受け継いだ呪医だったので、彼から多くのことを教わりました。彼は古い秩序の生き残りでしたが、彼のような人は、近いうちにいなくなってしまうでしょう」

「古い秩序が消滅しつつあることは、やはり残念ですか？」

「ある意味ではそうですね。私にはマオリ人としての、一種のプライドがあります——野人のプライドとでもいうべきでしょうか？　白人はすべてを変えてしまいました。白人文明の強烈な光にさらされて、マオリは古来からの姿を保つことができませんでした。彼らを真似ようとして、私たちは自分たちの慣習を忘れていきましたが、賢明にも、白人文化のなかにすっかり同化してしまうことはできませんでした。たとえば、衛生観念や優生学の点なんかでね。私たちは精神的にも肉体的にも、肥満状態になっていきました。まあ、これは私の個人的な見解です。多くの人々は充分に満足していますが、私としては、古いものが消えていくのを見ると、思わず懐旧の情にかられますよ。白人はマオリの名前の響きがかわいいといって、子供の洗礼名にしたり、船や家にマオリ風の名前をつけたりしています。それはそれで、敬意として受け取りますが、やはり釈然としない気がするのですよ。観光局から見れば、私たちは名所めぐりの付け足しなのです——私たちのダンスも、芸術も、すべてです」

「小さな緑色のティキのように？　あなたのおっしゃりたいことはわかりますよ」

「ああ——あのティキね」

彼は口をつぐんだ。ティキについてもう少し話すつもりだったのに、何か思うところがあって急にやめてしまった、アレンにはそんなふうに感じられた。外は次第に暗くなり、緑の丘とダークブルーの山並みを背景に、テ・ポキハの頭の輪郭がくっきりと浮かび上がって見えた。

「北側にあるのが、ルアペフ山とナウルホエ山です」テ・ポキハは言った。「うちの祖父ならあなたに、ナウルホエ山の噴火は、子供たちに乳を与えながら地中深くに横たわる、大地の母の末の息子が起こしているのだよ、とでも説明したかもしれません。彼をなだめるために、岩神ラカホレが火を与えているんだとね」

暮れていく空をバックに、次第に黒々としていく山並みを見ながら、二人はしばらく無言で走った。

「もうすぐ我が家です」テ・ポキハが静かに言った。まもなく、車は家畜の脱走防止用の溝にかけられた小橋をガチャンと音を立てて渡り、続いて暗いトンネルに入った。ヘッドライトが照らす先には、林立する木生シダの幹が見えた。

「森の匂いはいいですね」アレンは言った。

「ええ。昔、とても馬鹿なことをしたんですよ。学生寮にいる頃でした——あれはオックスフォード大学に入って最初の年、イギリスで暮らしはじめてすぐの年でしたね。私はひどいホームシックになったんです。そこで家族への手紙のなかでつらい胸のうちを説明して、森の木の燃える匂いが懐かしくてしかたないから、少し送ってくれないかと頼みました。すると父が、薪を一箱送ってくれたんです。考えてみれば、ずいぶん金がかかったと思いますよ。でも私は、それを寮の暖炉にくべました。マウイの魚（ニュージーランドの北島の別称）の煙が、あの数々の有名な尖塔の上にたなびいたというわけです」テ・ポキハは大笑いした。「馬鹿げているでしょう?」

「医学課程はこちらで修めたのですか?」

「ええ、トーマス・カレッジです。その頃には、すっかり白人《パケハ》のようになっていましたよ。さあ、着きました」

車は一階建ての長細い家の前の、大きくひらけたスペースに入って停まった。家の前壁の中央には、切妻屋根付きのポーチが張り出している。ポーチがマオリの彫刻で美しく飾られていることに、アレンは気がついた。

「私としては、かなり気取っているつもりなのですよ」テ・ポキハが言った。「現代的なバンガローに伝統的なポーチを組み合わせるなんて、趣味を疑われてしまうかもしれませんね。少なくとも彫刻は本物ですよ」

「気に入りました」

「日中に見るべきですよ。さあ、中へどうぞ」

二人はなかなか居心地のいい食堂で夕食を楽しんだ。給仕してくれた体格のよいマオリの老婦人は、アレンが遠慮がちに冗談を言うと、テ・ポキハと一緒になって表情を緩めた。食事のあと、二人は居間へ移った。暖炉では薪が芳しく燃えており、アレンは先ほどのテ・ポキハの話を思い出した。喫煙室を思わせる重厚な家具——非常に英国的な、オーソドックスなものだった——が置かれ、壁にはオックスフォード大学のクライストチャーチを描いた銅版画《メゾチント》や、学生たちの集合写真、そして見事な羽毛のマントが飾られていた。

上等なブランディーを数杯楽しんだあと、二人はそれぞれのパイプに火を点けた。アレンはテ・ポキハに、一般医として開業しているのかと訊いた。

「ええ、そうです。最初に帰国した頃は、婦人科を専門にしようかとも思っていましたが、なかにはマオリ人であることがマイナスとなる分野もあるわけですよ。その後、腰を落ち着けるつもりで帰国してみると、文明化によって、マオリ人のなかに深刻な健康障害が生じていることがわかってきました。結核、梅毒、腸チフス——どれも、儀式による治療や健康を祈願するダンスが行なわれ、きわめて衛生的な習慣が保たれていた、いわゆる野蛮な時代にはなかった病気でした。それで私は実際的な道、つまり茶色の大地を選び、マオリ人のための医者になることを決心したのです」

「その選択を後悔してはいないようですね」

「ええ。しかし、健康だった人たちが、これほど急速に病に冒されていくのを見るのは、やはりつらいですよ。これでもかなり忙しいのです——市街地にある診察室で患者を診て、さらに郊外まで出かけて巡回診療をしていますからね。自分の民族の歴史について、いろいろと再認識させられることも多いのですよ」

彼は数人のマオリ人患者を引き合いに出し、穏やかな調子で、彼らにまつわる逸話を披露した。こうして時間は楽しくすぎていった。

話も一段落した頃、アレンはポケットから例のティキを取り出し、テ・ポキハの椅子の肘掛けに載せた。

「ティキの話をしませんか？」

テ・ポキハは驚いた顔でそれを見つめた。

「ミス・ダクレスが、受け取りたくないと言ったのですか？　返してきたのですか？」

「いいえ。彼女は受け取ってくれるはずです。そうしたくない心情かもしれませんがね。目下のところ、これは証拠品なのです」

「ティキが？　どういうことですか？」

「ステージの上の簀の子で見つかったのです。ちょうど殺人犯が立っていたと思われる場所で」

アレンを見つめるテ・ポキハの目には、恐怖にも似た色が浮かんでいた。

「それは——それは、なんとも驚きですね。どうしてそんなところにあったのか、わかっているのですか？」

「ええ、まあ」

「なるほど」

テ・ポキハの声には安堵だけではない、何かが混じっていた——落胆？　すると、彼はいきなり身を乗り出した。

「しかし、ありえないでしょう——あの素敵な人が！　きっと、何かの間違いですよ。私には、どうしても彼女だとは思えません」

「彼女とは、ミス・ダクレスのことですか？　なぜ彼女を疑うのです？」

「なぜって、見たからです――しかし、彼女を疑ってはいませんよ」

「彼女がこれをドレスの中に滑り込ませるのを見たからですか？」

「とても不思議なことなんです」テ・ポキハはそう言って、ティキをまじまじと眺めた。「一つ訊いてもいいですか、アレンさん。あなたはミス・ダクレスが殺人犯だとお考えですか？」

「いいえ。彼女は無実だと思っています」

「では、ティキはなぜそんなところに？」

「すぐにお話ししますよ」アレンは言った。「それにしても、ほんとうに不思議ですよね。まるでティキが自分から事件にかかわってきたようです。そう思いませんか？」

「誘導尋問ですね」テ・ポキハは笑った。すっかり落ち着きを取り戻したらしい。「忘れないでください。私は唯物論者なのですよ」

「呪医でもあります」アレンは言った。「あなたのおじいさんなら、どう考えましたかね？」

テ・ポキハは、ティキを取ろうとするかのように、すらりとした褐色の手を伸ばしたが、途中でためらい、結局は引っ込めた。

「半神半人のティキは、人類の父なのです。名前こそ彼にちなんでつけられていますが、この像は半神半人のティキを表しているわけではなく、むしろ胎児や人間の繁殖力を象徴していて、形も彫刻も間違いなく男根を表しています。じつは、このティキにまつわる話があるのです。タプの話です。タプの意味はわかりますか？」

「神聖とか、不可侵とか？」

「ええ。ずっと昔、このティキはある女性の胸から落ちました。落ちたのは非常に神聖な場所――礼拝堂でした。誰もそれに気づかないまま月日が流れ、そのせいで、このティキ自体がタプになったのです。礼拝堂は焼け落ちました。ティキを拾って保管していた白人が、あとになって、焼け跡で見つけたことを話してくれました。うちの祖父なら、このティキ自体が神を汚す、冒瀆なのだと言ったことでしょう。それからいくらもたたないうちに、その白人は川を渡ろうとして溺れました。彼の息子が父親のポケットからこのティキを見つけて、今回あなたに売った人物の父親に渡したのです。売り手の男は、一時は事業も大成功していたのですが、不況が続いてすべてを失いました。それで、このティキを売りたがっていたのです」

「ミス・ゲイネスは、このティキは不吉だと、何度も言っていました」アレンは冷ややかに言った。「どうやら彼女が正しかったようです。昨夜のあれの扱われ方を見たら、あなたのおじいさんはどう思ったことでしょう。マイヤーは、おどけて頼みごとまでしていましたからね」

「おどけていただけでなく、じつに無作法でした」テ・ポキハは静かに言った。

「同郷人として、恥ずかしいかぎりでした。あのときも言いましたが、自分の思いつきを後悔しましたよ」

「後悔する必要はありませんよ。ティキは自分で復讐を果たしたのですから」

「そうかもしれません。ミス・ダクレスには、ティキを返してほしいと頼むつもりです」

テ・ポキハは彼を見て、少しためらったあとで言った。「彼女があれを恐れる必要はないと思います」

「ドクター」アレンは言った。「失礼でなければお訊きしたいのですが——あなたも何かを感じるのですか？　この不思議なめぐり合わせについて、あなたの祖先が感じたようなことを？」

長い沈黙があった。

「もともと」テ・ポキハはようやく口をひらいた。「ティキに対する私の感覚は、ヨーロッパ人の感覚とは少し違うのです。ヨーロッパのジプシーはこう言うじゃないですか。『父親を埋めるなら深く掘れ』とね」

「なるほど」アレンは小声で言った。「やはり感じるのですね」

「あなたが、個人的に捜査に協力していると聞いていますが」ふたたび流れた沈黙を、テ・ポキハが破った。「訊いてもいいですか？　犯人を見つける自信はありますか？」

「ええ。あります」

「それは素晴らしい」テ・ポキハは穏やかに言った。

「犯行が不可能な人物を、除いていくだけですから。ところで、それに関して、あなたにうかがいたいことがあるのです」

「私に？　いったい何を？」

「私たちは、全員のアリバイを調べているのです。役者たちの行動はかなりはっきりしたのですが、メイソンだけは、パーティーの直前までオフィスにいたということで、確認が難しいのですよ。ウェイド警部によると、あなたはオフィスで彼に会ったそうですね」

「会いましたよ。私は芝居が終わるとすぐに、特別席の後ろのドアから外に出ました。見ると、オフィスと切符売り場の間のドアが開いていたので、パーティー会場に行く前に、メイソンに挨拶をしておこうと思ったのです。私がオフィスに入ったとき、ちょうどメイソンが戻ってきました」

「中庭から？」

「ええ。楽屋口の守衛に話があって、ちょっと出ていたそうです」

「私たちが聞いた話と一致しますね。オフィスにはどのくらいいましたか？　そのう、捜査の話ばかりで申し訳ないのですが、ご協力をお願いします」

「ちっともかまいませんよ。事件について、意見交換ができればと思っていましたから。時間ですか。そうですねえ、十分ぐらいだと思います。会場の準備にもう少し時間がかかるから、ここで一杯やろうというメイソンさんの提案で、私たちは二人ともコートを脱いで、火のそばに座りました。私は酒は断りましたが、メイソンさんは一杯やっていました。そして二人で煙草を吸っていると、切符売り場のスタッフがやってきて、メイソンさんが対応していました。それから現金を回収するために銀行の人が来たり、守衛の男が覗いていったりしました。ああそうだ、アクロイドという、あの小柄な喜劇役者が覗いていきましたよ」

「彼が？　何のために？」

「たしか、招待客がぼちぼち到着しはじめていることを知らせにきた、と言っていたと思います。それは口実で、本当はただ酒にありつこうとしているのだな、とピンときましたが、メイソンにうまく追い払われて、すごすごと戻っていきましたよ」

「それを見たのですか?」

「どういう意味ですか? 彼が中庭に出ていくところは見ました。それから、誰か別の人が入ってきて……つねに人が出入りしていましたね」

「わかりました」

「その時間帯が重要なのですね」テ・ポキハが言った。「錘のことは夕べ、ガスコインとメイソンから聞きました。二人とも、妨害工作があったに違いないと主張していました。もちろんそうに違いありません。あんなことが、偶然に起こるなんてありえませんよ」

「考えにくいことですね。ええ、ちょうどあなたがオフィスにいた時間帯に、私たちは注目しています。あなたはメイソンを残して部屋を出たのですか?」

「ええ。私が戻ったときも、彼はまだ火のそばに座っていました」

「オフィスに戻ったのですか? どうして?」

「お話ししていませんでしたか? これは迂闊でした。じつは、楽屋口まで行ったときに、間違えてメイソンのコートを持ってきてしまったことに気がついたのです。一緒に脱いで、同じところに置いたものですから。私は自分のコートを取って、メイソンと一言二言話してから、オフィスの戸締りをするメイソンを残してステージに行きました。ちょうどステージに上がったときに、入ってきたあなたとメイソンが見えました」

「ちょうど中庭を通ったときに、オフィスの前でメイソンに会ったのです」

「つまり、私はメイソンのアリバイを証明したということですね」テ・ポキハは笑みを浮かべた。「そして私自身のアリバイも――必要になることはないと思いますが」

「手近にあると、けっこう役に立つものですよ」

「そうかもしれません。まあ、私の場合は動機がありませんから」

「たしかに、動機は重要です」

アレンはティキを手に取り、ポケットにしまってから時計を見た。

「これは大変、もう十一時です。車も呼んでいないというのに」

「その必要はありませんよ。私がお送りします。私は診療所に泊まりましょう。よくやるのですよ――必要なものはすべて揃っています。出かける前に、ぜひもう一杯」

「いや、遠慮しておきましょう。十一時半に電話すると、ウェイド警部に約束してしまいましたから。ですから、もしよろしければ――」

「電話なら、ここからでもかけられますよ」

「長電話になるかもしれませんし、やはりミドルトンに着いてからにしますよ」

「お引き止めすべきではないようですね」テ・ポキハは丁重に言った。「では、行きましょう」

「楽しい夜でした」

「ぜひまた、いらしてください」

彼らは星明かりの中を、ミドルトンへ向かった。不思議な気分だった。ひと気のない道路に立ち、連なる山の向こうから昇る朝日を眺めたのが、つい今朝がた――たった十八時間前――のことだったとは信じられない。あれから何年もたってしまった気がする。いろいろなことがあった。キャロリンは川べりで夫のことを語った。林の中では、野鳥が皺だらけの顔で〈かごの鳥〉をさえずっている。ゴードン・パーマーは、巨大なシャンパン・ボトルから流れ出るウイスキーを飲んでいる。「やめなさい、現場を荒らしてはいかん」「でも親父に言われたんですよ、昔は大流行《はやり》だったって」ウェイドは、「中央警察署で八分の休憩停車です」と言いながら、サーカスのサルのように、はしごを登ったり降りたりしている。「やめるんだ、指紋が台無しになるじゃないか」「なんの、上でクラクションを鳴らせば大丈夫ですよ。このクラクションはビービーと呼ばれているんですよ。ほら、ビービー――」

「このクラクションは、〈ビービー〉と呼ばれているんです」テ・ポキハが言った。「パリの通りを思い出しますよ」

「これは失礼、眠っていましたよ」アレンは言った。

「少し働きすぎなのではないですか？　休暇中なのでしょう？」

「明日からは、怠惰な生活に浸ることができると思います」

「そんなに早くですか？」

「ええ、たぶん。ああ、着きましたね。ほんとうにありがとう、ドクター。とても有意義な夜でした」

「事件に関しては、ほとんどお力にはなれませんでしたがね」

「その逆ですよ」アレンは言った。「ドクターの話から、非常に重要な情報を得ることができました」

「ほんとうですか？　いや、訊かないでおきましょう。では、おやすみなさい」

「おやすみなさい」

# 第23章　奇術師アレン

アレンは夢も見ずにぐっすりと眠り、目が覚めたのは九時半だった。ウェイド警部とは十時に会う約束をしており、朝食用の食堂から出てきたときには、警部はすでに到着してアレンを待っていた。二人は歩いて劇場に向かった。

「シングルトンには伝えてあります」ウェイドが言った。「彼は劇場で待っているはずです。おかしな爺さんですよ。裏方たちは〈陰気なジョー〉と呼んでいましてね。とにかく、おしゃべりの才能だけは立派です。昔は役者だったと言っていましたが、案外本当なのかもしれません」

「また役者ですか！　入り口で彼に名乗ったのを覚えていますよ。かなり変わった老人でしたね」

二人は無言で歩き、やがてウェイドが口をひらいた。

「アレンさん、あなたに頼まれて調べた内容ですが、あれで充分でしたか？」

「充分すぎるほどですよ。私もこのようなケースは初めてですが、一通りの捜査はあなたたちが非常によくやってくれました。私はただ、おいしい結果を収穫するだけでいいのですから」

「そんな、一緒に捜査をさせていただいて、ほんとうに嬉しく思っています。あなたが終始、得た情報を我々に伝えてくださったことにも感謝しています。昨夜の電話には、正直言って驚きました。我々だけでも、真相を暴き、正しい結論に到達することはできたでしょうが、これほど早い解決は無理だったでしょう」

「私などいなくても、充分に解決できたと思いますよ」アレンは心から言った。「ほかの手配も万全ですね」

「はい。問題が起きるような余地はありません。パッカーとキャスも向こうで待機しています」

パッカーとキャスは中庭で二人を出迎えた。その後ろには、守衛が立っていた。パーティーの夜、アレンが自分の名前を告げたのは、たしかに彼だった。シングルトンは、見るからに変わった男だった。背丈は非常に高く、腰はすっかり曲がっており、ひどく汚らしかった。巨大な鼻はくすんだ紫色をしており、喘息持ちで、ウイスキーの臭いがした。

「おはよう、パッカーくん。おはよう、キャスくん」アレンは言った。

「彼がシングルトンです、主任警部」ウェイドが紹介した。

「なに主任警部だって?」シングルトンは低い喘鳴の間から、興味ありげに尋ねた。

「アレンです」

「ロンドン警視庁の?」

「ええ。シングルトンさん」アレンは気さくに答えた。

「握手してくだされ!」シングルトンは垢まみれの手を差し出し、アレンはそれを握った。

「あの懐かしい町から来なさったのか！」シングルトンは感動のあまり、何度も繰り返した。

「あの懐かしい町！」

「ロンドンっ子なのですか、シングルトンさん？」

「ホルボーン（ロンドンの旧首都区の一つ）の劇場におりました！　十年。わしゃあ、第一バイオリン、つまり主役を務めとりました」シングルトンは見えないバイオリンを構え、弓でその弦を奏でる真似を、いかにもそれらしい手つきでやって見せた。そして、「いまじゃあ、見る影もありゃしませんがね」とあっさり認めた。「こんなよぼよぼの爺になっちまって。老いの谷間をただただ下るだけでさあ。げほほーん！」彼はつらそうに咳込み、唾を吐いた。「信じられんかもしれませんがね、警視さん、わしがムーア人の役を演ったときにゃあ、六ヶ月も満員の客が入ったもんですよ」

たしかにアレンには信じられず、それを見たシングルトンは、ふたたび心和む音を発して自分を満足させた。

「シェイクスピア！」彼は帽子を取って、いきなり叫んだ。「ストラトフォード・オン・シーの白鳥（正しくはストラトフォード・オン・エイヴォンの白鳥。シェイクスピアのこと）！　吟遊歌人！」

「彼ほどの人物はいないわけですね？」アレンは楽しげに言った。「シングルトンさん、あなたの出番がまたやってきたのですよ。さあ、夕べのことを話してください」

「夕べ、この同じ星たちが彼女の客をもてなしていた頃——シェイクスピアをお手本にした即興詩はいかがですかな、署長さん。夕べのこと。もしも明かすことができるなら、ただ一言で、汝の魂は苦悶し、汝の血は凍りつくだろう。実際のところ、わしにはできねえこってすがね。夕べ、忌まわしい劇場の守衛という面目ない仕事から解放されたあと、わしゃあ一人住まいの屋根裏部屋に戻りましたのさ」

彼は話をやめ、言語に絶するようなハンカチで鼻をかんだ。

「あなたは招待客のリストを持っていたはずですよね。そして、来場者の名前に印をつけていた」

シングルトンはズボンのポケットから紙切れを取り出し、軽く会釈しながらアレンに渡した。

「わしが嘘をついているかどうか、これを見てくだされ」

それはリストだった。アレンは紙にちらりと目を落とし、ふたたび仕事に戻った。

「パーティーの少し前に、アクロイドさんが出ていきませんでしたか？」

「アクロイド、アクロイド、アクロイド。待ってくだされ、待ってくだされ、待ってくだされ。アクロイド——あの喜劇役者か。ああ！　彼なら出ていきました」

「そのことを、ウェイド警部に話さなかったのですね」

「記録が間違っているんでさあ」シングルトンは動じる様子もない。

「そうかもしれません。アクロイドさんが出ていたのは、何分くらいですか？」

「瞬きする間に、戻ってきましたよ」

「間違いありませんか？」

「北極星くらいはっきり」シングルトンはしゃっくりのような咳をこらえながら言った。「出ていったと思ったら、すぐに戻ってきたんでさ。オフィスのドアのところで、中にいる人間と話しとったようでね。それから戻ってきましたんで」

「見ていたのですか?」

「わしのこの公平無私な精神を集中して。わしがハムレットの父王役を演ったといったら、驚きなさるかね? それも――」

「ほんとうですか? ところで、ジョージ・メイソンがパーティーの前にオフィスから出てきたと思うのですが」

「ジョージ・メイソン――支配人のジョージか! ええ、出てきましたとも。それは前に話したはずでさあ、ねえ、ウェイド警部?」

「ああ、聞いたよ、ジョー。アレンさんはちょっと確かめたいだけなんだ」

シングルトンは首を傾げた。

「間違いありませんや。支配人のジョージ・メイソンはわざわざ楽屋口に来て、客の一人一人から住所と名前を聞けだなんだと、いらんことをぐだぐだと繰り返していったんですわ」

「そのあと、彼はオフィスに戻りましたか」

「そのとおりでさ」

「なるほど」アレンは言った。「メイソンさんがオフィスから出ていた時間は?」

「時間、時間、時間。そう、ゆっくり百を数えるくらいだったかな。わしゃあ、どんなに清廉潔白な仕事をしとるかってことを、リストを見せて説明しましたんで。昔、『マクベス』で門番の役をやったことを思い出しましてね。それに、デンマークの衛兵バーナードの役もやりましたよ――まだ、駆け出しの頃ですがね、警視総監どの。わしがつまらんことを思い出す前に、メイソンはディナージャケットの襟を立てて、風が冷たいとか何とか言って、走ってオフィスに戻っていきましたよ」

アレンは思わず小さく叫び、ウェイドに目配せすると、シングルトンに、いまのところをもう一度繰り返してくれないかと頼んだ。シングルトンはさらに長々と語ったが、重要な部分は変わらなかった。

「そのとき」アレンは言った。「オフィスのドアは、ちょうどいまのようにひらいていましたか？」

「ひらいとりました」

「なるほど。ドクター・テ・ポキハの顔はわかりますか？」

「あの先住民のことですかい？　ムーア人みたいに黒い顔をした？　ムーア人は、わしがやったなかでも、一番の役柄でしたよ。一番好きな役でね。心から尊敬し、お仕えする閣下――」

「素晴らしい芝居です」アレンはさえぎった。「ドクター・テ・ポキハは、最後に来た客たちのなかにいたと思うのですが？」

「そのとおり」

「彼が来たときのことを覚えていますか？」

「もちろん覚えとります。彼はコートを手に持ってオフィスから出てきたと思ったら、大慌てで戻っていって、また出てきましたのさ。楽屋口に来たんで、名前にバツ印をつけて、通したってわけでさあ」

「なるほど。いまのお話からすると、シングルトンさん、あなたはこう宣誓証言できるということですね、つまり、アクロイドさんであれ、メイソンさんであれ、ドクター・テ・ポキハであれ、いったん楽屋口を入ったら、あなたに気づかれずにオフィスに行くことはできないし、オフィスからステージに戻ることもできないと」

「わしゃあ、本当に誓って証言しましたのさ。ブーツで足りなきゃ、シャツまで賭けたってかまやしないってね」

「それでは、ちょっとした実験に付き合っていただきたいと思うのですが、やってくれますか？」

「喜んで！」

「では楽屋口に立って、私をアクロイドさんかドクター・テ・ポキハか、あるいはメイソンさんだと思ってください。そして私の姿が見えなくなったあと、五分待ってから歩いてオフィスに行ってください。いいですか？」

「いいですとも」

「オフィスのドアを見ていてくださいよ。ウェイド警部が時間を測ります」アレンは言うと、先ほどから興味津々の様子で話を聞いていたパッカーとキャスに目をやった。「きみたち二人は、廊下を見張っていてください。手品を見たいですか？」

「そういえば昔――」シングルトンは言いはじめたが、アレンはさえぎった。

「どなたか、ハンカチを貸していただけませんか？　パッカー巡査部長？　ありがとうございます。これは間違いなく、あなたのハンカチですか？　よく見てください、これを私のジャケットの右ポケットに入れますよ。ありがとう。さて、シングルトンさん、私はさっき言った三人のうちの一人です。楽屋口に立っていたあなたは、中庭にいる私を見ました。私はオフィスに入っていきます。時計の用意はいいですか、ウェイド警部？　さあ、スタートです」

シングルトンと三人の警察官は、ひと塊になって楽屋口に立っていた。アレンはきびきびとした足取りで中庭を歩き、オフィスに入っていった。オフィスのドアはひらいたままだった。

「どういうことですか、ウェイド警部？」キャスが尋ねた。「ちょっと変わった人物ですよね？」

「きっと、あっと言わせてくれますよ」パッカーが言う。「面白い人だから」

「オフィスのドアをちゃんと見ていろ」ウェイドがぴしゃりと言った。「中庭もだ」

ドアは中庭の方にひらいたままだった。彼らはそれを無言で見つめていた。通りの車の音や、歩道を歩く足音が、ときおり沈黙を破る。中庭の向こう側を横切っていく人影がちらほらと見えた。

「出てきませんね」キャスがつぶやく。

「時間だ」ウェイドが言った。「行くぞ、シングルトン。お前たちもだ」

彼らは中庭を抜けて、オフィスへ行った。オフィスでは、アレンが机に向かっていた。

「やあ！」アレンは明るく言った。「ご覧のとおり、まだここにいますよ」

「警視さん、わしゃあ、てっきり」シングルトンは言った。「びっくりすることがあるのかと思っとりましたよ」

「がっかりしましたか？」アレンは並んだ訝しげな顔を順に眺めた。ウェイドだけが期待満面で彼を見ていた。

「見せ場はいったいどこなのだろうという顔ですね」アレンは言った。「パッカー巡査部長がステージ裏へ行って、簀の子に上がるはしごの足を見てきてくれれば、面白いものがあるかもしれません」

「行ってこい、パッカー」ウェイドが促した。

パッカーは楽屋口から中に入っていった。そしてまもなく、大騒ぎをしながら戻ってきた。

「驚きました、ウェイド警部！　すごい。なんてこった、快挙ですよ！」

彼はハンカチを振りまわしていた。キャスは目をまん丸にしており、シングルトンは一回、二回と唇をなめたが、驚きのあまり、言葉は出てこなかった。

「はしごの足に、結びつけてあったんです」パッカーが言った。「はしごの足に。ちくしょう、なんて見事なんだ！」

「犯行が可能だということが、これでわかりましたね、ウェイド警部」アレンは言った。

「申し分ありません」ウェイドは嬉しそうだった。「まったく申し分ありません」

「うーむ、素晴らしいお手並みです」シングルトンは、手の平で口元をぐいと拭った。「あの有名なフーディーニ（脱出マジックで一世を風靡した米国の奇術師）の奇術を見たときのことを思い――」

「シングルトンさん」アレンは言った。「ずいぶんとお時間をとらせてしまいました。これ以上お引き止めするわけにはいきません。あなたの贔屓の作家から、引用させてもらっていいですか？　『これをお持ちください』（シェイクスピア著『十二夜』の一節）」

シングルトンは大笑いした。

「そういうことなら、わしも言わせてもらおう。『では一時お預かりしよう』（同じく『十二夜』の一節）」彼は帽子を取って会釈し、「ではごきげんよう、みなさん」と言って、そそくさと出ていった。

「まったく、驚いた老いぼれ爺さんですね。哀れなものだが、もしも彼が――おっと！　きみたちにも説明をしなければなりませんね」彼はキャスとパッカーを振り返った。

「お願いしますよ」パッカーが言う。「私たちには何がなんだか」

「こうしたのですよ。私はきみたちが見ている前でオフィスに入りました。そしてきみたちに見られないように外に出て、〈キャスの小路〉とでも呼ぶべき道を通って、建物の裏へまわったのです」

「しかし、待ってください、私たちは中庭を見張っていたのですよ」

「わかっています。ですから、ドアを開け放しておいて、壁伝いに表の通りまで出ました。ドアを目隠しにしたのです。楽屋口から見れば、私の言う意味がわかるはずですよ」

「でも、中庭の入り口は？　あそこを横切らなければならないはずです。私は一瞬たりとも目を離しませんでした」キャスがまくしたてた。

「キャスくん、きみは歩いて横切る私を見たはずですよ」

「そんなはずはありません！　いや、これは失礼しました」

「自分のコートと帽子がわからなかったのですか？　ここにありました」

アレンは机の上のコートを指さした。

「思い切ってお借りしたのです。私はここへ入ると、すぐにこのコートを着て、さっき説明したようにドアに隠れて外へ出ました。そして歩道まで行くと、そこで直角に曲がって中庭の入り口を足早に横切りました。きみたちは気づかなかったわけです。そこを横切ると、今度は突き出した自転車置き場を盾にして壁伝いに進み、キャスの小路に入りました。そして、あらかじめ鍵を借りておいた裏口へと急ぎました。ここまでにかかった時間は二分弱でした。はしごを登るのに三十秒、錘を外すのに一分、下りてくるのに三十秒弱として、ドアに鍵を差し込み、キャスの小路に入り、来たときと同じ方法でオフィスに戻りました。コートと帽子を脱いだところに、ちょうどみなさんが来たというわけです。わかりましたか？」

「まだ狐につままれた気分ですが」キャスが正直に言った。「しかし、実際にできたのですから、そのとおりなのだと思います」

「こっちへ来て、この見取り図を見てください。そうすればわかりますよ」

ウェイド、パッカー、そしてキャスの三人は、厳しい表情で見取り図を眺めた。

「不思議なものです」ウェイドが言った。「こんなにはっきりしたことを、いとも簡単に見逃してしまうなんて。なぜ我々が気づかないのかと思われたでしょうな」

「誰よりも、私が気づくべきでした」キャスが唸った。「まだ痛みがとれていないくらいなのですから」

「視点を変えると、意外なことが見えてくるものです」アレンは言った。

「心しておきます」とキャス。

ウェイドが時計を見た。「時間です」

「わかりました」アレンは答えた。

彼らは耳を澄ました。通りからは、遅い朝の喧騒が聞こえてきた。哀愁を感じさせる路面電車の走行音や、低速で走る車のエンジン音、それらをかき消すように、ときおり鳴り響くクラクションの音。そして舗装道路を歩くパタパタという足音。足音の一つが、まわりの音から離れて近づいてきた。

誰かが中庭に入ってきたのだ。

# 第24章　ドクター・テ・ポキハの本性

それはセント・ジョン・アクロイドだった。キャスが中庭に出て彼を呼び止め、ほかの面々は、半分ひらいたドアから二人の様子を眺めていた。キャスの巨体の横に並ぶと、アクロイドはまるで小人族《ピグミー》のように見える。派手なチェックのコートを着て洒落た帽子をかぶったアクロイドは、高慢ちきな顔でキャスを見上げていた。

「失礼ですが」キャスが声をかけた。「劇場にいらっしゃるつもりですか？」

「ああ、そうだ。服を取りにきたんだよ。清潔なシャツがなくなってしまったのでね」

「申し訳ありませんが、今朝は立ち入り禁止になっております」

「なんだって！　いいじゃないか。そうだ、きみがついてくればいい。そして私が噛みかけの煙草をバッテン印のついたところに吐いて、証拠を台無しにしたりしないように見張っていればいい。な、堅いことを言うなよ」

「大変申し訳ありませんが、命令なものですから」

「なるほど、しかし、どうだい、これで——」

アクロイドは自分の小さな手を、キャスの手の中に押し込もうとした。キャスは一歩下がった。

「だめ、だめです。そういう習慣はないんです。お気持ちは嬉しいのですが、絶対にだめです」

「くそっ！　じゃあ、どうすればいいんだ？　新しいシャツを買えってか？」

「少々お待ちいただければ、訊いてきますが――」

「おーい、キャス！」ウェイドが呼んだ。

「はい、警部」

「もういいぞ。アクロイドさん、こちらへどうぞ」

アクロイドのおどけた顔は、ドアの方に向いた途端に歪み、滑稽なしかめ面になった。

「これは、これは！　みなさんお揃いのようで。ロンドン警視庁のお偉方までご一緒とはね。このチビの入る場所はありますかな？」

彼はキャスの先に立って入ってくると、アルフレッド・マイヤーの机の端に腰かけ、粋を気取って帽子を傾けた。

「事件のほうは、どうなっているんだい？」

「寄っていただいて助かりましたよ、アクロイドさん」ウェイドが言った。「たいしたことじゃありませんが、ちょうどお話ししたいことがあったんです」

「そいつは驚いた！　私も話したいことがありましてね。服を取りにいきたいんですよ」

「事件のあった夜」ウェイドは口調を変えることなく続けた。「あなたは楽屋から真っ直ぐパーティーに行ったと供述しました」

「そのとおりです」

「事件が起こるまで、ずっとステージにいたと？」

「ええ。それがどうかしましたか？」

「中庭に出てきてはいませんか？」

「え？　どういう意味ですか？」

「そのままですよ、アクロイドさん。パーティーの前にステージを離れて、オフィスへ来ませんでしたか？」

「これはまいったな！　それは、その――たしかに来ましたよ」

「来たのですか？」

「ええ。ほんのちょっとでしたがね。客が集まってきたことを、ジョージに伝えにきただけです」

「なぜ初めからおっしゃらなかったのですか？」

「そんなこと、すっかり忘れていましたよ」

「しかしいまは、ここに来たことを明言するのですね？」

「ええ」アクロイドは落ち着かない様子で答えた。

「ではその点に関して、新しい供述書を作らなければなりません」ウェイドは言った。「何があったか、正確に話していただけますか？」

「いま言ったとおりですよ。私がここに来て、入り口から、『パーティーが始まるぞ、ジョージ』と声をかけると、ジョージは、『わかった。この仕事を片づけたら行くよ』とかなんとか言ったんですよ。彼の言う仕事とは、一杯やることだったと思いますがね。とにかく、それから一言二言話したあとで、私はパーティーに戻ったわけです」

「メイソンさんは一人でしたか？」

「一人？　いいえ。黒いヤブ医者がいましたよ」

「すみません」ウェイドは上品に尋ねた。「どなたとおっしゃいましたか？」

「黒いヤブですよ」

「アクロイドさんはもしかして、ドクター・テ・ポキハのことをおっしゃっているのではないでしょうか？」アレンは、とくに誰にということなく言った。

「そんなはずはないでしょう、ねえ？」とウェイド。

「いや、悪気で言ったわけじゃ」アクロイドは言い訳した。「この国には、人種差別がないってことを忘れていましたよ。褐色の医者がいた、これならいいですか？」

「供述をするときは、言葉に充分気をつけられたほうがいいと思いますよ、アクロイドさん」ウェイドの口調は険しかった。「新しい供述書に署名をしていただく必要があります。それにしても不思議ですな、ここに来たことを忘れていたなんて」

「そんなこと！」アクロイドは怒りだした。「何が不思議なんだ？　どうして覚えていなくちゃならないんだ？　馬鹿なことを言わんでくれ」

「ここから真っ直ぐステージに戻ったのですか？」

「ああ。真っ直ぐに戻ったよ。私は——ああ、ジョージ！」

不機嫌そうなジョージ・メイソンの顔が、ドアから覗いた。

「やあ」彼は小声で言った。「入ってもいいかね?」

「お入りください、メイソンさん」ウェイドが言った。「椅子をどうぞ。ちょうどいいところへ来てくれました。パーティーの前に、アクロイドさんがこのオフィスに寄ったのを覚えていますか?」

メイソンは疲れたように片手で額を拭い、それからどさりと椅子に腰かけた。

「覚えているかって――? ああ、覚えていますよ。話しませんでしたか? これは失礼した」

「かまいません。細かいことにも、いちいち確認が必要なんですよ。それに、こちらからもはっきりとは訊きませんでしたから。キャス、アクロイドさんを楽屋へお連れして、必要なものを持ち帰ってもらってくれ。アクロイドさん、今日の午後、二時から三時の間に署に寄ってもらえますか? ありがとう。ではごきげんよう」

「それでやっと解放してもらえるわけだ」アクロイドは苦々しげだった。「ごきげんよう」

彼が出ていくと、メイソンはウェイドの方を向いた。

「私宛に手紙は来ていますか?」

「あると思います。どうぞお持ちください」

メイソンは唸った。「どうせ、はっきりしたことは何も教えてもらえないのでしょう? ウェリントンでは、先乗りした宣伝担当者が、気も狂わんばかりになっていますよ。自分が劇団の代理人なのか、それとも殺人集団の代理人なのかわからずにね」

「それほど長くはかからないと思います」ウェイドはそう言ってから、まずはいつもの前置きをした。「お呼びたてして大変申し訳ないのですが、メイソンさん、一つだけ、ちょっと確認したいことがあるのですよ。じつはパーティーの前に劇場の外にいた人物について、守衛のシングルトン爺さんと話しましてね」

「あの酔っ払いの爺さんか。あれでも昔は役者だったんだがね。考えてしまうだろう？　天罰でないとしたら、いったい何なんだってね？」

　アレンはくすくすと笑った。

「証人としては多少心許ないのですが」ウェイドは続けた。「ある一点に関して、彼の証言と、ドクター・テ・ポキハの証言が、真っ向から対立しているのです。つまらない《シリー》、ほんの些細《リトル・シング》な点なのですが——」

「つまらない、ほんの些細な話を私にしないでくれないか」メイソンはいらついた様子でさえぎった。「その言葉にはうんざりなんだよ。ゲイネスは五分ごとにあっちこっちに現れちゃあ、パパの家に帰してくれ、自分は愚かな小娘《シリー・リトル・シング》だからと言って大騒ぎするし、昨日の夕食に地元の名物だというザリガニを食べたら、朝方まで眠れないし——何が些細だ！　くそっ！」

「この件に関しては、私よりもアレンさんがよくご存じです。彼がドクター・テ・ポキハと話しましたから」

「テ・ポキハといえば、彼もここへ来ると言っていましたよ。彼がホテルに立ち寄ったときに会ったのですが、あなたに呼ばれていると言っていました」

「アレンさんが——」ウェイドは部屋の隅でのんびりとパイプを燻らせているアレンに目をやった。

「こういうことなんです」アレンが口をひらいた。「守衛の爺さんが言うには、メイソンさん、あなたが来場者の名前を訊くようにと指示しにきたとき、あなたはディナージャケットを着て、頭には何もかぶっていなかったそうです」

「おやおや」メイソンは唸った。「それがどうしたというのです？　たしかにそうでしたよ」

「しかし、ドクター・テ・ポキハによると、彼がオフィスに来たとき、あなたはちょうど楽屋口から戻ってきたところで、そのときあなたはコートを着て帽子をかぶっていたそうです」

「では酔っ払いが正しくて、しらふの人間が間違っているのですな。私が覚えているかぎりでは、コートは着ていなかったと思いますよ。そうだ、間違いありません。思い出しました。シングルトン爺さんがいつもの長々とした昔話を始めたので、私は寒さを口実に逃げてきたのです。戻ってきてからコートを着ましたから、ドクターが見たときには着ていたのかもしれません」

「それなら説明がつきます」アレンは言った。「馬鹿げたことに聞こえるでしょうが、私たちは、こういったことに時間を費やさねばならないのですよ」

「まあ、何かの役に立つのなら、それがあのときの状況でした。それにしても、アレンさん、捜査は進んでいるのですか？　うるさいことを言いたくはありませんが、この公演には文字どおり、何百ポンドもの費用がかかっているのです。私は頭がおかしくなりそうですよ、正直言って、ほんとうにそうです。列車での事件はどうなのですか？　あれは手がかりにはならないのですか？」

アレンは立ち上がり、暖炉のほうへ歩いていった。

「ウェイド警部」彼は言った。「あなたが賛成してくれるかどうかわかりませんが、私はメイソンさんに、列車での事件のことをお話ししようと思います」

「かまいませんよ、アレンさん」ウェイドはうつろな顔で答えた。「あなたの判断におまかせします」

「こういうことです」アレンはメイソンの方を向いた。「覚えていますか、オハクネに着く前、乗客たちはみんな眠っていました」

「はて」メイソンは言った。「覚えていませんな。私も眠っていましたから」

「シングルトン爺さんなら」アレンはにやりとした。「〈技あり、一本〉と言ったかもしれませんね。私の言い方が乱暴でした、訂正しますよ。私はみなさんにうかがいましたが、全員がオハクネに着く前に、多少なりとも眠っていたことを認めています。そしてやはり全員が、錐もみと呼ばれるカーブでひどく揺れたときに目が覚めたと言っていました。ミス・マックスは、私の膝に倒れこんできました。覚えていますか？」

「覚えていますよ。スージーは気の毒でした！　面白いくらい驚いていましたよね？」

「アクロイドさんは、非常に汚い言葉を吐いていました」

「そのとおりです。口の悪い小悪魔め――ああいう手合いは嫌なのですよ。下品きわまりない。やつはそういう男なんです」

「ということは、そのあたりのことは覚えているのですね――」

「もちろんです。牛か何かに衝突したのかと思いましたよ」

「そしてマイヤー氏は、尻を蹴られたと思った」

「なんだって！」メイソンは声を上げた。「どうして誰も気がつかなかったんだ」

「我々も、まさに同じ思いなのですよ、メイソンさん」ウェイドが言った。「困ったことに、主任警部は気がつくことに、我々は気がつかないのです」

ドアがノックされた。

「きっとドクターでしょう」ウェイドが言った。「どうぞ」

ドクター・テ・ポキハが笑顔で入ってきた。

「遅くなってすみません。病院に行かなくてはならなかったもので――急患が入ったのです。私にご用ですか、アレンさん？」

「お待ちしていました」アレンは言った。「夕べの話と関係のあることなのです」

アレンはコートに関するメイソンの供述を繰り返し、テ・ポキハは無言で聞いていた。アレンが話しおわると、短い沈黙が流れた。

「さて、ドクター、あなたの勘違いですか？」ウェイドが訊いた。

「そんなことはありません。メイソンさんはコートに帽子という姿で、外に面したほうのドアから入ってきました。そのあと、私がコートを脱いだときに、彼も一緒に脱いだのです。私は偽りを述べる人間ではありません」

「そうではない」メイソンは穏やかに言った。「私はドクターが来る前に戻ってきて、そしてコートを着たのです。寒かったのでね。腹が弱いんですよ」彼は相手が医者だということを意識するように付け加えた。

「あなたは私よりもあとに入ってきました」テ・ポキハはきっぱりと言った。白目がいっそう目立ち、太い眉がぐいと寄っている。

「申し訳ないが、それは違う」メイソンが言う。

「私が嘘をついていると?」

「そんなことは言っていませんよ、ドクター。ただ、勘違いをなさっていると」

「勘違いなどしていませんよ。まったく困った人だ。私が正しいことを、素直に認めたらどうですか」

「そっちが間違っているのに、どうして認めなきゃならないんだ」メイソンはいらついていた。

「いい加減にしてくれ」テ・ポキハの声は、興奮のあまりくぐもっていた。唇は野蛮にめくれ、歯が剝き出しになっている。驚いたな、とアレンは思った。これが残りの二十パーセント、生粋の野人なのか。

「いい加減にするのはどっちだ」メイソンは低く唸るように言った。「自分の言っていることがわかっていないようだな」

「私を嘘つき呼ばわりする気か!」

「うるさいな、大西部《ワイルド・ウエスト》ショーとは違うんだぞ」

「嘘つきだというんだな！」

「おいおい、頼むから野蛮なことはやめてくれよ」メイソンは言い、そしてふっと笑った。テ・ポキハは飛びかかっていった。メイソンは慌ててパッカーの後ろに隠れ、叫んだ。「あっちへ行け、この黒んぼ野郎！」

それからの数分は、メイソンの命を救うために費やされた。アレンとパッカーとウェイドがテ・ポキハに飛びついた。それぞれのタックルは功を奏したものの、彼をすっかり押さえつけるには、三人の力を合わせなければならなかった。テ・ポキハは無言で激しく抗い、両腕と片脚を抱え込まれて、ようやくあきらめた。

「わかりましたよ」彼はそう言うと、急に力を抜いた。

戸口にキャスの巨体が現れた。下着類を両腕いっぱいに抱えたアクロイドが、キャスの腕の下から顔を覗かせた。

「さあ、もう帰してくれ」メイソンが言った。

「どうしたんですか？」キャスが仁王立ちのまま尋ねる。

「謝りますよ、アレンさん」テ・ポキハが静かに言った。「もう、手を放しても大丈夫です」

「いいでしょう、ウェイド警部」アレンは言った。

「ありがとう」テ・ポキハは彼らから離れ、褐色の手でネクタイを直した。「お恥ずかしいかぎりです。この男が私の――私の肌の色のことを言ったものですから。たしかに、私は先住民です。侮辱されることを嫌う部族の出身ではありますが、アリキ（紳士、文字どおりには長子の意）はタウレカレカ（奴隷、身分の低い人間）に手を触れないという掟を忘れるべきではありませんでした」

「いったい、何があったんですか？」アクロイドは興味津々だった。

「もうお引き取りください」キャスが言い、アクロイドは見えなくなった。

「帰ります」テ・ポキハが言った。「アレンさん、私に用があるなら、一時から二時まで診療所にいます。我を忘れたことを、深くお詫びしますよ。では、みなさん、ごきげんよう」

「そう言って彼は退場した」メイソンはそう言いながら物陰から出てきた。「いやあ、驚いた。なんて野蛮な男なんだ。ホテルに戻ってもかまいませんか？　なんだか気が動転してしまいましたよ。ああ、驚いた。彼はもう行きましたか？　よし、では私も失礼します」

メイソンは中庭を通って帰っていった。テ・ポキハは車に乗り込むところだった。

「彼の後をつけるんだ」アレンはキャスに言った。「見失うなよ」

「誰をですか？」キャスは面食らって尋ねた。「テ・ポキハ？」

「違う、メイソンだ」

# 第25章　納め口上

アレン主任警部からロンドン警視庁犯罪捜査課フォックス警部への手紙からの抜粋。

――死因審問の直後に犯人の身柄を拘束して、たったいま帰ってきたところだ。メイソンはまったく抵抗しなかった。虚を突かれたというところだろう。危険が迫りつつあることは、コートについて指摘されたときから感じていたはずだがね。彼は無実を主張し、弁護士と相談するまで一切供述をしないと言っている。心理学でいうと、彼はクリッペン（妻を毒殺した米国人医師）と同じ部類に入るかもしれないな。普段は気が小さくて冴えない男だという点でね。しかしメイソンの場合、激情に駆られての犯行を主張するのは不可能だ。じつは、動機は遺産だけではないと私は踏んでいる。きみの電報から考えると、芝居小屋の経営に関して、どうも怪しげなことがありそうだ。賭けてもいいが、メイソンは会社の金をギャンブルにつぎ込んでいて、そこから抜け出すためにも遺産が必要だったに違いない。彼が劇団をアメリカに置き去りにしたという話が本当なら、金にからんでほかにも何かやっているかもしれないが、それは今後の捜査であきらかになるだろう。

メイソンは超一流の役者だったよ。たしかに衣装部屋でそんな話を聞いたが、いやはや、それが本当だったとは。すっかり役になりきっていた――消化不良の腹をさすりながら、公演はどうなるのだろうと気を揉んでいる冴えない男。ただし消化不良は演技ではなかったようで、彼の部屋からは、とにかくいろいろな薬が山ほど出てきたよ。胃の不調が道徳観に及ぼす影響について、誰かが論文を書くべきだな。

ニクソンからは、そのうち真面目くさった感謝の手紙が届くと思う。きみの調査力には感服したよ。素早い対応もさすがだ。今回の事件は非常に面白かったよ。一見、ひどく複雑そうだったが、ボブ・パーソンズの話を聞いた時点で、実際にはとても単純であることがわかった。メイソンはもちろん、ボブがあそこに立っていて、役者たち全員のアリバイを証明することになるなんてことは露ほども知らず、それどころか、誰かが楽屋を抜け出して簀の子に上がったように見えるだろうと思っていたのさ。私たちは運がよかったわけだ。もしミス・ダクレスがティキを落としていなかったら、おそらく彼を逮捕するところまではいかなかったかもしれない。これが殺人だと主張したのは裏方の連中だけで、ほかの面々は、彼らが錘を間違えたのだろうと思ったはずだ。どうしても疑問なのは、結局はミス・ダクレスがやったことを、メイソンは自分でやるつもりだったのかということだ。実際、彼にはそのチャンスがなかった。私の助言のせいで、彼はテ・ポキハと一緒にオフィスにこもるはめになったからね。たしかに、彼の計画は周到だった。楽屋口を訪れたのは、アリバイ作りのためだ。風が冷たいと言ったのは、彼がディナージャケット姿で帽子もかぶっていないことを、シングルトンに印象づけるためだった。彼はオフィスに戻ると、コートを着て帽子をかぶり、ドアの陰を壁沿いに進んだ——あのあたりは夜になるとかなり暗いのだよ。そして劇場を出る観客たちに紛れて中庭の入り口を横切ると、今度は突き出した自転車小屋を盾に例の小路まで戻り、そこから劇場の裏手にまわって裏口の鍵を開けた。戻るときは、その鍵を内側から差し込んでおいたというわけさ。

テ・ポキハが切符売り場側から入ってこなければ、コートを脱いでから自分で切符売り場に行き、売り子たちに姿を見せる予定だったのだろう。空白の五分間が、あとで取りざたされることはなかったはずだ。警察はいま物証を探して、裏の小道をくまなく調査しているよ。何か出るといいのだがね。実際には起こっていないことを、メイソンが鮮明に覚えていたことについては、弁護人も説明に苦労するだろう。スーザン・マックスは私の膝に倒れこんではいないし、アクロイドが汚い言葉を吐いたという事実もないのだからね。メイソンは、自分がデッキでマイヤーの尻を蹴飛ばしているあいだに、そんなことが起こったに違いないと思ったのだろう。彼は覚えていないとは言わなかった。眠っていて覚えていないと言えなかったのは、眠りが浅いことを、普段からみんなに話していたからだ。ブロードヘッドは、誰かが車両の前側から戻ってきて、自分よりも後ろの席に座ったことを思い出した。それが犯行後に戻ってきたメイソンだったと、私は思っているよ。二度めの——そして成功した——犯行はおそらく、錘が落ちてきたという例のアクシデントを見て思いついたのだろう。

キャロリン・ダクレスが錘を付け替えた件に関しては、見逃してくれるようにニクソンとウエイドに頼んだ。彼らは二つ返事だったよ。彼女も絡んでいるとなると、陪審員たちが混乱するからね。私も法廷に呼ばれて、最初に簀の子で目撃した状況について——つまり、錘が外されていたときのことを——証言することになるだろう。厄介なうえに、ちょっと無茶かもしれないが、裁判の結果を変えることにはならないさ。

メイソンには有罪の評決が下るだろう。この国には死刑制度がないから、おそらく終身刑になると思う。ミス・ダクレスは、ここに残らなければならない役者やスタッフに、費用を引きつづき払うと言っているよ。ハンブルドンとガスコインは、彼女のためにいろいろと雑事を処理している。彼女はいずれ、ハンブルドンと結婚するのだと思う。彼はいい男だ。彼女が自分を疑っていたことは知らないだろうし、彼女も話さないだろう。リヴァーシッジは、びくびくしながら事の成り行きを見守っている。ああいう卑劣な手合いは、ブタ箱にぶち込むべきだな。卑劣なうえに、馬鹿ときている。ブロードヘッドが金を盗んだとも取れる話をわざと漏らそうと考えたのは、もともと、窃盗の疑いを自分以外に向けようという魂胆からだったのだろう。しかしあとになって、もしもマイヤーと話したことがバレたらと思って恐ろしくなった。殺人の強い動機と思われかねないとね。あの卑劣漢にとっては、囮として使えるならば、ブロードヘッドでも誰でもよかったのだよ。パーマー坊ちゃんとヴァレリー・ゲイネスの親は、それぞれ電報を送ってよこしたが、二人ともしばらくは帰れないだろう。私としては、裁判所が彼女に、証言台に立って自分の演技に陶酔する機会を与えないことを願うね。アクロイドはすっかり懲りたようだ。ブランドン・ヴァーノンは超然としたものだし、ガスコインは心配ばかりしている。ミス・マックスは温かい目でキャロリン・ダクレスを見守っている。ブロードヘッド青年は当惑しながらも、とにかくほっとしている、そんなところだ。

この便箋を見てわかるとおり、私はテ・ポキハのところに滞在している。彼の部族について学んでいるのさ。かっとなってメイソンにつかみかかったことを、テ・ポキハはもう七回も謝ってきたよ。彼の家族はみんな、嘘つきと言われることが何より嫌なのだそうだ。法廷で、彼が被告の弁護人につかみかからないことを願うね。弁護人が彼の証言に疑問を呈するのはまず間違いないからね。彼はきわめて興味深い男だ。それに、短気なところを除けば、態度も振る舞いも非常に洗練されている。

じつは近隣の警察署のいくつかから、滞在を延ばしてほしいと言われていてね。北島《ノース・アイランド》をもう少し見てみることにするよ。ここの人たちは、驚くほど親切だ。旅人に、自分の国を気に入ってほしくてしかたないという感じだ。保守的なところもあるが、いったん受け入れられれば、じつに友好的だよ。言葉の発音については、当惑するくらい何度も訊かれるが、なんと答えていいものやら。新聞や大学の上層部と思しき文化人たちは、奇妙なくらい慎重に言葉を選んで話すのだよ。馬鹿話をするときでも、的確な言葉を使うように、とにかく細心の注意を払っているのさ。その一方で、彼らのものの見方ときたら、文句のつけようがないほど自由なのだから面白い。彼らのことをこんなふうに言っている私は、さぞ高慢ちきに聞こえるだろうがね。この事件がすっかり片付いたら、山に囲まれた南の高原地帯へ行ってみようと思う。ここで耳にする音には、すっかり魅了されたよ。そしてこの田舎全体にもね。空気はワインのように芳しく刺激的だし、すべてのものが色鮮やかで、輪郭がはっきりしている——ぼんやりしたところがないのだ。

ここにいると、事件は遥か遠くに感じられる。きみが手紙をくれることを信じて待っていることを除けば、私の話はこれで終わりだ。最後に、例の翡翠のティキのまわりをペンでなぞってみるとしよう。そうすれば、きみにもその形と大きさがわかるはずだ。この像が証拠として使われることはないが、今回の事件のなかで、彼が自分なりのスタイルで果たした役割は、決して小さいものではなかった。キャロリン・ダクレスは、それでもやはり、自分で持っていたいそうだ。彼が彼女に幸運をもたらしてくれることを願おう。

では、さようなら。刑事というのは、きっと面白い仕事なのだろう。

友人へ
ロデリック・アレン

# エピローグ

事件の解決から三ヶ月後のある夜、アレンは遠くまで広がる草むらに長々と寝そべり、プカキ湖の向こうにそびえるアオラキ山を眺めていた。雲を貫いてそびえるその山は、暮れかかる空を背景に、神々しいほど清らかに輝いている。パイプをもう一服してから、木造の小さなホテルに戻るつもりだった。彼はため息をつきながらポケットに手を入れ、イギリスの消印が押された三通の手紙を取り出した。休暇はそろそろ終わりに近づいていた。一通はフォックスからのもので、ロンドン警視庁での再会が待ち遠しいと書かれていた。もう一通は警視副総監から――心遣いに溢れた手紙だった。アレンはその二通を、苔の生えた温かい大地に置き、三通めの手紙の最後の部分をもう一度読んだ。

ぜひお話ししておきたいことがありますの。ヘイリーと私は一年後に結婚しようと考えています。どうか祝福してくださいね。もう一つ。ヘイリーは、血のつながらない子供をもつことになります。あの翡翠のティキは、ちゃんと目的を果たしたのですわ。アルフィーの形見として、これ以上のものはありません。

## 訳者あとがき

本書（***Vintage Murder***、一九三七）は、ロンドン警視庁《スコットランドヤード》犯罪捜査課のロデリック・アレン主任警部を主人公とするシリーズの第五作です。

著者のナイオ・マーシュは、クリスティ、セイヤーズ、アリンガムとともに英国ミステリ小説の四大女王と呼ばれていますが、意外にもイギリス人ではありません。

マーシュは本書の舞台であるニュージーランドの裕福な家に生まれました。十代の頃は画家を目指していましたが、次第に演劇に傾倒するようになり、やがて旅一座の一員として英国に渡ります。なかば思いつきで書いた小説が話題を呼び、ミステリ作家として確固たる地位を築いてからも、脚本の執筆や芝居のプロデュースに力を注ぎつづけ、晩年には演劇界への貢献を称えられて、英国政府からデイム（男性のナイトに相当する爵位）の称号を受けています。そんなマーシュにとって、故郷ニュージーランドと劇団の両方を登場させた本書は、格別に愛着の深い作品でしょう。

今回、アレン警部は休暇を取ってニュージーランドへ出かけます。豊かな自然の中でのんびりと過ごす予定だったのですが、旅の途中、シリーズ第二作 ***Enter a Murderer***（三五、邦題『殺人者登場』）で知り合った女優スーザン・マックスと偶然に再会し（そのときの事件は、〈ガードナー事件〉として本書中でも何度か引き合いに出されています）、旅公演中の彼女の劇団でやがて起こる事件の捜査にかかわることになります。

マーシュの作品の醍醐味といえば、やはり、ときに皮肉やユーモアを交えながら活き活きと描かれる多彩な登場人物たちでしょう。今回も役者や裏方、そしてニュージーランド警察の刑事、マオリ人医師など、個性的な人物がたくさん登場します。また、美しく雄大な自然やマオリ族のティキ信仰など、ニュージーランドならではの風物や逸話も読者を楽しませてくれるでしょう。

*Vintage Murder*

(1937)

by Ngaio Marsh

〔訳者〕

**岩佐薫子**（いわさ・かおるこ）

1964年生まれ。北海道大学卒業。インターカレッジ札幌在籍中。訳書に、『症状で解るあなたの深層心理』（日本教文社）、『訣別の弔鐘』、『アレン警部登場』（以上論創社）がある。札幌市在住。

ヴィンテージ・マーダー

——論創海外ミステリ 28

2005年10月10日　初版第1刷印刷
2005年10月20日　初版第1刷発行

著　者　ナイオ・マーシュ
訳　者　岩佐薫子
装　幀　栗原裕孝
編　集　蜂谷伸一郎　今井佑
発行人　森下紀夫
発行所　論 創 社

〒101-0051 東京都千代田区神田神保町2-23 北井ビル
電話 03-3264-5254　振替口座 00160-1-155266

印刷・製本　中央精版印刷

ISBN4-8460-0643-3

## 19 歌う砂―グラント警部最後の事件

### ジョセフィン・テイ／鹽野佐和子 訳

「しゃべる獣たち／立ち止まる水の流れ／歩く石ころども／歌う砂／…………／そいつらが立ちふさがる／パラダイスへの道に」――事故死と断定された青年の書き残した詩。偶然それを目にしたグラント警部は、静養中にもかかわらず、ひとり捜査を始める。次第に浮かび上がってくる大いなる陰謀。最後に取ったグラントの選択とは……。英国ミステリ界の至宝ジョセフィン・テイの遺作、遂に登場！　本体 1800 円

## 20 殺人者の街角

### マージェリー・アリンガム／佐々木愛 訳

その男は一人また一人、巧妙に尊い命の灯を吹き消してゆく。だが、ある少女の登場を端に、男は警察から疑いをかけられることに……。寂れた博物館、荒れ果てた屑鉄置場――人々から置き去りにされたロンドンの街角を背景に、冷酷な殺人者が追いつめられる。英国黄金時代の四大女性探偵作家のひとり、アリンガムのシルバー・ダガー賞受賞作品、初の完訳。

本体 1800 円

## 21 ブレイディング・コレクション

### パトリシア・ウェントワース／中島なすか 訳

血と憎悪の因縁にまみれた宝石の数々、ブレイディング・コレクション。射殺死体となって発見された所有者は、自らの運命を予期していた……！？　忌まわしき遺産に翻弄される人々の前に現れた探偵は、編み物を手にした老婆だった。近年、再評価の声も高まっているウェントワースの“ミス・シルヴァー”シリーズ、論創海外ミステリに登場。　本体 2000 円

## 16 ジェニー・ブライス事件
### M・R・ラインハート／鬼頭玲子 訳

ピッツバーグのアレゲーニー川下流に住むミセス・ピットマン。毎年起こる洪水に悩まされながら、夫に先立たれた孤独な下宿の女主人としてささやかな生活を送っていた。だが、間借りをしていたジェニー・ブライスの失踪事件を端緒に、彼女の人生は大きな転機を遂げることになる。初老の女性主人公が、若い姪を助けながら犯人探しに挑む、ストーリーテラー・ラインハートの傑作サスペンス。

本体 1600 円

## 17 謀殺の火
### S・H・コーティア／伊藤星江 訳

渓谷で山火事が起こり、八人の犠牲者が出た。六年の歳月を経て、その原因を究明しようと男が一人、朽ち果てた村を訪れる――火事で死んだ親友の手紙を手がかりにして。オーストラリアの大自然を背景に、緻密な推理が展開される本格ミステリ。

本体 1800 円

## 18 アレン警部登場
### ナイオ・マーシュ／岩佐薫子 訳

パーティーの余興だったはずの「殺人ゲーム」。死体役の男は、本当の死体となって一同の前に姿を現わす！　謎を解くのは、一見警察官らしからぬアレン主任警部。犯人は誰だ！？　黄金時代の四大女性作家のひとり、ナイオ・マーシュのデビュー作、遂に邦訳登場。

本体 1800 円

## 13　裁かれる花園

### ジョセフィン・テイ／中島なすか 訳

孤独なベストセラー作家のミス・ピムは、女子体育大学で講演をおこなうことになった。純真無垢な学生たちに囲まれて、うららかな日々を過ごすピムは、ある学生を襲った事件を契機に、花園に響く奇妙な不協和音に気づいたのだった……。日常に潜む狂気を丹念に抉るテイの技量が発揮されたミステリ、五十余年の時を経て登場。　本体 2000 円

## 14　断崖は見ていた

### ジョセフィン・ベル／上杉真理 訳

断崖から男が転落した。事故死と判断した地元の警察の見解に疑問を抱いた医師ウィントリンガムは、男の一族がここ数年謎の事故死を遂げていることを知る。ラストに待ち受ける驚くべき真相にむけ、富豪一族を襲った悲劇の幕がいま開かれる。実際に医学学位を取得していることから、豊富な医療知識で読者を唸らせたベルによる「ウィントリンガム」シリーズの一作。　本体 1800 円

## 15　贖罪の終止符

### サイモン・トロイ／水野恵 訳

村の名士ビューレイが睡眠薬を飲み過ぎ、死を遂げた。検死審問では事故死と判断されるが、周りには常日頃から金の無心をしていた俳優の弟、年の離れた若き婚約者など怪しい人物ばかり。誰一人信用が置ける者がいない中、舞台はガーンジー島にある私塾学校に移り、新たな事件が展開する！　人間の哀しき性《さが》が描かれた心理サスペンス。　本体 1800 円

## 10 最後に二人で泥棒を―ラッフルズとバニーⅢ
### Ｅ・Ｗ・ホーナング／藤松忠夫 訳

卓越したセンスと類い希なる強運に恵まれた、泥棒紳士ラッフルズと相棒バニー。数々の修羅場をくぐり抜け、英国中にその名を轟かせた二人の事件簿に、いま終止符が打たれる……大好評「泥棒紳士」傑作シリーズの最終巻、満を持して登場！　全10話＋ラッフルズの世界が分かる特別解説付き。　本体1800円

## 11 死の会計
### エマ・レイサン／西山百々子 訳

コンピュータの販売会社ナショナル・キャルキュレイティング社に査察が入った！　指揮するのは、株主抗議委員会から委託されたベテラン会計士フォーティンブラス。凄腕の会計士とうろたえるナショナル社の幹部達との間に軋轢が生ずる。だが、これは次へと続く悲劇の始まりに過ぎなかった……。スローン銀行の副頭取ジョン・パトナム・サッチャーが探偵役となる、本格的金融ミステリの傑作。　本体2000円

## 12 忌まわしき絆
### Ｌ・Ｐ・デイビス／板垣節子 訳

小学校で起こった謎の死亡事故。謎を握る少年ロドニーは姿を消す。その常識を遥かに超えた能力に翻弄されながらも、教師達は真相に迫るべく行動する。少年の生い立ちに隠された衝撃の秘密とは？　異色故、ミステリ史に埋もれていた戦慄のホラー・サスペンス、闇から蘇る。　本体1800円